Marion Griffiths-Karger wurde 1958 in Paderborn geboren. Dort studierte sie Literatur- und Sprachwissenschaften, bevor sie in München als Werbetexterin tätig war. Seit fast zwanzig Jahren lebt sie mit ihrem Mann und ihren zwei Töchtern bei Hannover, arbeitet als Lehrerin und schreibt Krimis. Unter dem Pseudonym Rika Fried veröffentlichte sie zwei Romane. Im Emons Verlag erschien »Tod am Maschteich«.

Dieses Buch ist ein Roman. Handlungen und Personen sind frei erfunden. Ähnlichkeiten mit lebenden oder toten Personen sind rein zufällig.

MARION GRIFFITHS-KARGER

Das Grab in der Eilenriede

NIEDERSACHSEN KRIMI

emons:

© Hermann-Josef Emons Verlag
Alle Rechte vorbehalten
Umschlagmotiv: Heribert Stragholz
Umschlaggestaltung: Tobias Doetsch
Druck und Bindung: booksfactory.de, Szczecin
Printed in Poland 2020
Erstausgabe 2011
ISBN 978-3-89705-797-5
Niedersachsen Krimi
Originalausgabe

Unser Newsletter informiert Sie
regelmäßig über Neues von emons:
Kostenlos bestellen unter
www.emons-verlag.de

EINS

Wenn er sich noch zwei Minuten geduldete, würde er Zeuge, wie das Opfer endlich seinen letzten Atemzug tat. Der Killer spielte mit ihm, versetzte ihm noch einen Hieb und holte dann zum finalen Schlag aus ...

»Kaspar! Wie oft muss ich dich denn noch darum bitten, die Leiter wegzustellen?«

Vorbei! Der Kater floh mit einem gewaltigen Satz unter den wuchernden Jasmin, und die Maus nutzte die Gunst der Stunde, rappelte sich mühsam auf und verschwand im Erdreich unter dem Lattenzaun.

Kaspar Hollinger klappte murrend sein Buch zu.

»Ich muss jetzt los!«, rief Ursula, seine Frau, ihm von der Küche aus zu. »Du kannst die Leiter natürlich auch gleich ans Balkongitter stellen, das macht's einfacher für die Diebe.«

Hollinger, Polizeioberkommissar im Kleefelder Revier, erhob sich ächzend, um die Aluminiumleiter zu holen. Er hatte die letzten Kirschen gepflückt an diesem sonnigen Samstag im August, der endlich die lang ersehnte Wärme gebracht hatte. Die Sonne warf großzügig ihre letzten warmen Strahlen in seinen geliebten Garten, und er überlegte, ob er seinen Nachbarn Hubert Frings zum Grillen überreden könnte. Hubert war seit drei Jahren geschieden. Seine Frau hatte ihn verlassen, weil sie »keine Lust hatte, bei diesen Spießern« – wie sie die Nachbarn nannte – »zu versauern«. Seitdem war Hubert alleinstehend und schien an diesem Zustand auch nichts ändern zu wollen. Hollinger hörte, wie die Haustür zuschlug, und lächelte. Er hatte den Abend für sich allein. Ursula war Krankenschwester im Vinzenzkrankenhaus und hatte Nachtdienst. Er lehnte sich über den Gartenzaun und spähte auf das kleinere Nachbargrundstück. Die Terrassentür stand offen.

»Hubert!«, rief Hollinger. »Ich hab noch Weizenbier im Keller!« Er wartete. Nach einer halben Minute erschien Hubert Frings in der Tür, mit kurzer Hose und ebenso kurzem weißem T-Shirt, das großzügig den Blick auf einen behaarten Nabel freigab. Er stemmte die Fäuste in die Hüften.

»Bei dir oder bei mir?«

»Komm rüber«, sagte Hollinger nach einem Blick auf den Grill seines Nachbarn. Wie viele Kolonien welcher Bakterien dort siedeln mochten, wollte er gar nicht wissen.

»Ich bring den Grappa mit.«

»Ja, und mach schon mal Feuer. Holzkohle und Spiritus stehen neben dem Grill. Ich hol die Würstchen aus der Truhe.«

Eine halbe Stunde später zog der würzige Duft von Grillwürstchen über die nachbarlichen Grundstücke.

Die Sommerferien waren gerade zu Ende gegangen, und in den umliegenden Gärten war es – trotz des regen Verkehrs auf der Kirchröder Straße – ungewöhnlich still. Die Kinder der Nachbarschaft, die sonst die nachmittägliche Stille unterbrachen, hatten sich wohl vor den Fernseher verkrümelt.

Hubert stand am Grill, in der einen Hand die Würstchenzange, in der anderen ein Glas Weizenbier. Hollinger hatte es sich wieder in seinem Lehnstuhl bequem gemacht. Er blinzelte zufrieden in die Sonne und leckte sich den Bierschaum von den Lippen. Es war einer dieser vielversprechenden Sommerabende, die er mehr liebte als einen Urlaub auf Ibiza. Zum Glück hatte er keine Ahnung, dass diese Idylle nur von kurzer Dauer sein sollte.

»Hast du keinen Ketchup?«, wollte Frings wissen. »Ketchup und Currypulver. Dann haste zur Wurst gleich 'n bisschen Gemüsiges.«

Hollinger blinzelte verwirrt in die untergehende Sonne.

»Seit wann isst du denn Gemüse? Willste abnehmen?«

Frings klopfte sich liebevoll auf den Bauch und nahm einen Schluck Bier.

»Das nich gerade, aber …« Frings kam nicht mehr dazu, seine plötzliche Vorliebe für »Gemüsiges« zu erklären, denn irgendjemand bummerte kräftig gegen die Hollinger'sche Haustür, und noch bevor Kaspar sich aus dem Sessel gestemmt hatte, rief eine ungehaltene Frauenstimme: »Was zum Kuckuck fällt Ihnen ein!«

»Scheiße«, entfuhr es Hollinger auf dem Weg zur Tür. Mittlerweile drückte jemand energisch auf die Klingel.

Draußen stand eine gepflegte ältere, leicht schwankende Dame in Begleitung eines nervösen Streifenbeamten.

»Tut mir leid, Herr Hollinger, aber ...«

»Schon gut«, sagte Hollinger und winkte ab.

»Was denkst du dir bloß immer, Berna«, seufzte er dann und zog seine Mutter unsanft in den Flur.

»Langsam, Junge, pass doch auf!«, schimpfte Bernadette Hollinger und suchte Halt am Garderobenständer.

»Wieder beim Kegeln?«, fragte Hollinger mit einem Blick auf den Streifenbeamten.

»Nee, auf dem Jubiläumsfest«, antwortete der und hatte Mühe, sich ein Grinsen zu verkneifen. Er tippte kurz an seine Mütze und ging zurück zu seinem Kollegen, der im Streifenwagen wartete.

Ach ja, das Jubiläumsfest vom Kleefelder Sportverein hatte er ganz vergessen. Wahrscheinlich war der größte Teil der Anwohner dort versammelt. Seine Mutter jedenfalls hatte es nicht vergessen und sich dort mit ihren Freundinnen aus dem Stephansstift zu einer kleinen Weinprobe getroffen – wie sie es nannte.

»Du machst jetzt erst mal ein Nickerchen«, sagte Kaspar und schob seine Mutter vorsichtig Richtung Gästezimmer. »Wenigstens ist Ursula nicht da«, murmelte er.

»Was hast du gesagt?«, rief Bernadette Hollinger, als sie mit unsicheren Schritten das Gästezimmer betrat.

Hollinger hatte Mühe, seine Mutter davon zu überzeugen, dass draußen keine Grillparty stattfand und es auch nichts zu trinken gab. Er bot ihr aber ein Käsebrot an, was sie verächtlich ablehnte, bevor sie sich endlich aufs Bett legte.

Zehn Minuten später kehrte Hollinger zu seinem Bier und in seinen Sessel zurück.

»Wird wieder 'ne unruhige Nacht«, sagte er und leerte sein Glas.

Frings, der sich mittlerweile drei der fünf Würstchen einverleibt hatte – ohne Ketchup –, nickte nur.

Hollinger sollte recht behalten, denn zehn Minuten später klingelte es erneut an der Haustür.

Vor der Tür stand Sabine Krämer, Ursulas Freundin. Sie machte einen nervösen Eindruck.

»Ursula ist nicht da. Sie hat Nachtdienst«, sagte Hollinger und fürchtete, die Besucherin würde in Tränen ausbrechen.

»Ach Gott«, sagte Sabine, »was mach ich denn jetzt?«

Hollinger war sich nicht sicher, ob er seine Hilfe anbieten sollte, denn er wusste genau, worum es ging. Frau Krämers ungleich rote Wangen sprachen Bände.

»Wo ist dein Mann jetzt?«, fragte er.

»Auf dem Jubiläumsfest«, sagte sie, »da war ich bis eben auch, aber …« Sie sprach nicht weiter. Jeder wusste, dass Michael Krämer seine Frau schlug, auch wenn er das nie vor Zeugen tat. Es gab Stimmen, die behaupteten, er würde seine Frau ohrfeigen, weil er das bei seinen Schülern nicht durfte. Wie oft hatte Sabine Krämer sich bei Ursula schon ausgeheult? Und wie oft hatte Ursula ihr gesagt, sie solle den Kerl in die Wüste schicken. Hollinger kannte dieses Phänomen, dass Frauen oft nicht die Kraft aufbrachten, sich von ihren gewalttätigen Ehemännern zu trennen. Es war ihm in seiner Laufbahn als Polizist immer wieder begegnet, verstehen konnte er es nicht. Früher, als Frauen noch finanziell abhängig waren von ihren Männern und so gut wie keine Rechte besaßen, da blieb ihnen vielleicht keine Wahl, aber heute war das doch anders. Und trotzdem ließen sie sich immer wieder einschüchtern.

»Warte, ich hab eine Idee«, sagte er, »wie wär's, wenn du meine Mutter nach Hause bringst? Dann kannst du bei ihr bleiben, wenn du willst.«

Sabine Krämers Gesicht hellte sich auf. »Ja, das würde ich gerne, wenn das geht«, seufzte sie erleichtert.

»Na, dann komm«, sagte Hollinger und ging voran ins Gästezimmer, wo seine Mutter vernehmlich schnarchte.

»Oh«, entfuhr es Sabine, als sie die alte Dame in ihrem eleganten grün karierten Hosenanzug auf dem Bett liegen sah.

»Berna!«, rief Hollinger und patschte seiner Mutter liebevoll auf die Wange. »Komm, du musst aufstehen, Frau Krämer bringt dich nach Hause und bleibt heute Nacht bei dir.«

Bernadette Hollinger blinzelte Sabine aus schweren Lidern an und lächelte dann.

»Das ist gut«, murmelte sie, »es geht doch nichts über das eigene Bett.«

»Wem sagen Sie das«, seufzte Sabine und half Frau Hollinger auf die Beine.

Fünf Minuten später schloss Kaspar aufatmend die Haustür und ging zurück zur Terrasse, wo Hubert Frings mittlerweile im Lehnstuhl eingeschlafen war und die beiden Würstchen nicht mehr als solche zu erkennen waren.

Er lächelte selbstzufrieden. Ausnahmsweise hatte es das Leben mal gut mit ihm gemeint und ihm so eine wertvolle Information zugespielt. Aber wieso das Leben? Er hatte eben ein gutes Gedächtnis. Am Anfang war er nicht sicher gewesen – nach so langer Zeit, aber dann hatte er nachgeforscht und konnte nach und nach das Puzzle zusammensetzen. Gründlichkeit zahlte sich eben aus, und die Fähigkeit zur Deduktion natürlich.

Er wandte lächelnd den Kopf der Frau zu, die neben ihm lag. Es schien ihr gefallen zu haben. Sabine war im Bett einfach eine Niete. Keine Ideen, keine Lust, mal was Neues auszuprobieren. Und seine Geliebte fing ebenfalls an, ihn rumzukommandieren. Wollte, dass er sich scheiden ließ. Liebe Güte, was glaubte sie denn, was eine Scheidung kostete? Und wenn er mal geschieden wäre, würde er bestimmt nicht so blöd sein und gleich wieder heiraten. Nein, da würde er sich doch lieber an seine neue Gespielin halten. Die war so demütig, wie er das liebte, ließ sich alles gefallen, auch das Fesseln war kein Problem. Nur bei der brennenden Zigarette hatte sie verrücktgespielt. Er lachte leise und sah auf die Uhr. Noch nicht mal zehn. Er hatte Lust, was zu trinken. Er würde sie wecken und sie sich noch mal vornehmen. Dann würde er gehen und sich diese Loser beim Jubiläumsfest ansehen. Wenn die wüssten. Er konnte die Bombe platzen lassen, wann immer er wollte. Aber er wollte sich vorher noch ein bisschen amüsieren und austoben. Und wenn er damit fertig war, würde man weitersehen. Auf jeden Fall war sein Beweis bis dahin sicher untergebracht. Es war schon erstaunlich, was so ein kleines Geschenk manchmal für Folgen haben konnte.

Im Zelt war es stickig und viel zu voll. An der Theke standen Trauben von Männern und wetteiferten, wer beim Lüttje-Lagen-Trinken am längsten trocken blieb.

Eine Zweierkapelle machte angemessen Lärm, und Werner Bentheim, der Ortsbürgermeister, lotste eine Polonaise durch die Massen.

Abseits der Tanzfläche stand Michael Krämer mit Rainer Müller-Herbst und Uwe Steinbrecher zusammen an einem Bistrotisch, auf dem mehrere leere Bier- und Schnapsgläser standen. Wenn man von ihren Mienen ausging, schienen die drei sich nicht besonders zu amüsieren.

Rainer Müller-Herbst, Anfang vierzig, Sozialarbeiter bei der JVA in Sehnde, warf seinem Schwager Michael Krämer einen verkniffenen Blick zu. Der schien das nicht zur Kenntnis zu nehmen, wandte sich grinsend ab. Uwe Steinbrecher, ein für seine vierundfünfzig Jahre bemerkenswert gut aussehender Witwer, klopfte Müller-Herbst auf die Schulter und prostete ihm zu.

In diesem Moment zog Werner Bentheim mit der Polonaise am Tisch vorbei, was Steinbrecher und Müller-Herbst als willkommenen Anlass sahen, den Tisch zu verlassen. Krämer blickte ihnen mit seltsam zufriedenem Blick hinterher, trank sein Bier aus und ging.

Es war nicht mal fünf Uhr am Sonntagmorgen, als das Telefon klingelte. Hollinger tastete schlaftrunken auf seinem Nachttisch herum, um dieses schmerzhafte Geräusch abzustellen.

»Hallo«, nuschelte er heiser.

»Hollinger?«, kam es undeutlich vom anderen Ende, »da liegt einer im Annateich mit'm Kopf im Wasser. Kümmern Se sich mal drum!«

Der Anrufer drückte das Gespräch weg, bevor Hollinger Traum von Wirklichkeit unterscheiden konnte.

»Wie bitte?«, fragte er und richtete sich auf. Er war sich nicht sicher, ob er den Mann am anderen Ende richtig verstanden hatte. Und war das überhaupt ein Mann gewesen? Wahrscheinlich ja, er schien nicht ganz nüchtern gewesen zu sein.

Auf dem Display stand »Unbekannt«, das half ihm also auch nicht weiter. Er legte den Hörer weg und kuschelte sich wieder in die Kissen. Da wollte sich irgendein Betrunkener auf seine Kosten amüsieren. Sollte gefälligst im Revier anrufen. Er schloss die

Augen und versuchte wieder einzuschlafen. Nach einer Weile warf er die Decke weg und schwang die Beine aus dem Bett. Was, wenn das kein Scherz war? Wenn da tatsächlich einer im Wasser lag? Vielleicht war er ja betrunken und kam nicht wieder raus? Dieser verflixte Sportverein mit seiner ewigen Feierei verwandelte alle Kerle in Kleinkinder, die sich nicht benehmen konnten! Er griff zum Hörer und rief beim Kleefelder Revier an.

Polizeimeister Wenck meldete sich.

»Hallo, hier Hollinger, ich hatte eben einen merkwürdigen Anruf. Scheint jemand im Annateich ein nächtliches Schwimmen zu veranstalten. Könntet ihr mal nachsehen?«

»Wer hat angerufen?«

»Leider keine Ahnung. War wohl ein Mann und nicht ganz nüchtern.«

»Alles klar, ist seit gestern nicht der Erste, den wir aus dem Zelt geschleift haben.«

Hollinger legte auf und schlief wieder ein. Bis das Telefon zum zweiten Mal an diesem Morgen klingelte.

ZWEI

Polizeioberkommissar Hollinger stand in seiner Eigenschaft als Leiter der Polizeiwache in Kleefeld mit seiner Kollegin Maren Vogt am Ufer des Annateichs. Es war kaum sieben Uhr und für die Jahreszeit empfindlich kühl. Hollinger fröstelte. Er trug sein kurzärmeliges Uniformhemd, das mit den langen Ärmeln hatte er in der Eile nicht gefunden, und Ursula, die seine Garderobe unter ihre Fittiche genommen hatte, war noch nicht wieder zurück.

Der Annateich lag im Hermann-Löns-Park zwischen den beiden Stadtteilen Kirchrode und Kleefeld und war ein idyllisches Fleckchen Erde. Hohe Eichen und Kastanien säumten das Ufer und den Park, in dem neben vielen Radfahrern und Fußgängern auch der ein oder andere Rollstuhlfahrer aus dem benachbarten Annastift Erholung suchte und fand.

Wenn man vom Hermann-Löns-Park zum Bruno-Valentin-Weg Richtung Kleefeld ging, lag rechts, vor dem östlichen Teil des Teichs, das Restaurant »Alte Mühle«, wo man draußen im Schatten der hohen Eichen zu Mittag essen oder Kaffee trinken konnte. Hollinger und seine Frau – früher auch ihre Tochter Kerstin – waren hier regelmäßig zu Gast. Immer wenn sie einen Spaziergang durch den Park machten. Manchmal begleitete sie Bernadette. Aber die ermüdete ziemlich schnell und musste sich jedes Mal in der Mühle mit einem oder zwei Schoppen Wein stärken, wonach ihr der Rückweg dann umso schwerer fiel.

Teich und Park lagen in friedlicher Stille, so als genösse selbst die Natur die Ruhe nach der nächtlichen Störung durch die menschliche Spezies, die hin und wieder das Bedürfnis hatte, sich lärmend zu amüsieren.

Hollinger dachte mit plötzlicher Wehmut an die schönen Stunden zurück, die er in diesem freundlichen Stückchen Natur, das nun durch einen brutalen Mord quasi entweiht war, verbracht hatte. War es möglich, diese Harmonie auch in Zukunft zu genießen, wie bisher? Hollinger bezweifelte das, und außerdem hatte er Angst. Angst, dass es noch schlimmer kommen könnte. Aber noch hoffte er, dass er sich irrte.

Der Tote lag auf dem Bauch, etwa zweihundert Meter vom Festplatz entfernt, auf den großen Steinen, die das Ufer befestigten. Nur der Kopf lag im Wasser.

»Also«, sagte Maren Vogt schlecht gelaunt, »ist doch ganz klar, die Sache. Der hat auf dem Jubiläumsfest einen über den Durst getrunken, musste mal pinkeln und ist dabei in den See gefallen. Dabei hat er sich den Kopf angeschlagen, ist ohnmächtig geworden und ertrunken. Was sollen wir hier?«

»Nicht so schnell, Kollegin«, sagte Dr. Wedel von der Rechtsmedizin Hannover, der neben der Leiche kniete. »Es gibt keinerlei Blutspuren, und eine Verletzung des Kopfes liegt wohl auch nicht vor, allerdings scheint er getreten worden zu sein – und zwar mehrmals. Auf dem Hemd sind mehrere Fußabdrücke an beiden Seiten in der Nierengegend.«

»Wieso habt ihr ihn eigentlich nicht aus dem Wasser gezogen?«, wollte Hollinger wissen. Die Frage war an Polizeimeister Wenck gerichtet, der müde und blass auf einer der Parkbänke am Ufer saß.

»Weil er festgebunden ist«, beantwortete Dr. Wedel die Frage.

Maren Vogt schluckte und trat einen Schritt vor. »Wie das?«

»Mit einem Nylonband, wie man sie bei Flugdrachen findet, fast unsichtbar und extrem reißfest.«

Dr. Wedel schob den weißen Hemdkragen zurück. »Sehen Sie? Einfach um den Hals gewickelt. Das andere Ende ist um einen der großen Steine im Wasser geschlungen, ganz dicht unter der Wasseroberfläche. Gerade tief genug zum Ertrinken.«

»Infam, so was«, sagte Maren Vogt und schüttelte sich.

Hollinger schluckte. Jetzt gab es keinen Zweifel mehr. Er kannte den Toten. Es war Michael Krämer. Der Mann von Ursulas Freundin.

Er drehte sich nach Wenck um, der sich immer noch nicht gefangen hatte.

»Hast du ihn erkannt?«, fragte ihn Hollinger.

»Ja«, krächzte Wenck.

»Sie kennen den Toten?«, fragte Wedel.

13

Hollinger nickte. »Michael Krämer. Er war Lehrer an der örtlichen Grundschule und außerdem der Mann der Freundin meiner Frau.«

»Oh«, sagte Maren.

Hollinger begann sich unwohl zu fühlen. »Er scheint sich nicht übermäßig gewehrt zu haben«, sagte er, um von sich abzulenken, »sonst müsste das Band am Nacken tief in die Haut eingeschnitten sein.«

»Nein, möglicherweise wurde er betäubt.«

»Wie originell«, murmelte Hollinger.

»Ja«, nickte Wedel, »mal ein intelligenter Mörder.«

Maren Vogt sah sich um. »Wie soll man denn da ermitteln? Hier waren doch gestern bestimmt tausend Leute am Teich.«

»Eben«, sagte Wedel, »jede Menge Spuren. Kruse und Dscikonsky können ihr Glück kaum fassen.«

Kruse und Dscikonsky, zwei Beamte der Spurensicherung von der Kripo Hannover, waren dabei, den umliegenden Müll einzusammeln.

»Hat er Papiere dabei?«, fragte Maren.

Wedel schüttelte den Kopf. »Keine Brieftasche, keine Schlüssel, kein Handy, aber er hat siebzig Euro und ein paar Münzen lose in der Gesäßtasche.«

»Also kein Raubmord«, stellte Maren fest.

In diesem Moment hob Kruse, der einige Meter entfernt an der Böschung den Boden absuchte, einen Schlüsselbund hoch.

»Falls ihr einen Schlüsselbund vermisst. Hier ist einer«, sagte er und ließ einen Ring mit zwei Schlüsseln, von denen einer zu einem Auto gehörte, in eine Plastiktüte wandern.

»Den könnte er bei der Auseinandersetzung verloren haben.«

»Wenn es seiner ist«, sagte Maren. »Könnte sonst wem gehören.«

»Stimmt, aber der Boden ist hier ein bisschen aufgewühlt. Vielleicht ist er hingefallen und dann weitergekrochen. Dabei kann ihm der Schlüssel aus der Tasche gefallen sein«, sagte Kruse.

Hollinger nickte. »Was meinen Sie, wie lange ist er schon tot?«, fragte er Wedel.

»Nicht länger als vier Stunden«, sagte Wedel und stand auf.

»Also muss es gegen drei passiert sein. War da auf dem Fest noch was los?«, fragte Maren.

»Bestimmt nicht mehr viel«, sagte Hollinger. »Und wer dann noch da war, war bestimmt so blau, dass er nichts mehr mitgekriegt hat.«

In diesem Moment sah Hollinger eine dunkelhaarige Schönheit auf die Gruppe zukommen. Er zog den Bauch ein.

»Wer ist das?«, fragte er.

»Ach«, begrüßte Wedel die Frau, »Hauptkommissarin Wiegand von der Kripo Hannover. Wo haben Sie denn Ihren Lieblingskollegen gelassen?«

Hauptkommissarin Charlotte Wiegand ignorierte Dr. Wedel und reichte zuerst der staunenden Maren Vogt und dann Hollinger die Hand.

»Wiegand mein Name, tut mir leid, dass ich etwas spät dran bin.«

Sie grinste Wedel an und warf dann einen ernsten Blick auf den Toten zu ihren Füßen. »Dann setzen Sie mich mal kurz ins Bild.«

Hollinger beobachtete die Kommissarin genau. Sie beugte sich über den Toten, ihr Blick glitt wie ein Suchgerät über jeden Zentimeter seines Körpers, während der Kripobeamte mit dem komplizierten Namen die Fakten aufzählte. Nach wenigen Minuten war ihre Bestandsaufnahme vorerst abgeschlossen. Sie erhob sich und blickte Hollinger an. Der verschränkte die Arme, ihm war kalt.

»Sie kannten den Toten?«, fragte sie.

»Ja«, sagte Hollinger, »er ist der Mann von der Freundin meiner Frau und war auf der Grundschule der Mathelehrer meiner Tochter.«

Die Kommissarin nickte und ließ dann den Blick durch den Park schweifen. »Ein schönes Fleckchen Erde haben Sie hier. Wohnraum ist hier bestimmt nicht billig.«

Hollinger grinste. »Das stimmt, aber wir haben keine Bank überfallen, falls es das ist, was Sie wissen wollen. Wir konnten uns das Haus durch eine Erbschaft meiner Frau leisten.«

Charlotte Wiegand lächelte. »Und Sie kennen auch die Familie des Toten?«

Hollinger nickte schweigend.

»Und?«, fragte die Kommissarin. »Haben Sie eine Idee, was hier passiert sein könnte?«

Hollinger blickte kopfschüttelnd auf die Leiche. »Man kann nicht sagen, dass der Mann beliebt war, aber so was ...«

Charlotte Wiegand nickte, steckte die Hände in ihre Jeanstaschen und ging gedankenverloren ein paar Schritte am Teich entlang. Dann kam sie zurück und legte Hollinger die Hand auf die Schulter. Der zuckte zusammen.

»Ich würde Sie gern bei den Ermittlungen dabeihaben. Sie und Ihre Kollegin.« Dabei wies sie mit dem Kopf auf Maren, die auf dem Parkplatz am Streifenwagen lehnte und ihren Chef und die Kommissarin beobachtete.

Hollinger schluckte. »Aber ...«

»Ich rede mit meinem Chef, und der wird das mit Ihrem Vorgesetzten regeln.«

Hollinger wusste nicht, was er sagen sollte. Die Kommissarin schien seine Unsicherheit zu spüren.

»Ich weiß, das ist nicht üblich, aber bei diesem Fall werden wir eine Menge Befragungen durchführen müssen, und die KFI 1 ist sowieso chronisch unterbesetzt. Sie sind hier bekannt. Die Menschen hier vertrauen Ihnen vielleicht Dinge an, die ein Fremder nie zu hören bekäme. Davon abgesehen«, fügte sie mit nachdenklichem Blick hinzu, »habe ich die Erfahrung gemacht, dass die Kenntnis der Menschen und deren Beziehungen untereinander uns oft schneller ans Ziel bringt als alle Laboruntersuchungen.«

Hollinger blieb nichts anderes übrig, als seiner vorübergehenden Versetzung zur Kripo brummend zuzustimmen, und er fragte sich, wie Kollegin Maren Vogt darüber dachte. Aber wie Hollinger sie einschätzte, würde sie sich mit Feuereifer auf die neue Aufgabe stürzen.

Sabine Krämer und Ursula saßen auf dem braunen Ledersofa in Krämers Wohnzimmer. Ursula hatte ihrer schluchzenden, schlotternden Freundin eine Decke über die Schultern gelegt und hielt sie fest umschlungen.

Hollinger und Maren Vogt in Begleitung von Hauptkommissarin Wiegand standen abwartend in der Wohnzimmertür.

Charlotte Wiegand wollte sich bei dem Gespräch mit der Witwe des Opfers zunächst aufs Zuhören beschränken und hatte Hollinger gebeten, Sabine Krämer zu befragen. Der fühlte sich unwohl. Vor einer jungen, gut aussehenden Hauptkommissarin, die eine Aura des Erfolges umgab, ein solches Gespräch führen zu müssen machte ihn unsicher. Zu allem Übel war auch noch seine Frau dabei.

»Ich hol mal ein Glas Wasser«, brummte er und verzog sich erst mal in die Küche.

»Habt ihr Oliver schon erreicht?«, fragte Ursula Maren Vogt.

»Bis jetzt noch nicht. Er hat das Handy ausgeschaltet, aber wir haben einen Streifenwagen hingeschickt.«

Oliver Krämer, der neunzehnjährige Sohn der Krämers, studierte in Hannover BWL und wohnte in einem kleinen Apartment in der Rheinstraße im Stadtteil Döhren.

Hollinger kam mit einem Glas Wasser aus der Küche, stellte es unbeholfen auf den Couchtisch und setzte sich in den Zweisitzer neben dem Sofa.

Sabine Krämer schnäuzte sich und stellte mechanisch das Glas auf einen Untersetzer.

»Michael ist da immer so empfindlich«, sagte sie und brach gleich darauf wieder in Tränen aus.

In diesem Moment klingelte Hollingers Handy.

»Ja«, sagte er heiser und dann noch mal »Ja, okay«, bevor er das Gespräch wegdrückte.

»Sie haben Oliver aus dem Bett getrommelt und bringen ihn her. Steht ziemlich unter Schock.«

Er blickte stirnrunzelnd zu Maren Vogt hinüber, die sich auf dem Sessel ihm gegenüber niedergelassen hatte.

»Sabine«, begann er dann zögernd, »wir wissen, dass das im Moment natürlich riesig schwer für dich ist, aber wir müssen versuchen, diesem … dieser Sache so schnell wie möglich auf den Grund zu gehen …«

Weiter kam er nicht, weil Ursula ihm ein vorwurfsvolles »Kaspar, doch nicht jetzt« zuwarf.

»Doch, doch Ursula«, schluchzte Sabine Krämer, »ich versteh das schon. Wir müssen doch rausfinden, wer … was da passiert ist. Es ist nur … so grausam«, sagte sie und seufzte tief.

»Sabine«, Hollinger nahm einen neuen Anlauf und zeigte ihr die Plastiktüte mit dem Schlüsselbund, »gehören die Michael?«

Sabine sah sich den Inhalt der Tüte an und nickte dann.

»Frau Krämer«, mischte die Hauptkommissarin sich ein. »Kann ich mir den Schreibtisch Ihres Mannes mal ansehen?«

Sabine Krämer nickte und wollte aufstehen, doch Charlotte hielt sie zurück. »Lassen Sie nur, ich finde mich schon zurecht.« Es war offensichtlich, dass sie sich allein im Zimmer des Opfers umsehen wollte.

Hollinger atmete erleichtert auf, nachdem Charlotte den Raum verlassen hatte, und wandte sich wieder an Sabine.

»Sabine, hast du irgendeine Vorstellung davon, wer deinem Mann so was angetan haben könnte?«

Sie schüttelte heftig mit dem Kopf. »Nein, wirklich nicht! Ich meine … Michael war natürlich ein ziemlich strenger Lehrer und … und er hat sich ja auch manchmal im Ton vergriffen, aber … aber so was. Das macht doch keiner. Ich kenne … ich meine, wir kannten auch keinen, der sich so was ausdenken würde.« Sie sah sich hilflos um. »Vielleicht wollte ihn ja einfach jemand ausrauben?«

Hollinger schüttelte den Kopf. »Er hatte siebzig Euro in seiner Hosentasche. Die hätte ein Raubmörder bestimmt mitgenommen. Aber vielleicht hatte Michael ja in letzter Zeit Streit mit jemandem, oder ist dir irgendwas an seinem Benehmen aufgefallen? War er anders als sonst?«

Ursula verdrehte die Augen, und Sabine biss sich auf die Lippen.

»Na ja, ich meine … Michael hatte öfter mal Streit, manchmal auch mit Eltern. Er hat immer gesagt, die meisten Eltern würden ihre Kinder zu kleinen Scheusalen erziehen und sich beschweren, wenn sie einer mal zur Räson bringt. Ansonsten war er eigentlich so wie immer. Ich … ich kann es immer noch nicht fassen, dass er jetzt nicht mehr da ist«, sagte sie und starrte gedankenverloren auf einen Punkt über Hollingers Schulter.

»Wann hast du Michael das letzte Mal gesehen?«

Sabine strich ihre Wange über die Schulter. »Gestern auf dem Jubiläumsfest. Wir standen draußen an der Weintheke und ... dann haben wir uns gestritten, und ich bin gegangen.«

Hollinger wand sich. »Wann war das, und worum ging es bei dem Streit, Sabine?«, fragte er sanft.

Sie zuckte mit den Schultern. »Ich hab keine Ahnung, wie spät es war, vielleicht gegen sieben. Und es ging immer um das Gleiche. Er war eifersüchtig.«

»Auf wen?«

»Ach«, Unsicherheit blitzte in ihren Augen auf, »auf irgendeinen Typen, der neben mir stand und mit mir anstoßen wollte, ich kannte den Mann überhaupt nicht. Es war völlig harmlos, aber davon konnte man Michael ja nicht überzeugen.«

»Hat er sich mit dem Mann gestritten?«

»Nein, Michael hat immer mir die Schuld gegeben.« Sie biss sich auf die Lippen.

In diesem Moment klingelte es.

»Das werden die Kollegen sein«, sagte Maren und ging zur Tür.

Ein hochgewachsener, schmächtiger Junge mit dunklem, halblangem Haar und ebenso dunklen großen Augen kam herein.

»Oliver!«, rief Sabine Krämer, sprang auf und schloss ihren Sohn in die Arme. Der Junge war blass, wirkte aber erstaunlich gefasst.

»Mama, was ist denn bloß passiert? Stimmt das mit Papa?«

Seine Mutter nickte nur und vergrub ihr Gesicht an seiner schmächtigen Schulter.

Hollinger räusperte sich und klopfte Oliver auf die Schulter.

»Mein Beileid, Junge. Wirklich eine schreckliche Geschichte.«

Oliver schien die anderen im Raum erst jetzt zur Kenntnis zu nehmen.

»Ja, danke«, sagte er abwesend und setzte sich mit seiner Mutter aufs Sofa.

»Oliver«, sagte Hollinger und fühlte sich unbehaglich. Es war doch etwas anderes, wenn man Leute aus dem näheren Bekanntenkreis befragte. »Ich möchte nicht unhöflich sein, aber es wäre

19

sinnvoll, wenn wir gleich ein paar Fragen klären könnten. Meinst du, dass du dazu jetzt in der Lage bist?«

»Ja.« Oliver nickte. »Ja natürlich, das sehe ich ein. Sie müssen das Schwein kriegen«, sagte er dann, und zum ersten Mal schienen seine Nerven den Dienst zu verweigern. Seine Stimme zitterte.

Hollinger stellte ihm die gleichen Fragen wie seiner Mutter und erhielt ähnliche Antworten.

»Mein Vater war ziemlich streng, aber das sind andere Lehrer ja auch, und deswegen bringt einen doch keiner um, oder?« Unsicher blickte er Hollinger an. Der seufzte nur.

»Du würdest dich wundern, warum Menschen andere Menschen töten.« Er schwieg einen Moment. »Ist dir sonst irgendeine Veränderung an deinem Vater aufgefallen?«

»Nein, wirklich nicht, er war so wie immer, vielleicht ... vielleicht ein bisschen abwesend?«

Er blickte seine Mutter an, die erstaunt die verweinten Augen aufriss.

»Was meinst du damit? Abwesend?«

»Na ja, er ...«, wieder ein Blick zu seiner Mutter, »er hat mich nicht mehr so oft kritisiert und manchmal gar nicht mitgekriegt, dass ich mit ihm gesprochen habe.«

»Aha«, brummte Hollinger, »du meinst, er war in Gedanken versunken.«

»Ja, so in etwa«, sagte Oliver.

»Und seit wann war er so?« Unvermittelt mischte die Hauptkommissarin sich wieder in das Gespräch ein.

Oliver blickte erstaunt auf die attraktive Frau, die das Wohnzimmer betreten hatte und sich neben Maren Vogt auf die Sessellehne setzte.

»Hm, kann ich gar nicht so genau sagen, ich bin ja meistens in der Rheinstraße. Ich glaub, es war am letzten Wochenende. Da saß er vor seinem Computer und hat gar nicht gemerkt, dass ich da war.« Oliver überlegte. »Ich kann mich gar nicht erinnern, wann ich ihn sonst so gesehen habe. Er war eigentlich immer ... ziemlich ernst, aber bestimmt nicht unaufmerksam.«

Charlotte wandte sich an Sabine Krämer.

»Ist Ihnen das auch aufgefallen?«

»Nein«, sagte sie, ohne die Hauptkommissarin anzusehen. »Ich fand, er war so wie immer.«

»Und was heißt das: ›wie immer‹?«, fragte Charlotte.

Sabine schüttelte den Kopf und fing wieder an zu weinen.

Charlotte legte ihr die Hand auf die Schulter. »Ist schon gut«, sagte sie sanft.

Ursula Hollinger sah die Hauptkommissarin erstaunt an. So viel Mitgefühl hatte sie ihr wohl nicht zugetraut.

Hollinger räusperte sich. »Na gut«, sagte er und stand auf. Irgendwie wollte er sich das Zepter nicht so ganz aus der Hand nehmen lassen.

»Das soll für heute reichen. Wir lassen euch jetzt erst mal zur Ruhe kommen. Ursula bleibt noch eine Weile hier, und wenn ihr irgendwas braucht: einfach anrufen.«

Hollinger nickte seiner Frau zu und verließ mit Charlotte und Maren, die zum Revier fahren sollte, um den Bericht zu schreiben, das Haus.

»Haben Sie schon gefrühstückt?«, fragte Hollinger die Kommissarin. »Wenn nicht, würde ich vorschlagen, wir fahren zu mir nach Hause. Sind nur ein paar hundert Meter. Ich hab nämlich einen Riesenhunger«, sagte er, während er sich auf den Fahrersitz zwängte und sie bat, einzusteigen.

»Einverstanden«, sagte Charlotte und ließ sich auf den Beifahrersitz von Hollingers schwarzem Passat fallen.

Das Heim der Hollingers in der Kirchröder Straße war nur zwei Autominuten vom Haus der Krämers in der Scharnikaustraße entfernt, worüber Hollinger heilfroh war, denn sein Magen knurrte fordernd und unüberhörbar, was die Kommissarin taktvoll ignorierte. Hollinger räusperte sich, um das Geräusch zu übertönen

»Haben Sie im Schreibtisch was gefunden?«, fragte er dann.

Charlotte Wiegand schüttelte den Kopf. »Seine Brieftasche, aber sonst nichts Besonderes. Ein typischer Lehrerschreibtisch. Das Arbeitszimmer wird die Spurensicherung noch mal genau durchsuchen. Vielleicht sind wir dann schlauer.«

Als sie in der Einfahrt vor dem rot geklinkerten Reihenhaus hielten, saß Hollingers Tochter Kerstin mit ihrer blauen Sporttasche auf den Stufen und empfing ihren Vater nach Art eines fünfzehnjährigen Teenagers, kaum dass er die Wagentür geöffnet hatte.

»Das ist ja wieder mal typisch. Wieso ist keiner zu Hause, ihr wisst doch, dass ich keinen Schlüssel habe! Jetzt sitz ich hier schon seit 'ner halben Stunde rum. Oh Mann, ihr seid solche Loser …«

Erst als Charlotte die Wagentür öffnete, stahl sich ein ebenso erstauntes wie bewunderndes Lächeln in ihre Züge.

»Guten Morgen«, sagte Charlotte.

»Das ist Hauptkommissarin Wiegand von der Kripo Hannover«, sagte Hollinger, und der warnende Unterton seiner Stimme war nicht zu überhören.

»Wow«, sagte Kerstin und stand auf. »Sind Sie wirklich Hauptkommissarin?«

Charlotte lächelte. »Ja, bin ich.«

Kerstin seufzte und nahm ihre Tasche. Die gehörte bestimmt nicht zur Kategorie der Loser, so geil, wie die aussah. Und alt war sie auch nicht. Jedenfalls längst nicht so alt wie ihr Vater. Und das sprach unbedingt für sie.

Hollinger schloss die Tür auf, und Kerstin stürmte hinein, warf ihre Sporttasche auf die Fliesen und rannte die Treppe hinauf.

»He!«, rief ihr Vater ihr nach. »Wie wär's, wenn du deine Tasche mit nach oben nimmst?«

»Bin aufm Klo! Mach ich nachher!«

»Wer's glaubt«, seufzte Hollinger, und Charlotte lächelte.

»Pubertät, was?«

»Und wie«, sagte Hollinger. »Dann machen Sie mal Kaffee, ich rühr ein paar Eier in die Pfanne.«

Zehn Minuten später setzten sie sich an den hellen Holztisch in der Küche und ließen sich Eier mit Schinken, Toastbrot und Kaffee schmecken.

»Haben Sie auch 'n bisschen Saft?«, fragte Charlotte mit vollem Mund.

»Keine Ahnung«, sagte Hollinger, ohne aufzublicken. Er wusste nicht, warum er sich nicht wohlfühlte in Gegenwart dieser Frau.

Charlotte sah im Kühlschrank nach, fand eine Flasche Apfelsaft, füllte ein Glas und trank, während sie beobachtete, wie Hollinger mit einem Seufzer die Gabel weglegte, sich zurücklehnte und für einen Moment die Augen schloss.

»So«, sagte er dann, zog die Tischschublade auf und legte Kugelschreiber und Papier auf den Tisch.

»Vielleicht sollten wir mal zusammentragen, was wir wissen.«

Charlotte setzte sich wieder und griff nach ihrem Kaffeebecher. »Dass der Typ ein echtes Ekelpaket gewesen sein muss, immer wieder Konflikte mit Eltern seiner Schüler hatte, dass er chronisch eifersüchtig war, seine Frau geschlagen hat und auf ziemlich gemeine Art ins Jenseits befördert wurde.«

»Ja«, sagte Hollinger gedankenverloren. »Er war ziemlich arrogant und autoritär. Wurde sofort aggressiv, wenn jemand nicht nach seiner Pfeife tanzte. Hab ich selbst erlebt, meine Tochter durfte ihn zwei Jahre als Mathelehrer genießen. Soll mal einen Schüler mit dem Zeigestock geschlagen haben. Es gab damals keine Zeugen und keine Beweise.«

»Wie lange ist das her?«

Hollinger zog die Stirn in Falten. »Hm, Kerstin war damals, glaub ich, in der dritten Klasse, und der Junge ging in die Parallelklasse. Muss sechs oder sieben Jahre her sein.«

In diesem Moment kam Kerstin die Treppe heruntergepoltert.

»Wo sind meine Eier?«, fragte sie mit vorwurfsvollem Blick in die leere Pfanne.

»Aufgegessen«, sagte Hollinger.

Sie war so empört, dass ihr zunächst die Sprache wegblieb.

»Also ... das ist soo asozial ...«

Sie riss den Kühlschrank auf, nahm einen Joghurt, knallte ihn wieder zu, öffnete scheppernd eine Schublade, griff nach einem Löffel, warf sie wieder zu und rauschte hinaus.

Von oben heulte Xavier Naidoo: »Was wir alleine nicht schaffen, das schaffen wir dann zusammen.«

Dann knallte die Tür, und Hollinger und Charlotte genossen für einen Moment die Stille.

»Wo waren wir stehen geblieben?«, raffte Hollinger sich wieder auf.

»Bei dem Jungen, den Krämer geschlagen haben soll. Glauben Sie, dass das ein Motiv ist?«

Hollinger schüttelte den Kopf. »Kaum, es ist etliche Jahre her, warum sollten sie so lange warten? Der Vater ist damals vor Gericht gegangen, zwar erfolglos, aber Krämers Ruf als Lehrer hat das nicht gerade gutgetan. Die Direktorin hat ihm auch nahegelegt, sich um eine Versetzung zu bemühen.«

»Was er offensichtlich nicht getan hat.«

»Nein, er hat sich eher als Sieger betrachtet. So nach dem Motto: ›Um mich fertigzumachen, müsst ihr schon ein bisschen früher aufstehen.‹«

Charlotte stellte ihren leeren Kaffeebecher auf den Tisch. »Auf jeden Fall muss jemand mit der Familie reden. Vielleicht hat es ja neuen Streit gegeben.«

Hollinger sah sie zweifelnd an. »Wenn wir alle Eltern verdächtigen, mit denen der Mensch im Clinch gelegen hat, dann kommt eine Menge Arbeit auf uns zu.«

»Ist Ihnen das neu?«

Hollinger schüttelte den Kopf und malte geometrische Muster auf das Papier.

»Es muss auf dem Jubiläumsfest was vorgefallen sein«, sagte er. »Vielleicht hat er sich mit irgendwem gestritten, und der Streit ist außer Kontrolle geraten.«

»Das glaube ich nicht, dieses Nylonband spricht eher dafür, dass das Ganze geplant war. Oder glauben Sie, dass man so was immer in der Jackentasche rumträgt?«

Hollinger zuckte mit den Schultern. »Kann man auch zufällig dabeigehabt haben. Nimmt ja nicht viel Platz ein. Vielleicht hat er ein paar Jugendliche erwischt, die sich noch im Wasser amüsiert haben. Vielleicht waren sie betrunken, haben dann überreagiert und wollten ihm eine Abreibung verpassen.«

»Ich bin mir nicht sicher«, murmelte Charlotte und beobachtete, wie Hollinger einen Stern aus Dreiecken malte, »ob das wirklich eine Affekthandlung war. Er war entweder schon tot, als er da festgebunden wurde, oder betäubt, sonst hätte er sich doch gewehrt, und dann hätte dieser dünne Nylonfaden tiefe Wunden hinterlassen, was ja nicht der Fall ist. Außerdem war er nicht mal gefesselt.«

Beide schwiegen eine Weile.

»Wir müssen herausfinden, was er gestern auf dem Jubiläumsfest gemacht hat, mit wem er gesprochen hat. Irgendwer hat bestimmt was gesehen.«

»Genau«, sagte Hollinger und warf den Kugelschreiber aufs Papier. »Wo sollen wir denn da bloß anfangen?«

»Dafür brauchen wir noch Verstärkung. Darum kümmere ich mich, und Sie könnten in der Zwischenzeit versuchen, rauszufinden, wer der Festwirt ist und wer gestern Abend im Zelt und an den einzelnen Theken bedient hat.«

»Das hört sich nach 'ner Lebensaufgabe an«, murrte Hollinger.

»Ist es auch«, grinste die Hauptkommissarin. »Aber vorher könnten Sie mich nach Hannover zum ZKD zurückfahren. Muss mich leider chauffieren lassen, weil mein alter Peugeot mal wieder den Geist aufgegeben hat. Ist mitten auf der Marienstraße einfach stehen geblieben. Ich weiß auch nicht, warum ich den nicht endlich verschrotten lasse.«

»Soll ich noch bleiben?«, fragte Ursula. Sie hatte das Gefühl, dass Sabine Krämer sie loswerden wollte.

Die schüttelte den Kopf. »Nein, du musst ja furchtbar müde sein nach deinem Nachtdienst. Du warst mir wirklich eine große Hilfe, aber es geht mir schon besser. Außerdem ist Oliver ja jetzt da.«

Ursula nickte, stand auf und nahm ihre Tasche vom Tisch. Sie war wirklich müde. Es war eine anstrengende Nacht gewesen. Eine neue Patientin, Frau Seifert, machte ihr zu schaffen. Die klassische Hypochonderin. Von zwei Uhr an hatte sie fast jede halbe Stunde geklingelt und Ursula gebeten, den Blutdruck zu messen. Der war jedes Mal nur leicht erhöht gewesen, was bei dem Nervenkostüm der Patientin kein Wunder war. Um halb vier hatte sie die Nase voll gehabt und Dr. Salzman geweckt, der bereits seit drei Nächten Bereitschaft hatte. Der gab der Patientin eine Beruhigungsspritze, woraufhin sie dann endlich eingeschlafen war. Hätte ihn viel früher wecken sollen, sagte sich Ursula und warf gähnend die Krämer'sche Haustür hinter sich zu.

Kaum hatte Ursula Hollinger das Haus verlassen, griff Sabine Krämer zum Telefon.

Als Ursula wenige Minuten später ihre Haustür öffnete, dröhnte ihr Rockmusik entgegen. Sie verzog den Mund und ging die Treppe hinauf ins Zimmer ihrer Tochter. Das Anklopfen sparte sie sich. Hätte sowieso niemand gehört. Als sie den Stecker gezogen hatte, atmete sie erleichtert auf. Ihre Tochter schälte sich aus ihrer Daunendecke und blinzelte ihre Mutter empört an.

»Wieso machst du die Musik aus? Und wieso kommst du einfach so hier rein? Das ist mein Zimmer!«

»Ja«, sagte Ursula, »und mein Haus.«

»Gar nicht wahr! Papas Haus«, maulte Kerstin und warf sich wieder in die Kissen.

»Ich leg mich jetzt hin und wünsche keine Störung. Hast du das eingeordnet?« Ursula tippte sich an den Hinterkopf.

»Hast du das eingeordnet?«, äffte Kerstin ihre Mutter nach.

»Haallo!«, insistierte Ursula.

»Ja, mein Gott!«, schrie Kerstin und funkelte Ursula an.

»Gut«, sagte die und verließ das Zimmer.

»Hey!«, rief ihre Tochter ihr nach. »Mach die Musik wieder an!«

Als Ursula die Küche betrat, setzte oben die Musik wieder ein. Sie ging in den Keller zum Sicherungskasten, kappte die Stromzufuhr und steckte den Kellerschlüssel in ihre Jeanstasche. Sie ignorierte den wütenden Protest aus dem Zimmer ihrer Tochter und ging in die Küche, um sich eine heiße Schokolade zu gönnen, bevor sie ihren Schlaf nachholen konnte. Sie stellte einen Becher mit Milch in die Mikrowelle und suchte nach dem Kakaopulver. Leer. Seufzend behalf sie sich mit Honig.

Als sie am Tisch saß und ihre warme Milch trank, versuchte sie den Grund für ihr Unbehagen herauszufinden. Ihre Freundin war so merkwürdig nervös gewesen, als Kaspar sie befragt hatte. Natürlich könnte das am Schock gelegen haben, aber das glaubte

Ursula nicht. Sabine hatte Angst gehabt. Dass ihre Trauer nicht allzu groß sein konnte, war mehr als verständlich. Im Gegenteil, sie konnte froh sein, dass sie den Kerl los war, auch wenn Sabine das noch nicht so sah, aber das würde schon noch kommen. Ursula hatte den Mann ihrer Freundin nie ausstehen können. Und das lag nicht nur daran, dass sie Lehrer im Allgemeinen für Besserwisser hielt. Bei Michael Krämer war noch diese unterkühlte Arroganz dazugekommen und eine Geltungssucht, die sich mittels Gewalt entlud – hauptsächlich gegenüber seiner Frau –, wenn sie nicht befriedigt wurde.

Und nun war er tot. Ursula war nicht sicher, ob sie Genugtuung empfand. Die Todesstrafe war wohl doch etwas drastisch – sogar für jemanden, der seine Frau schlug. Und was empfand eine Frau beim Tod eines solchen Partners? Bestürzung, Ungläubigkeit, vielleicht sogar so was Ähnliches wie Erleichterung. Aber Angst? Wovor? Was verbarg Sabine? Sie hatte Kaspar und dieser Kommissarin nicht alles gesagt, das war offensichtlich gewesen. Ursula musste lächeln, als sie daran dachte, wie befangen Kaspar in Gegenwart dieser Frau gewesen war. Sie war wirklich außergewöhnlich, diese Kommissarin, vor allem ihre funkelnden blauen Augen – die Augen einer Jägerin.

Ursula wäre beinahe am Tisch eingeschlafen. Sie trank ihre Honigmilch aus und stellte den Becher und das übrige schmutzige Geschirr in die Spülmaschine. Warum war sie immer die Einzige, die das Geschirr wegräumte?, fragte sie sich. Das machte sie wütend, und wenn sie müde war, machte es sie noch wütender. Vielleicht sollte ich mal streiken, dachte sie. Ob das wohl jemand bemerken würde? Sie ging ins Bad, wo ihr beim Zähneputzen die Augen zufielen.

Maren Vogt hatte mit Georg Leitheim, dem Festwirt, gesprochen und sich von ihm die Namen der drei jungen Frauen geben lassen, die am Samstagabend im Zelt bedient hatten. Zwei waren Studentinnen, und eine war Gymnasiastin. Alle waren um die zwanzig und hatten ihren Hauptwohnsitz in Kleefeld. Leitheim selbst hatte den Abend im Restaurant »Alte Mühle« verbracht, das direkt an den See und den Festplatz grenzte, und konnte nur immer wieder betonen, wie schockierend das Ganze doch war. »In unserem friedlichen Ort … einfach ungeheuerlich.«

Vanessa Poll, die Gymnasiastin, hatte Maren aus den Federn geholt. Leider war das Gespräch sehr kurz und unergiebig gewesen. Vanessa hatte nämlich die ganze Nacht hinter der Theke gestanden und Gläser gespült, worüber sie verärgert war, denn auf diese Weise konnte man kein Trinkgeld kassieren. Sie hatte nichts gesehen außer ihrem Spülbecken und »einer Million« schmutziger Gläser. Das Bild von Michael Krämer sagte ihr gar nichts. Sie kannte ihn auch nicht von der Schule, weil sie erst seit fünf oder sechs Jahren in Kleefeld wohnte und gar nicht hier zur Grundschule gegangen war. »Ich hab aber schon von dem Lehrer gehört«, hatte sie noch gesagt. »Der war bei den anderen nicht beliebt.«

»Ist Ihnen sonst irgendwas besonders aufgefallen, während Sie gearbeitet haben?«

»Nö, was denn?«, sagte Vanessa. »Es war tierisch laut und voll, das ist alles, woran ich mich erinnere.«

Isabell und Gerit Haase, zwei hübsche, sehr schlanke Schwestern – die eine studierte in Hildesheim Sozialpädagogik, die andere in Göttingen Geographie – hatten das Wochenende bei ihrer geschiedenen Mutter verbracht und bedienten seit Jahren hin und wieder bei Leitheims Veranstaltungen.

»Bei solchen Festen sind die Leute echt großzügig«, sagte Isabell, und Gerit grinste. Die beiden saßen in Morgenmänteln am Küchentisch und sahen ziemlich mitgenommen aus. Aber die Neuigkeit vom Tod von Krämer, der »Krätze«, wie er allgemein genannt worden war, sicherte Maren ihre volle Aufmerksamkeit.

»Bestimmt hat den einer von seinen früheren Schülern abgemurkst«, sagte Gerit wenig pietätvoll, und ihre Mutter, die mit am Tisch saß, ermahnte sie mit einem vorwurfsvollen »Aber Gerit!«.

»Ist Ihnen gestern Abend irgendwas aufgefallen?«, fragte Maren. »Haben Sie den Mann gesehen? Können Sie mir sagen, mit wem er zusammen war?«

»Klar hab ich den Krämer gesehen«, sagte Isabell. »Ich bin ein paarmal an seinem Tisch vorbeigelaufen. Eigentlich hätte ich abräumen müssen, hatte aber keine Lust. Hab so getan, als säh ich ihn nicht.«

»Und, hat er Sie erkannt?«

»Klar, der vergisst doch keinen. Ich hatte ihn ein Jahr in Sachkunde, damals, in der Grundschule. Hat mir 'ne Vier gegeben, weißt du noch, Mama?«

»Ja«, mischte sich Marion Haase ein, »das war ein Ding. Bloß weil sie ihre Mappe nicht rechtzeitig abgegeben hatte. Heiko ist noch zu ihm gegangen und hat sich beschwert. Heiko ist mein geschiedener Mann. Er konnte den Krämer aber nicht erweichen.«

»Können Sie sich erinnern, mit wem er zusammen war?«

»Ja, da standen, glaub ich, noch zwei Männer – mindestens. So genau weiß ich das aber nicht, hab ja möglichst wenig hingeguckt. Auf jeden Fall stand der Steinbrecher mit am Tisch. Den kenn ich, weil er mir ein Auto verkauft hat, dem gehört hier das Renault-Autohaus. An den anderen kann ich mich nicht so genau erinnern.«

»Sie haben nicht zufällig gehört, worüber gesprochen wurde?«

»Nee, wissen Sie, wie laut das im Zelt war?«

Maren wandte sich an Gerit. »Und Sie haben den Mann nicht gesehen?«

»Nein, ich hab auf der anderen Seite abgeräumt und ansonsten hinter der Theke gestanden. Im Zelt ist ja immer Selbstbedienung. Wir waren sowieso ziemlich unterbesetzt. Vanessa hat nur gespült, und Rudi hat den ganzen Abend gezapft.«

»Wohnt dieser Steinbrecher hier in Kleefeld?«

»Ja«, sagte Marion Haase, »der hat eine Villa an der Kirchröder Straße. Die Nummer weiß ich aber nicht.«

»Gut, ich danke Ihnen«, sagte Maren und stand auf. »Wenn Ihnen noch irgendwas einfällt, ich lass Ihnen meine Karte hier.«

»Kommissarin, wow, wie im Krimi ist das hier«, sagte Isabell, als sie die Karte las.

Maren lächelte und verabschiedete sich.

Hinter einem hohen Lattenzaun und üppigen Hortensienbüschen verbarg sich die weiße Villa von Uwe Steinbrecher. Auf ihr Klingeln wurde rasch geöffnet. Fast so, als würden wir erwartet, dachte Hollinger und stellte sich und Maren vor.

Steinbrecher nickte nur und ließ sie eintreten.

Das Geschäft schien gut zu laufen. Die Einrichtung war edel und unpersönlich. Hier wohnte bestimmt keine Frau. Sah eher nach einer Haushaltshilfe aus, die regelmäßig kam und offensichtlich gründlich arbeitete. Steinbrecher führte sie durch eine weiß gefliese Diele ins Wohnzimmer.

»Setzen Sie sich«, sagte er und wies auf eine üppig mit Kissen dekorierte Wohnlandschaft aus dunkelblauem Leder. Hollinger nahm auf dem riesigen Sofa Platz. Es war so weich, dass er darin versank und ziemlich verloren aussah. Maren nahm sich vorsichtshalber einen Stuhl vom Esstisch.

»Sie scheinen sich gar nicht zu wundern, dass am Sonntagmittag die Polizei bei Ihnen auftaucht«, sagte Hollinger, während Steinbrecher sich ihm gegenüber niederließ.

»Was glauben Sie«, antwortete der und nahm seine kalte Pfeife aus dem Aschenbecher, »wie lange es in einem so ruhigen und gediegenen Vorort wie Kleefeld dauert, bis sich ein Mord rumgesprochen hat?«

»Wer hat Sie informiert?«, wollte Maren wissen.

»Mein Nachbar, der ist bei der Feuerwehr«, sagte Steinbrecher, schlug die Beine übereinander und steckte sich seine Pfeife an.

»Und Sie fragen sich gar nicht, was wir von Ihnen wollen?«

»Na hören Sie, ich hab vielleicht kein Hochschulstudium, aber deswegen bin ich nicht blöde. Jeder weiß, dass Michael und ich gestern zusammen auf dem Jubiläumsfest waren, es war also klar, dass Sie früher oder später aufkreuzen. Übrigens früher, als ich gedacht hätte. Respekt.«

»Und wieso haben Sie sich nicht bei der Polizei gemeldet?«

Steinbrecher blickte erstaunt auf und paffte eine gewaltige Rauchwolke in die Luft.

»Warum sollte ich? Ich hab Ihnen nichts zu erzählen.«

Hollinger mochte diesen Mann nicht, er hatte keine Ahnung, warum. Vielleicht weil er trotz seiner vierundfünfzig Jahre so gut aussah, groß, schlank, volles, nur leicht ergrautes Haar. Ein eitler Pfau!

»Schildern Sie uns doch bitte, was sich gestern Abend zugetragen hat«, sagte Maren und stand auf.

Steinbrecher zuckte mit den Achseln. »Was soll sich zugetragen haben? Wir haben eine Zeit lang am Tisch gestanden, was getrunken, und dann ist jeder seiner Wege gegangen.«

»Wann haben Sie sich getrennt?«, fragte Maren, während sie auf dem hellen, weichen Teppich, der auf dem Birkenparkett lag, auf und ab wanderte.

»So gegen zwölf, ich hab nicht auf die Uhr geschaut.«

»Worüber haben Sie gesprochen?«

Steinbrecher grinste. »Waren Sie schon mal in einem Festzelt mit Musik? Da kann man sich nicht unterhalten, nur schreien oder grölen.«

»Wie lange waren Sie mit Michael Krämer zusammen?«

»Na, vielleicht eine Stunde.«

»Sie haben also eine Stunde mit ihm am Tisch gestanden und über nichts gesprochen?«

Maren blieb stehen und verschränkte die Arme.

»Mein Gott, vielleicht haben wir uns über ein paar Betrunkene lustig gemacht und ein bisschen über Autos gequatscht. Michael hatte eine Schwäche für BMW. Warum auch immer. Den Rest der Zeit haben wir rumgestanden und den anderen beim Tanzen zugeguckt.«

Hollinger sah ihn misstrauisch an. »Können Sie uns sonst irgendwas sagen, das uns weiterhelfen könnte? Hatte Michael Krämer Feinde?«

Steinbrecher gluckste. »Jedenfalls war er nicht jedermanns Freund.«

»Und Sie, waren Sie sein Freund?«

Steinbrecher nahm die Pfeife in die Hand und betrachtete sie. »Das kann man nicht sagen.«

»Und warum nicht?«

»Weil ich ihn nicht mochte, ganz einfach.«

»Aus einem bestimmten Grund?«

»Nein, er war mir einfach unsympathisch, ansonsten hatten wir nicht viel miteinander zu tun.«

»Woher kannten Sie sich?«

»Ich bin mit seinem Schwager befreundet. Er ist ein guter Kunde von mir.«

31

Hollinger schaute auf. »Mit dem Mann von Sabine Krämers Schwester?«

Steinbrecher nickte und legte seine Pfeife weg, als ob das Gespräch für ihn beendet wäre.

Hollinger schlug sich auf die Knie und versuchte aus dem Polster hochzukommen. Dabei machte er keine besonders gute Figur.

»War sonst noch jemand bei Ihnen am Tisch?«, fragte er dann und steckte die Hände in die Hosentaschen.

Steinbrecher zog die Brauen hoch. »Natürlich, Rainer hat eine Weile bei uns gestanden.«

»Welcher Rainer?«

»Das wissen Sie nicht?«, grinste Steinbrecher. »Rainer Müller-Herbst, sein Schwager, von dem ich eben gesprochen habe.«

Hollinger verkniff sich eine scharfe Bemerkung.

»Nein, das wussten wir nicht«, sagte Maren. »Haben Sie sonst noch was zu sagen? Ist Ihnen vielleicht irgendwas aufgefallen? War Herr Krämer anders als sonst?«

»Wenn Sie mich so fragen«, sagte Steinbrecher. »Ich fand ihn für seine Verhältnisse ziemlich … zerstreut.«

»Wie meinen Sie das?«, fragte Hollinger

»Genau wie ich's sage.«

»Hm, können Sie sich vorstellen, warum?«

Steinbrecher zuckte die Achseln und stand auf. »Keine Ahnung, interessiert mich auch nicht.«

»Wieso hab ich das Gefühl, dass der uns was verheimlicht?«, sagte Maren, als sie den Motor anwarf.

»Bestimmt weil es so ist«, erwiderte Hollinger und blickte Maren von der Seite an. »Wieso wussten wir nichts von diesem Schwager?«

Maren zuckte mit den Schultern. »Die Zeugin kannte nur Steinbrecher.«

Um halb vier stand Ursula endlich auf. Immer wieder hatte sie versucht einzuschlafen. Vielleicht war sie das ein oder andere Mal weggedöst, aber sie fühlte sich weder ausgeschlafen noch ausgeruht. Sie nahm ihren Morgenmantel und ging ins Badezimmer, um eine lauwarme Dusche zu nehmen, vielleicht würde sie das aufmuntern. Ursula Hollinger war mit ihren achtundvierzig Jahren immer noch eine bemerkenswert schöne Frau. Sie trug das hellblonde volle Haar, in dem die grauen Strähnen kaum auffielen, schulterlang und brachte mit ihren dunkelgrünen Augen so manch renitenten Patienten zur Räson. Sie war schlank, wenn man von der kleinen Bauchrolle absah, die sie würdevoll akzeptierte, weil sie in ihren fortgeschrittenen Jahren, die dem Körper so manches abverlangten, nicht auch noch Hunger leiden wollte.

Die Dusche hatte sie erfrischt. Ursula schlüpfte in ihre alte Jeans, nahm ein bequemes T-Shirt aus dem Schrank und ging in die Küche, um sich eine Tasse Kaffee zu genehmigen. Vielleicht war auch noch was von dem Kirschkuchen im Kühlschrank. Im Haus war es still. Kerstin war bestimmt bei ihrer Freundin. Jedenfalls hoffte Ursula das. Im Moment war sie froh über jede Minute, die ihre Tochter außer Haus verbrachte.

Von dem Kirschkuchen war natürlich nichts mehr übrig, also musste ein Toastbrot mit Honig reichen. Zum Abendessen würde sie ihre Vitamin-Bilanz dann mit einem Schafskäse-Tomaten-Salat mit Kräutern wieder ausgleichen.

Sie nahm ihren Imbiss mit auf die Terrasse, es war ein sonnigwarmer Nachmittag. Aber sie konnte weder das Wetter noch ihren Kaffee genießen. Michael Krämers Tod ging ihr nicht aus dem Kopf. Irgendwas stimmte da doch nicht. Sie kannte Sabine seit ihrer Schulzeit und merkte genau, wenn sie etwas beschäftigte und sie nicht mit der Sprache herausrückte. Ursula schüttelte den Kopf. Wie oft hatte sie versucht, Sabine davon zu überzeugen, ihren Mann zu verlassen. Es war ihr nicht gelungen, obwohl Sabine genau wusste, was für ein Heuchler er war. Natürlich, er war belesen und bestimmt nicht dumm, aber war das etwa eine Rechtfertigung für schlechtes Benehmen? Ursula erinnerte sich noch genau an den Nachmittag, als Sabine mit geschwollenem, blau geschlagenem Gesicht bei ihr aufgetaucht war. Sie wollte Kaspar informieren, aber Sabine hatte sie angefleht, das zu lassen. »Das macht es nur schlimmer, und du weißt, er nimmt mir Oliver weg, und dann ... ich schwöre dir, dann bring ich mich um.«

Das war vielleicht sieben oder acht Jahre her, und damals war Sabine tablettenabhängig gewesen. Kein Wunder bei dem Mann, war damals der allgemeine Tenor im Ort gewesen. Sie war dann nach Süddeutschland zur Kur gegangen, wie es offiziell hieß, und nach drei Monaten erholt und optimistisch zurückgekommen. Für Oliver war das eine harte Zeit gewesen, denn sein Vater behandelte sein eigenes Kind mit der gleichen autoritären Härte wie seine Schüler. Niemand konnte ihm beweisen, dass er zuschlug. Er hatte andere Methoden. Er drohte seinem Sohn damit, sich von seiner Frau zu trennen, was auch Olivers Trennung von seiner Mutter zur Folge gehabt hätte. Und das wollte der Junge auf keinen Fall. Also spielten alle mit und ließen sich von Michael Krämer tyrannisieren. Für Ursula war das kaum zu ertragen gewesen. Zumal sie nicht sicher war, ob dieser Vater tatsächlich das alleinige Sorgerecht bekommen hätte. Aber Sabine hatte einfach Angst und kuschte.

Aber in der letzten Zeit war ihre Freundin anders gewesen. Ursula hatte sich schon Gedanken gemacht, warum sie sich so von ihr zurückzog. Sabine wirkte zunehmend abwesend. Ob sie wieder Tabletten nahm? Aber das glaubte Ursula nicht, denn sie war keineswegs apathisch, schien nur mit den Gedanken woanders zu sein. Vielleicht hatte sie ja geplant, sich endlich von Michael zu trennen. Jetzt, wo Oliver volljährig war. Sie hatte immer stundenweise als Erzieherin gearbeitet. Viel verdiente sie damit nicht, aber sie konnte ja ihre Stundenzahl erhöhen, und zusammen mit dem Unterhalt, der ihr mit Sicherheit zugestanden hätte, wäre sie ganz gut über die Runden gekommen. Obwohl ihr Mann wahrscheinlich um jeden Cent bis zum Erbrechen prozessiert hätte.

Ursula seufzte und blinzelte in die Sonne. Aber das war ja nun alles hinfällig. Sabine war jetzt Witwe und musste das Erbe nur mit ihrem Sohn teilen, falls ihr liebenswerter Michael nicht irgendein abstruses Testament verfasst hatte. Denn Ursula wusste, dass alle Konten auf seinen Namen liefen und das Haus ihm gehört hatte, obwohl auch Sabines Ersparnisse drinsteckten.

Die Hausglocke riss sie aus ihren Gedanken. Sie stellte das schmutzige Geschirr in die Spüle und öffnete. Kerstin stürmte grußlos an ihrer Mutter vorbei, warf ihre Jacke und ihre Tasche auf den Boden und eilte die Treppe hinauf. »Kerstin«, rief Ursula, »räum deine Tasche und die Jacke an ihren Platz.«

»Mach ich nachher!«, sagte Kerstin und warf die Tür hinter sich zu. Ursula schürzte die Lippen.

Na warte, dachte sie, nahm Jacke und Tasche und brachte beides ins Gartenhäuschen. Sie hatte gelernt, dass »nachher« ein Synonym für »gar nicht« war.

Charlotte hatte sich unterdessen von einem Streifenwagen vom ZKD in der Waterloostraße zum Kleefelder Kommissariat zurückbringen lassen. Ihre Besprechung mit ihrem Chef, Kriminalrat Ostermann, war wie erwartet unangenehm verlaufen. Aber wenigstens hatte sie sich mit ihrem Vorschlag, die örtlichen Beamten an den Ermittlungen zu beteiligen, durchsetzen können.

Sie machte sich mit Hollinger auf den Weg zur Familie Müller-Herbst, die in einem kleinen Reihenhaus – ähnlich dem der Hollingers – in der Wallmodenstraße wohnte, die parallel zur Kirchröder Straße verlief und über die Scharnikaustraße zu erreichen war.

Als Charlotte und Hollinger klingelten, wurde die Tür aufgerissen, und eine Frau mit verweinten Augen blickte sie verwirrt an. Sie hatte eine Handtasche in der Hand und war wohl gerade im Begriff, das Haus zu verlassen.

»Ja bitte?«, sagte sie, und im selben Moment trat ein magerer Mann mit schütterem Haar hinter sie.

»Aha, die Polizei«, sagte er, als er Hollingers Uniform sah. »Sie wurden mir bereits angekündigt:«

»Von wem, wenn ich fragen darf?«

»Von Uwe Steinbrecher.«

»Soso.«

»Sylvia, vielleicht wartest du noch einen Moment. Es dauert doch bestimmt nicht lange?«, meinte er an Hollinger gewandt. »Meine Frau ist nämlich auf dem Weg zu ihrer Schwester. Kann sie ja jetzt nicht allein lassen.«

»Das stimmt, Frau Müller-Herbst«, sagte Hollinger, »es wird

nicht lange dauern. Wir brauchen Sie wohl über die Einzelheiten nicht mehr aufzuklären?«

Sylvia Müller-Herbst schüttelte den Kopf und biss sich auf die Lippen. »Sie müssen wissen, ich habe seit einem halben Jahr nicht mehr mit meiner Schwester gesprochen. Ich konnte das nicht mehr akzeptieren, was sie sich von diesem Widerling alles hat gefallen lassen.«

»Kommen Sie erst mal rein und setzen Sie sich«, sagte Rainer Müller-Herbst. »Vielleicht gehen wir in die Küche. Die Kinder haben wir mal vor die Glotze gesetzt – ausnahmsweise. Wir brauchten ein bisschen Ruhe, um mit ... mit dieser Sache fertig zu werden.«

Müller-Herbst führte sie in eine kleine Küche, wo sich Charlotte auf einen der Kinderstühle am Küchentisch setzte. Hollinger blieb sicherheitshalber stehen und lehnte sich an den Kühlschrank, Rainer und Sylvia Müller-Herbst nahmen ebenfalls an dem winzigen Küchentisch Platz.

»Sie waren gestern zusammen mit Ihrem Schwager auf dem Jubiläumsfest ...«, begann Charlotte.

»Na ja, zusammen wäre übertrieben. Wir sind uns zufällig über den Weg gelaufen, und dann hat er mich zu einem Bier eingeladen.«

»Hatten Sie ein gutes Verhältnis zu Ihrem Schwager?«

»Gut kann man nicht sagen, aber ich habe ihn schon teilweise verstanden. Er war kein Kuschelpädagoge, und das bin ich auch nicht. Ich arbeite in der JVA in Sehnde, müssen Sie wissen, und sehe, was dabei rauskommt, wenn man den Kindern alles durchgehen lässt. Aber darüber hinaus hatten wir wenig miteinander zu tun. Ich wusste ja, dass er Sabine schlägt, und Sylvia ist mehr als einmal mit ihm angeeckt.« Er blickte seine Frau an.

»Ja, ich kann Männer, die Frauen schlagen, nicht ausstehen. Und Frauen, die sich das gefallen lassen, sind einfach Schwächlinge. Deshalb ... sind Sabine und ich auch zerstritten. Aber ich muss mich jetzt um sie kümmern. Unsere Eltern sind tot – beide an Krebs gestorben.« Sie schniefte. »Wenn Sie nichts dagegen haben, würde ich mich jetzt gern auf den Weg machen.«

»Waren Sie gestern nicht auf dem Fest?«, fragte Hollinger.

Sylvia schüttelte den Kopf. »Nein, Lisa, unsere Kleine, hat mal wieder Mittelohrentzündung, das hat sie andauernd. Da wollte ich sie nicht mit der Babysitterin allein lassen. Diese jungen Mädchen sind ja ganz nett, aber in Krisensituationen nicht wirklich zu gebrauchen.«

Hollinger nickte seufzend.

»Ist Ihnen an Ihrem Schwager in letzter Zeit irgendwas aufgefallen?«, wollte Charlotte wissen.

»Nein, ich hab ihn ja seit Monaten nicht gesehen. Ich kann Ihnen da wirklich nicht helfen.«

»Na gut«, sagte Hollinger und blickte Charlotte an, »ich denke, Sie können dann zu Ihrer Schwester gehen. Kann sein, dass meine Frau auch da ist.«

Sylvia stand auf. »Ja, ich bin froh, dass Ihre Frau sich immer um Sabine gekümmert hat. Ich hab so ein schlechtes Gewissen«, sagte sie und verabschiedete sich.

Charlotte wandte sich an Rainer Müller-Herbst.

»Wie lange waren Sie gestern mit Ihrem Schwager zusammen, und worüber haben Sie gesprochen?«

Müller-Herbst griff sich ans Ohrläppchen. »Meine Güte, das weiß ich gar nicht mehr so genau, vielleicht eine Stunde oder so. War nicht mehr ganz nüchtern, sonst hätte ich die Einladung wahrscheinlich gar nicht angenommen. Aber schließlich war Uwe auch da, und wir kennen uns ganz gut. Zum Unterhalten war's eigentlich zu laut. Ich glaube, über Autos haben wir gesprochen, und ansonsten haben wir getrunken und die Tanzfläche beobachtet.«

Hollinger wechselte das Standbein. »Wann ungefähr haben Sie sich getrennt?«

Müller-Herbst zog die Augenbrauen hoch. »Das muss irgendwann zwischen zwölf und halb eins gewesen sein. Nageln Sie mich aber nicht drauf fest.«

»Hat Herr Krämer irgendwas Besonderes gesagt, oder wissen Sie, ob er sich noch mit jemandem treffen wollte?«, fragte Charlotte.

»Keine Ahnung, als ich ging, hat er ausgetrunken und wollte, glaub ich, auch los.«

»Wissen Sie was von einem Streit mit seiner Frau?«

Müller-Herbst sah Charlotte verblüfft an. »Nein, wieso? Sabine war doch gar nicht da. Oder doch?«

Charlotte nickte nur und stand auf. »Wann sind Sie nach Hause gekommen?«

»Na, ich hab ein Taxi genommen, war zu betrunken zum Laufen.« Er grinste. »Entschuldigung, na, vielleicht zwanzig Minuten nachdem ich aus dem Zelt raus war. Musste ein paar Minuten auf das Taxi warten.«

Im Hinausgehen wandte sich Charlotte noch mal um, obwohl sie die Antwort auf ihre Frage schon zu kennen glaubte.

»Haben Sie eine Idee, wer Ihrem Schwager das angetan haben könnte?«

Müller-Herbst holte Luft und schüttelte den Kopf. »Es gibt eine Menge Leute, die Michael nicht leiden konnten, auch viele seiner ehemaligen Schüler. Mit den Eltern hatte er auch manchmal Schwierigkeiten. Aber da hatte er oft nicht ganz unrecht. Eltern behandeln ihre Kinder heutzutage wie kleine Prinzen und Prinzesschen. Bei der geringsten Frustration stehen sie auf der Matte. Aber da hat Michael sich nicht reinreden lassen, obwohl er manchmal bestimmt etwas zu weit gegangen ist.«

»Denken Sie an einen konkreten Fall?«

Müller-Herbst nickte. »Ja, ich kann mich erinnern, dass ein Vater ihm mal an den Kragen gegangen ist. Michael hatte der Tochter die ganzen Hefte zerrissen, weil sie wohl ziemlich schlampig gearbeitet hatte. Ich weiß, da hat er ein bisschen überreagiert. Der Vater wollte dann, dass er ihm die Hefte ersetzt. Und wenn ich Michael gewesen wär, hätt ich ihm zwanzig Euro in die Hand gedrückt und ihn nach Hause geschickt. Aber das konnte Michael ja nicht. Bestand immer auf seinem Recht, und wenn ihm jemand einen Vorwurf machte, ging er sofort zum Angriff über, ohne mal zehn Sekunden drüber nachzudenken, ob der andere vielleicht recht hatte.«

»Er wurde also schnell gewalttätig?«

Müller-Herbst schürzte die Lippen. »Ich weiß nicht. Wenn er sich angegriffen fühlte, dann wurde er zum Choleriker, und bei seiner Frau und seinem Sohn hat er das auch raushängen lassen.

Aber er war viel zu clever, um öffentlich jemanden anzugreifen. Er hatte eine ziemlich subtile Art, Leute fertigzumachen.«

»Wie meinen Sie das?«, fragte Charlotte.

»Na ja, er hat den Leuten gedroht. Jeder hat irgendwo eine Schwachstelle, und er als Lehrer wusste natürlich genau, was in den Familien so vor sich ging.«

»Zum Beispiel?«

»Ich weiß von einer Familie, wo der Vater getrunken hat und die Mutter Nachtschichten geschoben hat, um die Familie durchzubringen. Der Vater hat das Kind die ganze Nacht fernsehen lassen, und am nächsten Morgen ist es dann in der Schule eingeschlafen. Eigentlich hätte Michael handeln müssen. Stattdessen hat er die Eltern unter Druck gesetzt, ihnen mit dem Jugendamt gedroht. Er war ein alter Kommisskopf, wollte immer das ganze Erziehungswesen reformieren. Meinte, er könnte die Eltern zur Vernunft bringen. Aber erzählen Sie mal einem Alkoholiker, er soll aufhören zu trinken. Michael glaubte immer, er könnte alle seinem Willen unterordnen. Das haben manche eben nicht so gern.«

»Können Sie uns Namen und Adressen dieser Leute geben?«, fragte Charlotte.

»Also, die Familie, von der ich gerade erzählt habe, wohnt nicht mehr hier. Die Frau hat sich von ihrem Mann getrennt und ist mit ihrer Tochter weggezogen. Keine Ahnung, wohin. Der Mann ist auch weg.«

»Und der Vater, der das Geld von ihm haben wollte?«

»Keine Ahnung, wer das war und wo die wohnen.«

Charlotte nickte. Bevor sie gingen, warf Hollinger noch einen Blick durch die halb geöffnete Wohnzimmertür. Ein Junge und ein Mädchen – sie konnten nicht viel älter als sieben oder acht sein – saßen völlig fasziniert vor einem Märchen. »Cinderella« von Walt Disney.

»Ihre Kinder sind bemerkenswert ruhig«, sagte er verdrossen.

»Na klar«, erwiderte Müller-Herbst, »die kriegen auch nur ganz selten mal eine DVD zu sehen. Und Fernsehen gibt's nur am Wochenende.«

»Tatsächlich?«, brummte Hollinger und fragte sich, ob Ursulas liberale Erziehung am schlechten Benehmen seiner Tochter schuld war.

Bevor Hollinger Feierabend machte, schaute er noch mal im Revier vorbei, wo Maren vor dem Computer saß und ihren Chef erwartungsvoll ansah.

»Na«, sagte der, »wie gefällt dir der Ausflug zur Kripo?«

»Total interessant, findest du nicht?«, sagte Maren. »Diese Kommissarin ist echt erfolgreich, ich hab sie gegoogelt. Bisher hat sie alle Fälle gelöst, an denen sie gearbeitet hat. Es gibt sogar einen Zeitungsartikel über sie in der HAZ.«

»Tatsächlich«, brummte Hollinger.

»Willst du ihn nicht lesen?««, fragte Maren und drehte ihm den Monitor zu.

»Nein«, sagte Hollinger hastig. So genau wollte er nun wirklich nicht wissen, wie klug seine derzeitige Vorgesetzte war.

Maren verzog den Mund und rückte den Monitor wieder gerade.

»Was hast du denn? Die ist doch nett.«

»Oh ja«, sagte Hollinger, »hoffentlich überschätzt sie uns nicht.«

Maren zuckte mit den Schultern. Sie teilte die Bedenken ihres Chefs nicht. »Außerdem sieht sie klasse aus.«

»Hm«, raunte Hollinger.

Maren lächelte still und sagte nichts.

»Morgen treffen wir uns um neun im ZKD in Hannover, jedenfalls hat deine Super-Hauptkommissarin das so ›vorgeschlagen‹.« Hollinger sagte das, als würde ihn irgendwas ärgern. »Ich hoffe, du hast Jörg informiert?« Hollinger war froh, endlich vom Thema Charlotte Wiegand wegzukommen.

»Ja, ich glaub, er ist froh, dass er seinen Urlaub abkürzen kann«, sagte Maren und grinste.

Hollinger nickte. »Wahrscheinlich klebt er mittlerweile auf seinem Sofa vor der Glotze fest.«

»Gut möglich«, sagte Maren. »Wie sieht's eigentlich mit der Grundschule aus?«

»Die Wiegand und ich haben morgen Mittag einen Termin,

wenn die Schule aus ist. Morgen früh ist ja die Besprechung«, sagte Hollinger. »Sorg dafür, dass Jörg wenigstens nicht in Pantoffeln zur Uniform aufkreuzt, ja?«

»Wenn der mit Pantoffeln bei den hohen Tieren in Hannover aufkreuzen will, werd ich ihn bestimmt nicht dran hindern«, lachte Maren.

Als Hollinger wenige Minuten später seine Haustür öffnete, stieg ihm der Duft von Olivenöl, Knoblauch und Thymian in die Nase. Hm, Ursula kochte.

»Was gibt's denn?«, rief er in die Küche und warf seinen Schlüssel auf den Garderobenschrank.

Als er keine Antwort erhielt, ging er durchs Wohnzimmer zur Küche. Die Tür war geschlossen, und die Abzugshaube brummte. Außerdem hörte er Stimmen. Er stutzte. Noch bevor er sich zurückziehen konnte, wurde die Tür geöffnet, und Ursula stand ihm gegenüber.

»Da bist du ja endlich«, sagte sie. »Es gibt Schweinefilet mit Schafskäsesalat.« Sie lächelte und gab den Blick auf die Küche frei, wo ihre Schwiegermutter mit geröteten Wangen und einem Glas Rotwein in der Hand am Tisch saß.

»Hallo, Kaspar«, sagte sie und stand auf, um ihrem Sohn einen Kuss auf die Wange zu drücken.

Hollinger wich unwillkürlich zurück, aber das machte keinen Eindruck auf seine Mutter. Sie nahm sein Gesicht in beide Hände und küsste ihn, wie sie es seit Jahrzehnten tat und ihr Sohn es seit ebenso langer Zeit hasste. Er verzog das Gesicht. Ursula grinste.

»Setz dich doch, das Essen ist fertig.«

Und als ob ihre gemeinsame Tochter auf diesen Satz gewartet hätte, drängte sich Kerstin an ihrem Vater vorbei in die Küche.

»Was gibt's denn?«, fragte sie, ging grußlos an ihrer Großmutter vorbei und öffnete den Backofen.

»Oh, musstest du denn wieder Thymian drantun? Den mag ich doch nicht.«

»Weiß ich«, sagte Ursula. »Deine Großmutter ist da und dein Vater auch.«

»Ach ja, hallo«, sagte Kerstin und wollte die Küche verlassen.

»Kind«, sagte Oma, »willst du denn nicht mit uns essen?«

»Nicht von dem Zeug«, erwiderte Kerstin und war weg.

Oma schüttelte den Kopf und sah ihre Schwiegertochter strafend an. »Das Kind ist viel zu dünn, du musst mehr auf ihre Ernährung achten.«

»Zu dünn?«, fragte Ursula und hob die Brauen. Ihre Tochter war alles andere als dünn und aß kritiklos alles, was nicht in der heimischen Küche gekocht worden war.

Hollinger stand immer noch in der Tür, nicht sicher, ob er nicht lieber bei Hermanns Imbiss eine Currywurst mit Fritten essen sollte.

»Nun setz dich schon endlich«, sagte Ursula.

Zu spät, er musste sich mit seinem Frauenhaushalt arrangieren.

»Jetzt erzähl doch erst mal, was das mit diesem Michael Krämer ist«, sagte Berna, während Ursula ihm zwei Schweinefilets mit Rahmsoße auf einem riesigen Teller servierte.

Kaspar verwarf den Gedanken an Currywurst mit Fritten und setzte sich an seinen Platz auf der Eckbank.

»Berna, du weißt genau, dass ich zu laufenden Ermittlungen nichts sagen kann.«

Hollinger säbelte ein Stück Fleisch ab und kostete. Lecker. Er nahm sich Brot und Salat und hatte die feste Absicht, sich in kein Gespräch verwickeln zu lassen.

Berna nahm einen großen Schluck von ihrem Rotwein und wartete auf ihren Teller.

»Ich weiß ja nicht, aber irgendwie geschieht es diesem Kerl doch recht. Meint ihr nicht? Ich hab mir die arme Sabine gestern im Badezimmer angesehen. Ihr glaubt ja nicht, die hatte lauter blaue Flecken am Arm.«

Ursula setzte sich ihrer Schwiegermutter gegenüber und verteilte den Rotwein.

»Ich weiß. Der Kerl hat sie nicht mit Samthandschuhen angefasst.«

»Und dann ist sie so freundlich, mit mir nach Hause zu gehen.« Berna nahm einen kleinen Bissen von ihrem Filet und legte dann die Gabel weg. Der Rotwein schien mehr nach ihrem Geschmack.

»Mmh, der ist aber lecker«, sagte sie und fuhr mit der Zunge über die Lippen.

»Wann hast du jemals einen Rotwein nicht lecker gefunden«, sagte Ursula mehr zu sich selbst. Aber ihre Schwiegermutter hatte es sowieso nicht gehört, und wenn doch, würde sie es überhören.

»Lass es dir schmecken«, sagte Ursula und schob ihr den Teller hin. Ab und zu sollte Berna doch etwas feste Nahrung zu sich nehmen.

»Ich hab ihr ja dann noch gut zugeredet, gestern Abend. Dass sie sich doch endlich von diesem Menschen trennen soll. Aber sie hat mich wohl gar nicht gehört, hat kein Wort gesagt und immer nur in den Spiegel gestarrt. Also, wenn ihr mich fragt, die war wild entschlossen«, sagte Bernadette, leerte ihr Glas und griff nach der Gabel.

Hollinger hörte nur mit halbem Ohr hin und tunkte sein Brot in die köstliche Soße.

»Das glaube ich nicht«, sagte Ursula. »Woher sollte der plötzliche Sinneswandel kommen?«

Ihre Schwiegermutter zuckte mit den Schultern. »Weiß ich nicht, jedenfalls hat sie sich dann plötzlich angezogen und ist weggegangen.«

Hollinger hörte auf zu kauen und sah seine Mutter verblüfft an. »Was meinst du damit? Sie ist weggegangen?«

Seine Mutter warf ihm einen Blick zu, der ihm das Gefühl gab, wieder ein kleiner Junge zu sein.

»Junge, wie soll ich das schon meinen. Sie ist eben wieder weggegangen, obwohl sie doch eigentlich bei mir schlafen sollte. Ich hatte mich schon über ein bisschen Gesellschaft gefreut, aber das war wieder nichts. Kann ich noch was haben?« Sie hob ihr Glas.

Ursula stand auf, um noch eine Flasche Rotwein zu öffnen. Sie hatte aufgehört, sich über den Alkoholkonsum ihrer Schwiegermutter zu wundern.

»Wann ist sie weggegangen? Hat sie gesagt, wohin?«, bohrte Hollinger nach.

»Wann das war, weiß ich nicht mehr, und wohin sie gegangen ist, ist doch klar. Nach Hause, wohin denn sonst, mein Gott.«

Das warf ein anderes Licht auf die Sache. Bisher war Hollinger überzeugt gewesen, dass Sabine die Nacht bei seiner Mutter verbracht hatte, sie somit ein Alibi hatte. Das sah jetzt ganz anders aus.

Er blickte seine Frau an, die genau wusste, was in ihm vorging.

»Du machst Witze!«, sagte sie nur und aß von ihrem Salat.

Hollinger legte sein Besteck zur Seite und schob den Teller weg. Ihm war der Appetit vergangen.

DREI

Es war ein schwüler Montagmorgen. Der August schien die Menschen mit der seit zwei Wochen beständigen Wärme und dem wolkenlosen Himmel für den verregneten Juli entschädigen zu wollen.

Im Besprechungsraum der Kriminalfachinspektion 1, zuständig für Tötungsdelikte und vermisste Personen, hatten sich sechs Leute um den Resopaltisch versammelt. Kriminalrat Ostermann hatte zähneknirschend und »nur vorübergehend« zugestimmt, dass die Polizeibeamten vom Kleefelder Kommissariat – dazu gehörte auch der junge Kollege Jörg Sander – Charlottes Team unterstützten.

Charlotte hatte Hollinger, Maren und Sander die zwei Teamkollegen Henning Werst und Thorsten Bremer von der KFI 1 vorgestellt. Die sechs Leute musterten sich kurz. Bremer war ein blasser, schlanker Mann mit Stoppelhaarschnitt. Hollinger schätzte ihn auf Ende zwanzig. Henning Werst dagegen war ein Energiebündel mit einer Figur, die Arnold Schwarzenegger das Fürchten hätte lehren können. Hollinger war überzeugt davon, dass dieser Typ den größten Teil seiner Freizeit im Fitnessstudio verbrachte und seine Nahrung zu neunzig Prozent aus Anabolika bestand.

Man sprach kurz miteinander, einigte sich auf das Du und wartete auf den Chef des Hauses.

Ostermann betrat den Raum, der wegen der heruntergezogenen Rollos im Halbdunkel lag, grüßte knapp die sechs Anwesenden und forderte Hollinger, »wenn Sie schon mal da sind!«, auf, seine bisherigen Ergebnisse vorzutragen.

Der schluckte nervös und erzählte dann mit Marens Unterstützung, was sie bisher rausgefunden hatten.

»Na, das ist ja nicht viel«, brummte Ostermann. »Und wie gedenken Sie weiter vorzugehen?« Die Frage war an Charlotte gerichtet, die noch kein Wort gesprochen hatte, seit Ostermann den Raum betreten hatte.

»Wir werden die Ehefrau noch mal unter die Lupe nehmen«, sagte sie jetzt. »Obwohl wir nicht davon ausgehen, dass sie in der Lage wäre, so eine Tat durchzuführen. Jedenfalls nicht allein. Und nach der Spurenlage handelt es sich um einen Einzeltäter, sagt Kruse. Allerdings hat ihr Mann sie jahrelang misshandelt und unter Druck gesetzt. Kann schon sein, dass man dann irgendwann durchdreht. Bei der Identifizierung ihres Mannes ist sie jedenfalls zusammengebrochen.«

»Ja«, jetzt meldete Jörg Sander sich zu Wort, »aber das würde dann doch wohl eher im Affekt vor sich gehen. So mit Schürhaken oder Briefbeschwerer oder wie man das sonst in Krimis liest. Das, was hier vor sich gegangen ist, das kann nicht jeder. Dazu muss man schon eine sadistische Ader haben und die Sache halbwegs planen.«

Ostermann schaute den jungen, unbekannten Beamten aus dem Vorort erstaunt an und nickte kurz. »Trotzdem müssen wir die Frau im Auge behalten.«

»Natürlich«, sagte Charlotte. »Außerdem müssen wir noch den Bericht aus der Rechtsmedizin und dem Labor abwarten. Dr. Wedel sagt, heute Nachmittag hat er die ersten Ergebnisse.«

»Gut«, sagte Ostermann, »was weiter?«

»Nun, Herr Hollinger und ich werden uns mal mit der Chefin von dem Krämer unterhalten, der Rektorin der Grundschule. Anscheinend hatte der Tote einen ziemlich autoritären Erziehungsstil und demzufolge oft Ärger mit irgendwelchen Eltern. Ich denke, da wäre möglicherweise ein Motiv zu finden.«

»Außerdem müssen wir rausfinden, wohin er gegangen ist, nachdem er das Jubiläumsfest verlassen hat, und mit wem er noch gesehen worden ist«, sagte Jörg Sander.

Hollinger war verblüfft über seinen Mitarbeiter, so kannte er Jörg gar nicht. Er hielt sich bei Besprechungen normalerweise im Hintergrund, aber er schien plötzlich von seiner eigenen Wichtigkeit beeindruckt. Seit drei Monaten war er geschieden, und die Trennung von seiner Frau hatte ihn so mitgenommen, dass Hollinger sich ernsthaft um seine seelische Stabilität gesorgt hatte. Aber Jörg Sander schien sich mit seiner neuen Situation abgefunden zu haben. Zumindest redete er wieder. Auch wenn sich bei dem, was er zu sagen hatte, selten das Zuhören lohnte. Er machte die ganze Welt für seine Misere verantwortlich. »Das ganze Leben ist beschissen wie 'ne Hühnerleiter«, pflegte er zu sagen, wenn er das Revier betrat oder nach Dienstschluss wieder in seine Junggesellenbude aufbrach. Und Frauen waren die Hühner, die das Leben beschissen machten. Es gab niemanden mehr im Kleefelder Kommissariat, der sich die Dummheit erlaubte, Jörg Sander zu fragen, wie es ihm ging.

Allerdings schien ihm ein Dasein ohne ein Huhn, das ihm das Leben schwer machte, auch nicht zu gefallen. Deswegen – und Hollinger wusste nicht, ob ihn das freuen sollte – warf Jörg Sander seiner jungen Kollegin Maren in letzter Zeit häufig sehnsüchtige Blicke zu. Maren schien das nicht zu bemerken, aber Hollinger traute dem Braten nicht. Seine Kollegin war clever, und ihr entging so schnell nichts. Und dann hatte man ihnen auch noch dieses Wahnsinnsweib als Chefin vor die Nase gesetzt. Er hoffte nur, dass sich im Team keine Spannungen aufbauen würden.

Hollinger blickte Charlotte fragend an.

»Ja«, sagte die Hauptkommissarin an Jörg Sander gewandt, »das könntest du mit Maren übernehmen. Vielleicht wäre ein Aufruf in der Zeitung sinnvoll. In seiner Brieftasche haben wir eine Mitgliedskarte für ein Fitnesscenter in Kleefeld gefunden. Da werden wir uns noch erkundigen. Außerdem könnt ihr seinen Terminkalender durchgehen. Was Auffälliges haben wir bisher nicht feststellen können, genauso wenig wie bei seiner Telefonliste. Der Kerl hat kaum vom Festnetz telefoniert, und sein Handy ist nicht aufzufinden, obwohl er eins hatte – sagt seine Frau. Der Täter wird das Handy wohl an sich genommen und zerstört haben, sonst hätten wir es ja orten können, was nicht der Fall war. Und dass es verschwunden ist, deutet darauf hin, dass Krämer den Täter kannte und seine Nummer im Handy gespeichert war.«

»Nun mal langsam, Frau Wiegand«, sagte Ostermann. »Er kann es genauso gut einfach verloren haben.«

»Natürlich«, stimmte Charlotte in einem Ton zu, der das Gegenteil ausdrückte. »Jedenfalls«, fuhr sie fort, »gibt es auf seiner Anrufliste ein paar Nummern, die wir noch kontrollieren müssen.

Außer der von seinem Sohn gibt es noch acht. Sechs gehören zu Kollegen, eine zu seinem Arzt und eine zu seiner Autowerkstatt. Da ist wenig zu holen. Trotzdem müssen wir rausfinden, mit wem er am Samstag noch Kontakt hatte. Und Thorsten will den Computer noch mal checken. Bisher haben wir über Krämer nichts gefunden.«

Ostermann nickte kaum merklich und schob mit dem Mittelfinger seine Brille höher.

»Wenn ich das richtig sehe, haben Sie bisher keine Erkenntnisse.«

»Nichts Aufschlussreiches, nein, auch nicht in seinem Arbeitszimmer«, sagte Charlotte und verzog den Mund. »Ich habe für den Festplatz sogar einen Drogenspürhund angefordert, weil Wedel meint, das Opfer sei betäubt worden. Aber der Hund hat nichts angezeigt, und der eingesammelte Müll gibt auch nichts her.«

»Heute Abend berichten Sie mir«, brummte Ostermann und stand auf.

»Wann kommt eigentlich Ihr Kollege Bergheim aus dem Urlaub zurück?« Er spuckte das Wort »Kollege« aus wie eine saure Erdbeere.

Charlotte kniff die Augen zusammen. »Sobald sein Sohn aus dem Krankenhaus entlassen wird«, sagte sie bissig und stand ebenfalls auf.

Ostermann schüttelte den Kopf. »Wenn das alle machen würden. Sehen Sie zu, dass er wieder aufkreuzt. Er ist der Einzige, der Sie noch unterstützen kann, und Herr Bremer wird hier im Haus gebraucht. Wir haben genug mit dieser Massenschlägerei im Sahlkamp zu tun. Und es kann kein Dauerzustand sein, dass Sie sich Beamte von der Schutzpolizei als Assistenten anheuern, auch wenn die sich in ihrer Wache in Kleefeld nur langweilen, weil da so gut wie nie was passiert. Sie müssen keinem beweisen, wie unkonventionell Sie sind, Frau Wiegand!«

Dann öffnete er die Tür, drehte sich noch einmal um und sah Hollinger an.

»Ich gehe davon aus, dass Sie nicht in einen Interessenkonflikt geraten.«

Hollinger riss die Augen auf, aber bevor er fragen konnte, was Ostermann damit sagen wollte, war der schon zur Tür raus.

»Was, zum Kuckuck, meint er denn damit?«, fragte er und sah Maren dabei an.

Die hob die Augenbrauen. »Na, weil du doch den Toten gekannt hast.«

Hollinger legte den Kopf schief. »Ich dachte, gerade deswegen wäre ich hier.«

»Dachte ich auch«, sagte Maren.

Als sie die Tür des Besprechungszimmers hinter sich geschlossen hatten, klopfte Charlotte Hollinger auf die Schulter.

»Willkommen im Club«, sagte sie grinsend, und er blieb einen Moment verblüfft stehen.

Dr. Wedel von der Rechtsmedizin liebte seinen Beruf. Zumindest ließ sein zufriedenes Lächeln keine andere Schlussfolgerung zu. Als Charlotte und Hollinger sein mit Büchern und Zeitschriften überfülltes, spartanisch eingerichtetes Büro betraten, saß der rundliche Mediziner am Tisch und sah den beiden Ermittlern verheißungsvoll entgegen.

Mit den Worten »Raten Sie mal, was ich gefunden habe« empfing er sie und lutschte am Bügel seiner Hornbrille herum.

Hollinger setzte sich auf den Besucherstuhl, und Charlotte quetschte sich mit einer Pobacke neben einen Stapel Bücher auf ein niedriges Sideboard.

»Was haben Sie gefunden?«, fragte sie.

»Das hier«, sagte Wedel triumphierend und hielt eine kleine Plastiktüte mit einem Schlüssel hoch.

»Und jetzt raten Sie mal, wo ich den gefunden habe?«

»Im Schlüsselkasten«, sagte Charlotte genervt.

Wedel gluckste. »Falsch«, sagte er zufrieden, »und jetzt Sie.« Dabei blickte er den verdatterten Hollinger fragend an.

»Nicht im After – falls Sie das sagen wollten.«

Hollinger schluckte, Charlotte bekam große Augen.

»Sie meinen, Sie haben diesen Schlüssel im … in …«

Wedel nickte triumphierend. »Stimmt. Im Magen, um genau zu sein.«

Charlotte nahm das Tütchen und betrachtete den Schlüssel gedankenverloren.

Er war nicht besonders groß, nicht wie ein Haus- oder Autoschlüssel.

»Meine Güte«, sagte sie dann, »er muss ihn verschluckt haben. Weiß jemand von der Technik, wozu er passen könnte?«

»Ja, klar«, sagte Wedel, »für alles und nichts. Fensterverriegelungen, Geldkassetten, Schließfächer, Schreibtische, sonstige Schranktüren und sogar für Fahrradschlösser.«

Hollinger räusperte sich. »Äh, wieso verschluckt man einen Schlüssel?«

»Weil er wichtig ist«, sagte Charlotte, »und weil der Täter ihn nicht finden sollte. Krämer muss geahnt haben, was auf ihn zukam.«

Einen Moment sagte keiner etwas. Charlotte war aufgestanden und starrte aus dem schmutzigen Fenster hinaus auf die Stadt. Sie konnte das grüne Dach der Eilenriede sehen, und unten in den Straßen trieb das Leben die Menschen vor sich her. Wer wusste schon, wo in diesem Augenblick einem Menschen Gewalt angetan wurde. Es war heller Tag, aber was bedeutete das schon? Die Gier nach Macht und Geld suchte sich ihre Opfer zu jeder Zeit.

»Das ist krass«, sagte Hollinger plötzlich in die Stille und erntete einen mitleidigen Blick von Dr. Wedel.

»Sie gucken wohl zu viel MTV, was?«, fragte er grinsend.

»Was?«, meinte Hollinger verwirrt und riss sich zusammen. »Vielleicht hat er den Schlüssel ja auch aus Versehen verschluckt.«

Im selben Moment, als er das sagte, verzog er den Mund. »Aber das ist wohl unwahrscheinlich, was?«, fügte er dann schnell hinzu. »Passiert einem erwachsenen Mann nicht.«

»Nein, eher nicht«, sagte Charlotte. »Was haben Sie sonst noch?«

»Der Mann ist ertrunken, aber vorher wurde er betäubt, mit Tavor Expidet. Ein sedierendes, angstlösendes Mittel. Wird häufig gegen Schlafstörungen verschrieben. Hauchdünne Tabletten, die sich blitzschnell auflösen. Werden gerne bei sogenannten ›unkooperativen‹ Patienten verwendet, sprich solchen, die ums Verrecken nicht schlucken wollen, wovon wir bei unserem Opfer ja wohl ausgehen können. Man stopft sie ihnen in den Mund und verhindert ein Ausspucken. Dort werden sie dann von der Mundschleimhaut aufgenommen. Und wenn einer nicht dran gewöhnt ist, genügt schon eine kleine Menge, um ihn mattzusetzen. Können von Glück sagen, dass wir so schnell waren mit der Obduktion. Das Zeug lässt sich nicht ewig nachweisen.«

»Ja, wenn wir Sie nicht hätten«, sagte Charlotte und rollte mit den Augen.

»Wären Sie völlig aufgeschmissen, ich weiß«, feixte Wedel.

»Außerdem wurde Ihr Opfer schwer misshandelt. Er hat mehrere große Hämatome am Oberkörper. Die linke Niere ist gerissen. Da hat jemand – möglicherweise mit Springerstiefeln oder sonstigem schwerem Schuhwerk – auf ihn eingetreten. Am Hals gab es nur geringfügige Verletzungen. Er war schon weggetreten, als sein Kopf unter Wasser festgebunden wurde. Eine ziemlich effiziente Art, jemanden umzubringen. Man wirft ihn betäubt ins Wasser, macht sich aus dem Staub, und die Drecksarbeit erledigt sich von selbst.«

»Dann hat der Täter nichts von dem Schlüssel gewusst. Der hätte doch sonst versucht, das Ding an sich zu bringen … irgendwie«, sagte Charlotte.

»Das hätte er bestimmt getan. Allerdings hätte er dann ein gut geschärftes Küchenmesser dabeihaben müssen. Besser ein Skalpell, das gibt nicht so eine Schweinerei.« Wedel lächelte Hollinger an, der blass geworden war.

»Seltsam«, sagte Charlotte kopfschüttelnd, »was mag sich da abgespielt haben?«

»Das müssen Sie rausfinden, werte Kommissarin. Kann mich hier nicht um alles kümmern«, sagte Wedel und setzte seine Hornbrille wieder auf die Nase.

Hollinger erhob sich, Charlotte rührte sich nicht. »Wann genau ist er gestorben?«, fragte sie.

»Gegen drei Uhr nachts – plus/minus eine halbe Stunde.«

»Warum auch immer.« Charlotte stand auf und folgte Hollinger, der bereits an der Tür wartete. »Da wartet eine Menge Arbeit auf uns.«

Das Büro von Antonia Leiden war geräumig und hell. An den Wänden hingen ein gerahmtes Foto des Lehrerkollegiums und unzählige von Kindern gemalte Bilder, die sich alle irgendwie ähnelten. Ein Haus, eine Frau mit lockigem schwarzem Haar – unbestreitbar Frau Leiden höchstselbst –, umgeben von einer Kinderschar. Hier und da war das Hauptmotiv mit Bäumen und Vögeln verziert.

Charlotte und Hollinger saßen in der Nähe der Tür an einem runden Tisch, der sechs Personen Platz bot. Auf dem Tisch standen eine Vase mit gelben und roten Dahlien – bestimmt das Geschenk eines Kindes aus dem heimischen Garten – und eine Schale mit Schokokonfekt. Hollinger konnte nicht widerstehen und nahm sich einen Haselnuss-Karamell. Es war schon fast halb zwei, und sie waren bisher nicht zum Essen gekommen. Vor zwei Minuten hatte es geklingelt, und auf dem Flur tobte ein Orkan aus Kindergeschrei und wildem Fußgetrappel.

Als die Tür aufging, betrat eine füllige Frau Anfang vierzig mit üppiger brauner Haarpracht das Büro. Sie trug einen Ordner, den sie auf ihren Schreibtisch am Fenster legte, und reichte den beiden Beamten die Hand.

»Es tut mir leid, dass ich nicht eher Zeit hatte, aber diese … schreckliche Angelegenheit hat unsere Planung doch etwas durcheinandergebracht, und dann haben wir ja so viele Schulanfänger. Die brauchen immer sehr viel Aufmerksamkeit.«

Hollinger nickte wortlos, während er versuchte, mit der Zunge den klebrigen Karamell von seinem Gaumen zu lösen, was keinen besonders intelligenten Eindruck machte.

Frau Leiden lächelte. »Wie kann ich Ihnen denn nun helfen?«

Hollinger schluckte.

»Wir möchten mit Ihnen über Herrn Krämer sprechen«, sagte Charlotte, und als Frau Leiden die Lippen kräuselte, fügte sie schnell hinzu: »Sie verstehen sicher, dass wir das Opfer genau kennenlernen müssen, wenn wir den Täter überführen wollen.«

»Selbstverständlich«, sagte Frau Leiden, »was wollen Sie wissen?«

»Nun, wie wir gehört haben, hatte Herr Krämer eine … ungewöhnliche Art, mit Kindern umzugehen.«

»Wenn Sie mit ›ungewöhnlich‹ ›unzeitgemäß‹ meinen, haben Sie recht.«

»Könnten Sie das näher erläutern?«

»Nun, ich hatte bei meinen Unterrichtsbesuchen bei Michael Krämer immer das Gefühl, ich befände mich in den dreißiger Jahren. Er gestaltete seinen Unterricht wie ein Feldwebel.« Sie lehnte sich zurück und legte die gefalteten Hände auf ihren rundlichen Bauch. »Missverstehen Sie mich nicht, es gibt durchaus Schüler, bei denen diese Unterrichtsmethode nützlich ist. Aber die meisten Kinder hatten Angst vor ihm, und das ist kontraproduktiv. Ich habe mehrfach mit ihm darüber gesprochen, aber er ließ sich ungern reinreden.«

»Wie lange war Herr Krämer an dieser Schule?«, fragte Charlotte.

»Über fünfzehn Jahre, glaube ich. Aber das steht in seiner Personalakte.«

»Gab es einen Kollegen, mit dem er sich besonders gut verstand?«

Frau Leiden betrachtete Hollinger neugierig.

»Nicht dass ich wüsste.«

»War er beliebt?«, fragte Charlotte.

»Wohl nicht, aber dazu müssten Sie schon die Kollegen befragen.«

Charlotte seufzte. »Frau Leiden, wir verstehen natürlich, dass Sie nicht gern über einen Kollegen reden wollen, aber immerhin geht es hier um Mord, und wir sind auf Informationen angewiesen. Wir könnten das Ganze sehr abkürzen, wenn Sie uns alles sagen, was Sie über Herrn Krämer wissen.«

Frau Leiden warf einen Blick zur Tür, die zum Sekretariat führte. Sie war geschlossen.

Sie beugte sich vor und sagte leise: »Er hat sich von den anderen ferngehalten, und es gibt bestimmt niemanden im Kollegium, der das hätte ändern wollen. Es war äußerst schwierig, mit ihm zusammenzuarbeiten, aber er hat sich sowieso nicht an gemeinsamen Projekten beteiligt. Es gab oft Beschwerden über ihn.«

Sie stand auf, ging zu ihrem Schreibtisch und kam mit einem Schnellhefter zurück. »Das sind alle Beschwerdebriefe, die im Laufe der Zeit auf meinem Schreibtisch gelandet sind. Durchschnittlich drei bis vier pro Schuljahr – die mündlichen Beschwerden mal ausgenommen –, und ich bin seit sechs Jahren hier.«

Sie legte den Hefter auf den Tisch, wo Charlotte sofort danach griff. Sie stieß einen Pfiff aus, als sie ihn durchblätterte.

»Warum hat man ihn nicht versetzt?«, fragte sie staunend.

Frau Leiden zuckte mit den Schultern. »Mit welcher Begründung? Er hat sich nie wirklich was zuschulden kommen lassen, bis auf die Sache mit dem Jungen ... wie hieß er doch gleich? Er soll ihn mit dem Zeigestock geschlagen haben – aber das war vor meiner Zeit.«

Hollinger nickte. »Davon hab ich gehört. Was wurde aus der Sache?«

»Nichts. Soviel ich weiß, gab es keine Beweise.«

»Könnten Sie uns sonst noch etwas sagen? Gab es einen Kollegen, mit dem er Streit hatte?«

Frau Leiden verzog den Mund. »Streit hat er bestimmt mit allen mal gehabt, aber dass ihn jemand genug gehasst hätte, um ihn zu töten? Nein, das glaube ich wirklich nicht.«

Charlotte hielt ihr das Tütchen mit dem Schlüssel hin. »Haben Sie eine Ahnung, wofür der sein könnte?«

Frau Leiden kniff die Augen zusammen. »Ich weiß nicht, vielleicht für ein Fach im Lehrerzimmer, die sehen so aus.« Sie stand auf.

»Das kann ich gleich ausprobieren.« Damit ging sie, gefolgt von den beiden Beamten, ins Lehrerzimmer, das um diese Zeit bereits leer war, und suchte nach Krämers Fach.

Es war offen, und der Schlüssel passte nicht. Charlotte nahm den Inhalt heraus. »Das sind Arbeitsblätter für die Schüler«, sagte Frau Leiden.

Charlotte nickte und überreichte Hollinger den Packen Blätter.

»Vielleicht zeigen Sie uns jetzt noch sein Klassenzimmer«, sagte sie, und Frau Leiden führte sie an vielen offenen Türen vorbei bis zum Ende eines langen Flurs. An einer Tafel stand: »Raum 30, 4b, Herr Krämer«. Auch diese Tür war offen. Einige Stühle standen auf den Tischen, andere waren wild im Raum verteilt.

Auf dem Fußboden lagen Papierschnipsel, und unter einem Tisch am Fenster waberte eine Riesenpfütze. Es roch nach Pfirsichsaft.

Frau Leiden seufzte. »Man sieht gleich, dass die feste Hand fehlt«, sagte sie. »Normalerweise müssen die Kinder so was selbst beseitigen.«

Charlotte zuckte mit den Schultern und ging zum Lehrertisch, auf dem das Klassenbuch und einige Prospekthüllen mit Pappmustern für Trauerkarten lagen. Offensichtlich fertigte jedes Kind eine Beileidskarte für den toten Lehrer an, wobei Charlotte sich fragte, wie groß die Trauer der Schüler wohl wirklich sein mochte.

Sie versuchte zuerst, ob der Schlüssel in das Schubladenschloss passte, ohne Erfolg. Dann gab sie ihn Hollinger, damit er im Klassenschrank nach etwas Abschließbarem suchen konnte.

Charlotte warf einen Blick in Schublade und Seitenfach des Tisches, der peinlich aufgeräumt war. Sie fand Bastelunterlagen, Schulbücher, einen Kasten mit Scheren und einen mit Würfeln und Zirkeln, aber keine Kasse oder sonstige Behältnisse mit Schloss. Dann nahm sie ihr Handy und forderte zwei Leute von der Kriminaltechnik an, die sich um den Inhalt des Tisches kümmern sollten.

»Den Tisch auf Fingerabdrücke zu untersuchen wird wenig Sinn haben«, sagte sie mehr zu sich selbst.

»Allerdings«, lächelte Frau Leiden, »da haben schon Generationen von Kindern drin rumgewühlt.«

»Sind die Tische nie abgeschlossen?«, wollte Charlotte wissen.

»Unterschiedlich«, sagte die Direktorin, »es kommt darauf an, was sie drin aufbewahren. Einige Lehrer schließen allerdings ab, weil der Materialienschwund sonst groteske Ausmaße annimmt. Aber bei Herrn Krämer hat sich bestimmt keiner an irgendwelchen Sachen vergriffen. Der hat immer aufgepasst, dass alle Unterrichtsutensilien wieder an Ort und Stelle waren. Er ließ die Schüler sonst kollektiv nachsitzen. So sorgt man dafür, dass alle sich verantwortlich fühlen.«

Charlotte war kein Freund von Kollektivstrafen, wollte das Thema aber nicht vertiefen.

»Ich glaube, das war fürs Erste alles«, sagte sie und ging, gefolgt von Hollinger und Frau Leiden, zum Ausgang.

»Wissen Sie«, sagte die Direktorin, bevor sie die beiden verabschiedete, »er war sicherlich ein schwieriger Mensch, aber seine Schüler hatte er immer im Griff, sie waren äußerst diszipliniert. Und manchmal – das können Sie mir glauben – ist das eine echte Wohltat.«

Hollinger stimmte ihr seufzend zu.

Kerstin Hollinger warf ihren Rucksack auf den Rücksitz des roten Golf Cabrio ihres Freundes und sich selbst auf den Beifahrersitz. Noch bevor Ursula, die die Szene vom Küchenfenster aus beobachtet hatte, aus der Haustür rennen konnte, war der Wagen mit ihrer Tochter bereits auf und davon.

»Verflixte Göre«, schimpfte sie vor sich hin. Sie hatte keine Ahnung, mit wem ihre Tochter da unterwegs war. Und die Tatsache, dass Kerstin sich grußlos aus dem Haus geschlichen hatte, sprach nicht gerade für den jungen Mann. Womöglich fürchtete Kerstin, dass ihre Mutter ihn nicht mochte und ihr den Umgang verbieten würde. Ursula hatte keine Ahnung, wie richtig sie mit dieser Vermutung lag.

Sie ging zum Telefon und versuchte, ihre Tochter auf dem Handy zu erreichen. Aber das hatte Kerstin wohlweislich ausgestellt. Sie überlegte, ihr eine SMS zu schicken, verwarf den Gedanken aber wieder, dazu war sie viel zu wütend. Ihr blieb nichts anderes übrig, als zu warten, dass sie wieder auftauchte. Wenigstens war es erst fünf Uhr. Vielleicht wollten sie nur zum See. Ursula gab sich mit diesem Gedanken zufrieden und ging zurück in die Küche. Sie hatte zwei Tage frei und sich viel vorgenommen. Aber eigentlich wusste sie mit ihrer Zeit im Moment nichts Rechtes anzufangen.

Diese Sache mit Sabine ging ihr nicht aus dem Kopf. Sie hatte sie angerufen und wollte sie fragen, wo sie die Nacht auf Sonntag verbracht hatte, ließ es dann aber. Ihr Kaspar war ein freundlicher, gutmütiger Mann, aber er konnte es nicht leiden, wenn sie sich in seine Arbeit einmischte. Natürlich hatte er normalerweise nichts mit Mordfällen zu tun, und es war ja in diesem gediegenen Stadtteil auch erst einmal ein Mord vorgekommen, seit sie hier wohnten. Und der war skurril genug gewesen. Damals hatte Kaspar gerade erst seine Stelle als Polizeioberkommissar im Kleefelder Revier angetreten. In der Nähe der Kleingärten am Annateich war die Leiche eines Mannes gefunden worden. Nach dem Täter musste man nicht lange suchen, denn der Tote hatte den Namen seines Mörders auf ein Stück Papier geschrieben und es sorgfältig in den Hosenbund eingenäht. Der Tote hatte den Mörder erpresst, jedenfalls hatte der das bei der Vernehmung behauptet. Bis heute wusste allerdings niemand, womit. Das hatte der Täter bei seinem Geständnis sicherheitshalber für sich behalten.

Jedenfalls hatte sich seit diesem spektakulären Fall nichts Weltbewegendes mehr ereignet. Die üblichen Einbrüche, Schlägereien, Trunkenheit am Steuer. Das war das tägliche Brot eines Polizisten in einem Vorort wie Kleefeld, der durch seine Nähe zum Hermann-Löns-Park, zum Tiergarten und zur Eilenriede zu den begehrtesten Wohngegenden in der Region Hannover gehörte.

An einen Exhibitionisten konnte Ursula sich erinnern und an das Verschwinden eines jungen Mädchens. Man hatte ihr Fahrrad mit einem Platten im Annapark gefunden und damals Himmel und Hölle in Bewegung gesetzt, um das Mädchen wiederzufinden. Sogar der Teich war abgesucht worden. Aber eine Leiche wurde nicht gefunden, und das Mädchen war nie wieder aufgetaucht. Es wurde gemunkelt, dass es im Elternhaus Streit gegeben hatte und sie weggelaufen sei.

Diese Fälle hatten sie nicht wirklich betroffen. Natürlich, es war eine Tragödie, wenn ein junges Mädchen verschwand. Ursula hatte selbst eine Tochter in diesem Alter, aber sie hatte das Mädchen nicht persönlich gekannt. Und der Erpresser war an seinem Tod wohl selbst nicht ganz unschuldig.

Aber in diesem Fall kannte sie das Opfer. Sie hatte den Mann zwar nicht leiden können, fühlte aber doch mit ihrer Freundin, die nun mit ihrem Sohn allein war.

Sabine verheimlichte etwas, und das machte Ursula Angst. Zwar konnte sie sich beim besten Willen nicht vorstellen, dass ihre Freundin ihren Mann umgebracht hatte – und dann auf so scheußliche Weise –, aber warum war sie nicht offen gewesen, wenigstens zu ihr, wenn schon nicht vor diesen ganzen Polizisten? Vielleicht lag es ja an dieser Kommissarin aus Hannover, vor der alle einen Mordsrespekt hatten. Ursula wusste noch nicht recht, was sie von der Frau halten sollte. Bestimmt war sie klug, und sie sah sehr gut aus. Ursula lächelte. Da konnte ein Mann wie ihr Kaspar schon nervös werden, wenn so eine Frau ihm auf die Finger guckte. Dann erhob sie sich seufzend. Es hatte keinen Zweck, weiter über diese Sache nachzugrübeln. Sie konnte nichts tun, außer ihrer Freundin zur Seite zu stehen.

Ursula beschloss, sich um ihre Lorbeerhecke zu kümmern. Die musste dringend geschnitten werden. Als sie in den Garten ging, konnte sie gerade noch einen Blick auf ihre Nachbarin Petra Backhausen erhaschen, die den üppigen Haselnussbaum begradigte, der ein wenig vom Hollinger'schen Anwesen in den Luftraum der Backhausens hinüberragte.

Frau Backhausen war eine sehr gründliche Person, bei ihr musste alles seine Ordnung haben, und es ging nicht an, dass sie oder ihr Mann das Laub der nachbarlichen Bäume entsorgten. Also sammelte sie die Äste und Blätter, die die Hollinger'sche Hasel verbotenerweise auf ihren Gartenboden hatte fallen lassen, auf und warf sie über den Zaun zurück in Nachbars Garten, wo sie hingehörten. Ursula verdrehte die Augen und hatte plötzlich keine Lust mehr, im Garten zu arbeiten, obwohl ein anderthalb Meter hoher Lattenzaun sie vom Nachbargrundstück zur Linken abschirmte.

Das Ehepaar Herbert und Petra Backhausen nutzte jede sich bietende Gelegenheit, um sich in der Nachbarschaft unbeliebt zu machen. Vor zwölf Jahren, als Ursula eine beträchtliche Summe von ihrer verstorbenen Tante Margot aus Hamburg geerbt hatte, hatten sie und Kaspar das Haus in diesem schönen Vorort von Hannover gekauft. Nachdem sie eingezogen waren, hatten sie die Nachbarn zu einem kleinen Umtrunk eingeladen. Backhausens, Frings – damals noch zu zweit – und Hafermanns, deren Garten direkt hinter dem von Hollingers lag.

Sie hatten zusammengesessen und Bier getrunken. Kaspar hat-

te den gemauerten Grill angeworfen, und zu fortgeschrittener
Stunde hatte man noch eine Flasche Ouzo geleert.

Backhausens hatten sich nicht blicken lassen, allerdings hatte um
halb elf der örtliche Polizeibeamte vor der Haustür seines Chefs gestanden und verlegen etwas von Ruhestörung gemurmelt. Da hatte
Ursula die Bedeutung des hohen Zaunes zum Backhausen-Grund-
stück erkannt. Sie sollte dieses Bauwerk noch oft segnen.

VIER

Anita Fuhrmann war – wenn auch etwas in die Jahre gekommen – eine wandelnde Reklame für ihr Fitnessstudio. Groß, schlank, athletisch gebaut, mit jugendlichem Gehabe. Sie begrüßte Charlotte und Hollinger im engen Trainingsdress, der jedem Besucher die Vorzüge eines regelmäßigen Fitnesstrainings deutlich machte, und führte sie in ihr kleines Büro.

»Frau Fuhrmann«, sagte Charlotte, »mein Name ist Wiegand, das ist mein Kollege Hollinger.«

»Ja, wir kennen uns doch«, lächelte Frau Fuhrmann.

»Nun ja.« Hollinger fühlte sich unbehaglich. Er war seit mittlerweile eineinhalb Jahren nicht mehr im Studio aufgekreuzt, obwohl er immer noch seine – nicht geringen – Monatsbeiträge zahlte und Frau Fuhrmann ihn damals höchstpersönlich in die Fitnessgerätelandschaft eingeführt hatte.

Charlotte räusperte sich. »Frau Fuhrmann, Sie haben sicher schon von dem Todesfall gehört …«

»Oh ja, ist das nicht furchtbar? In unserem schönen Kleefeld! Wir sind alle völlig geschockt, und Herr Krämer war ein ganz disziplinierter Sportler, der kam wirklich regelmäßig.«

»Ja«, grinste Charlotte, »deswegen sind wir hier. Vielleicht können Sie uns ein bisschen über den Toten erzählen. Hatte er hier einen bestimmten Kreis? Bestimmte Leute, mit denen er trainierte?«

»Nein«, sagte Frau Fuhrmann und spielte mit ihrem Pferdeschwanz, »er hat sich immer getrennt von den anderen gehalten. Ist auch immer allein gekommen und gegangen. Jedenfalls wenn ich an der Theke war. Klar, manchmal hat er sich mit ein paar Leuten in der Bar unterhalten, wenn er noch was getrunken hat, aber jemand Bestimmtes könnt ich Ihnen da jetzt nicht nennen.«

»Wie oft kam er denn her?«, fragte Hollinger.

Frau Fuhrmann lächelte spöttisch. »Regelmäßig, bestimmt dreimal die Woche. Entweder war er auf dem Laufband oder beim Spinning. Und hin und wieder ist er auch in die Sauna.«

»Wissen Sie, ob er anschließend noch irgendwohin gegangen ist? Hat er mal was erwähnt?«

Anita Fuhrmann schüttelte den Kopf. »Nee, zu mir hat er jedenfalls nichts gesagt. Aber natürlich hat er manchmal nach dem Sport noch Nachhilfe gegeben. Er kam gerne nachmittags, weil es dann nicht so voll ist. Sie verstehen, die ganzen Berufstätigen ...«

»Ja, ja«, unterbrach sie Charlotte, »wie war das mit den Nachhilfestunden?«

»Na ja, er war ziemlich erfolgreich und dementsprechend teuer. Mein Sohn war bis vor Kurzem auch noch bei ihm im Matheunterricht – ich war dagegen, aber mein Mann wollte es unbedingt. Aber es gab immer Ärger, weil Kevin, also er ist eben sehr neugierig und bewegungsfreudig, wissen Sie. Und da hatte der Krämer einfach kein Verständnis für. Ich hab ihn dann wieder abgemeldet. Es gibt ja schließlich auch andere Lehrer ...«

»Wann haben Sie Ihren Sohn abgemeldet, und was genau war der Grund?«, fragte Charlotte.

Frau Fuhrmann stutzte und warf ihren Pferdeschwanz zurück.

»Liebe Güte, warum wollen Sie das denn wissen? Was soll das mit dem Tod von Krämer zu tun haben? Verhören Sie mich jetzt etwa? Wie find ich denn das. Schließlich will ich ja nur helfen, aber wenn Sie mir so kommen ...«

Hollinger ruderte für Charlotte zurück.

»Nein, nein, Frau Fuhrmann, Sie missverstehen das. Wir wollen uns nur ein Bild von dem Toten machen. Er hatte ja öfter Probleme ...«

»Das können Sie laut sagen. Leider ist ... war er der einzige Mathelehrer hier in der Nähe. Jetzt muss ich meinen Sohn immer nach Buchholz fahren, weil er mit den Öffentlichen zu viel Zeit vertrödelt und doch immer noch zum Fußball muss und ich ja hier auch nicht immer abkömmlich bin ...«

Charlotte wurde immer ungeduldiger, riss sich aber zusammen, um das Ganze nicht unnötig in die Länge zu ziehen.

»Ja, das ist bestimmt alles sehr schwierig, aber könnten Sie jetzt bitte die Frage beantworten?«

Frau Fuhrmann musterte Charlotte pikiert.

»Vor drei Wochen ungefähr, vielleicht auch vor vier war er zum letzten Mal da, so genau weiß ich das nicht mehr.«

»Und was war der Auslöser?«

»Na, sie sind ein bisschen aneinandergeraten, die zwei. Das Übliche eben, Kevin hat sich mit einem anderen Schüler gestritten, und Krämer hat ihn abgekanzelt, obwohl der andere angefangen hatte. Aber … da er nun mal hier ein guter Kunde ist … ich meine, war … hab ich kein Drama draus gemacht und Kevin einfach abgemeldet.«

Charlotte erhob sich. »Danke, Frau Fuhrmann, das wäre dann alles.« Sie legte ihre Karte auf den Tisch. »Vielleicht fällt Ihnen ja später noch was Nützliches ein.«

Hollinger erhob sich ebenfalls. Frau Fuhrmann reichte ihm die Hand. »Vielleicht haben Sie mal wieder Zeit, vorbeizukommen, Herr Hollinger«, sagte sie mit einem raschen Blick auf seinen Taillenumfang. »Wir machen hier auch Gymnastikkurse, da können Sie Ihre Frau mitbringen.«

»Schon möglich«, murmelte Hollinger und wandte sich dann ebenfalls zum Gehen.

Charlotte war schon fast am Ausgang, als sie sich noch einmal umdrehte und einen Blick auf eine Frau warf, die sich gerade auf einer Liege ihrer Bauchmuskulatur widmete.

»Ich werd's nie begreifen«, sagte sie kopfschüttelnd, »da kauft man sich Autos, Fernbedienungen für den Fernseher und die Stereoanlage, elektrische Rasenmäher und baut Fahrstühle und Rolltreppen, bloß um sich nicht bewegen zu müssen. Und dann bezahlt man Beiträge fürs Fitnessstudio, rennt auf extra entwickelten Laufbändern und stemmt Gewichte an komplizierten Geräten, weil man sich ja bewegen muss.«

Hollinger, der ihr die Tür aufhielt, hatte die Angelegenheit von dieser Seite noch nicht betrachtet. Irgendwie fühlte er sich besser, als er flink die Treppe in Angriff nahm.

»Hast du meine Tasche irgendwo gesehen?« Kerstin Hollinger rannte hektisch durchs Wohnzimmer.

»Nein«, antwortete ihre Mutter und nahm einen Schluck Kaffee, »ist sie denn nicht in deinem Zimmer?«

»Nein, ich hab schon alles abgesucht; wenn ich die Tasche nicht finde, krieg ich einen Mordsärger. Da ist unser Referat drin. Das müssen wir heute abgeben. Elsa bringt mich um, wenn ich das nicht mitbringe!«

»Wer war übrigens der junge Mann, mit dem du gestern so Hals über Kopf verschwunden bist?«

Kerstin bekam einen roten Kopf. »Ach, Bastian, der Bruder von Jana.«

»Wer ist Jana?«

Kerstin schluckte. »Eine aus meiner Klasse.«

Ursula hatte natürlich keine Ahnung davon, dass es in der Klasse Ihrer Tochter keine Jana gab, dass Kerstin gar keine Jana kannte und sie soeben erfunden hatte. Und ihre Tochter hatte guten Grund, es ihrer Mutter zu verschweigen, die würde sie nämlich für den Rest des Schuljahres in ihr Zimmer verbannen, wenn sie rauskriegte, was ihre Tochter so trieb.

»Das ist jetzt auch ganz unwichtig, weil ich meine Tasche finden muss«, lenkte Kerstin vom Thema Jana ab, »ich komm sowieso schon zu spät.«

Ursula zuckte mit den Schultern und leerte ihre Kaffeetasse. »Wenn du deine Sachen nicht vernünftig wegräumen kannst …« Sie vollendete den Satz nicht. »Ich muss jetzt los. Viel Spaß in der Schule.«

»Ja, willst du mir denn nicht suchen helfen? Die Schöller macht mich total zur Schnecke!«

Doch Ursula hatte bereits die Haustür hinter sich zugeworfen. Sie hatte sich für elf Uhr im Colosseum, einer Eisdiele im Hauptbahnhof von Hannover, wo es die köstlichsten Eisbecher gab, mit einer früheren Kollegin verabredet und wollte vorher noch bei Sabine vorbeischauen, auch wenn sie zunehmend das Gefühl hatte, dass der das gar nicht recht war. Sie stieg in ihren Mini und öffnete das Verdeck. Der Sommer machte seinem Namen wirklich alle Ehre. Sie setzte ihre Sonnenbrille auf und trat aufs Gaspedal.

Kaum drei Minuten später klingelte sie an Sabines Haustür, aber niemand öffnete. Das war seltsam, denn Ursula hatte ihren Besuch angekündigt. Sie klingelte noch mal, aber umsonst. Merkwürdig, dachte sie. Zumindest Oliver müsste doch im Haus sein.

Ursula hatte wieder dieses Gefühl. Es war, als würde ihr Bauch Informationen zusammenfügen, die ihr Gehirn nicht in Verbindung brachte.

Was sollte sie machen? Später noch mal zurückkommen? Nein, ihr Gefühl sprach dagegen. Sie blickte nach oben. Vor Olivers Fenster waren die Jalousien heruntergelassen. Wahrscheinlich schlief er noch, es war ja erst kurz nach zehn. Sie ging um das Haus herum zur Terrasse, auch hier waren die Jalousien zugezogen. Hier stimmte doch was nicht. Sie ging zurück zur Haustür und drückte entschlossen auf die Klingel. Irgendwer würde sich schon rühren, sonst würde sie ihren Schlüssel holen müssen. Den hatte ihr Sabine schon vor Jahren anvertraut. Nach einer Minute Dauerklingeln – leider gab die Glocke keinen schrillen Ton von sich, sondern das gemächliche Gebimmel des Big Ben – wurde die Tür geöffnet. Oliver stand in Jeans und T-Shirt vor ihr und rieb sich verschlafen die Augen.

»Was ist denn los?«

»Meine Güte«, stöhnte Ursula, »vielleicht solltet ihr euch mal einen anderen Klingelton anschaffen. Man kommt sich ja vor wie in einem Edgar-Wallace-Film.« Dann wurde sie ernst. »Wo ist deine Mutter?«

Oliver zuckte mit den Schultern. »Keine Ahnung.«

Ursula drängte sich an ihm vorbei ins Haus und stürmte die Treppe hinauf zum Schlafzimmer. Es war, wie sie vermutet hatte. Das Zimmer war dunkel, und der Geruch von Erbrochenem schlug ihr entgegen. Sie machte Licht und sah Sabine auf dem Bett liegen. Sie trug ein langärmliges Baumwollnachthemd. Vor dem Bett lag eine leere Wodkaflasche und auf dem Nachttisch eine leere Packung Tabletten. Ursula griff nach ihrem Handy und wählte die Eins-Eins-Zwei.

Nach nur zehn Minuten, in denen sie mit Olivers Hilfe verzweifelt versuchte, ihre Freundin aufzuwecken, hörte sie die Sirene.

»Sie hat sich erbrochen. Das ist gut«, sagte sie immer wieder, um Oliver zu beruhigen. Doch der schien gar nicht hinzuhören, starrte immer nur fassungslos in das bleiche Gesicht seiner Mutter.

Nach weiteren zehn Minuten war Sabine auf eine Trage verfrachtet und mit einer Sauerstoffmaske versehen in den Rettungswagen geschoben worden. Ihr Sohn begleitete sie. Ursula informierte ihren Mann, warf dann ein paar Sachen aus Sabines Badezimmer in einen Plastikbeutel, den sie in der Küche gefunden hatte, und setzte sich in ihren Mini, um zur Notaufnahme ins Vinzenzkrankenhaus zu fahren.

»Du glaubst gar nicht, worüber sich manche Eltern beschweren«, sagte Maren, als Hollinger in sein Salamibrötchen biss.

»Diese Mutter hier hat ihrem Sohn die Hausaufgaben erlassen, weil er sich weigerte, sie zu machen. Sie hält es für übertrieben, ihrem Sohn dann obendrein noch eine Extraarbeit zu geben, weil ihn das doch völlig demotivieren würde.«

Hollinger schluckte und schüttelte den Kopf. »Das versteh ich nicht.«

»Ich auch nicht«, sagte Maren und blätterte weiter in dem blauen Schnellhefter, den Frau Leiden Hollinger und Charlotte mitgegeben hatte.

»Aber das hier ist interessant. Dieser Typ droht mit einer Anklage, falls Krämer seine Tochter noch mal, Zitat, ›eine faule, dürre Henne‹ nennt.«

Hollinger bekam einen Hustenanfall.

Maren sah ihn missbilligend an. »Das ist nicht witzig.«

»Kein bisschen«, brummte Hollinger und rang nach Luft. »Aber das ist ja wohl kein Mordmotiv.«

»Unwahrscheinlich«, gab Maren zu, »aber irgendwie sind die Beschwerden hier eher Peanuts. Nicht dass ich solche Äußerungen gutheißen würde«, fügte sie mit einem strengen Blick auf ihren Chef hinzu. »Aber hier findet sich einfach nichts, was eine nähere Untersuchung rechtfertigt. Dieser Junge hier musste zum Beispiel nachsitzen, weil er seine Hausaufgaben nicht gemacht hatte.«

»Ja und?«, unterbrach Hollinger. »Das ist ja wohl kein Grund, sich über den Lehrer zu beschweren.«

»Eben doch, weil er den Schüler einfach am selben Tag dabehalten hat, ohne die Eltern zu benachrichtigen. Die Mutter war schon völlig aufgelöst, als ihr Sohnemann nicht zur selben Zeit nach Hause kam wie sein Freund und Klassenkamerad. Und der wollte natürlich nicht petzen und hat kein Wort gesagt.«

Hollinger schüttelte den Kopf. »Meine Güte, das Leben ist ganz schön kompliziert geworden.«

In diesem Moment wurde die Tür aufgestoßen, und Charlotte betrat das kleine Amtszimmer ihrer Kollegen.

»Thorsten hat was über Krämer gefunden. Er war unter falschem Vornamen gespeichert, deswegen hat es so lange gedauert. In Kleefeld ist vor zehn Jahren ein Mädchen verschwunden – Marina Kleiber, siebzehn Jahre alt –, und stellt euch vor, sie war Nachhilfeschülerin bei Krämer.«

Hollinger nickte. »Ja, ich kann mich an den Fall erinnern. Ich war damals gerade auf einem Lehrgang in Hamburg. Einer von der Fachinspektion 1 hat damals die Untersuchungen geleitet. Hat alles Mögliche versucht, aber sie ist nie wieder aufgetaucht.«

»Ja«, sagte Charlotte, »ich kenne den Kollegen. Ist mittlerweile im Ruhestand. Im Bericht steht, dass Krämer damals verhört worden ist, weil sie eine Nachhilfestunde bei ihm hatte, kurz bevor sie verschwand. Man konnte ihm nichts nachweisen, weil seine Frau ausgesagt hatte, dass Marina das Haus wie immer gegen siebzehn Uhr verlassen hatte. Man hat ihr Fahrrad im Annapark gefunden, mit einem Platten, aber sie selbst nicht. Sie haben den Annateich abgesucht, aber erfolglos. Irgendwie ist dann das Gerücht aufgekommen, dass sie abgehauen ist. Sie hatte wohl Krach mit ihren Eltern. Die Familie ist daran zerbrochen. Der Sohn bewegt sich in rechten Kreisen, der Vater trinkt, und die Mutter hat sich das Leben genommen – vor sechs Wochen. Hatten beide immer beteuert, dass ihre Tochter nie im Leben abgehauen wäre, und behauptet, Krämer hätte was mit dem Verschwinden zu tun.«

»Na, wenn das kein Motiv ist«, platzte Maren heraus.

Charlotte nickte. »Zumal besonders der Vater des Mädchens Krämer immer verdächtigt hat. Und jetzt hat sich auch noch die Mutter das Leben genommen. Der Mann hat nichts mehr zu verlieren. Tochter weg. Frau tot. Der Sohn nach rechts abgedriftet.«

»Also sollten wir uns mit dem Mann unterhalten und ihn nach seinem Alibi fragen«, sagte Maren.

»Allerdings«, sagte Charlotte, »und das machen wir gleich.«

Sie wollte gerade das Büro verlassen, als ein Handy klingelte.

Hollinger sah die Nummer seiner Frau auf dem Display und nahm das Gespräch beunruhigt entgegen. Ursula rief ihn nicht oft während seiner Dienstzeit an.

Er hörte eine Weile zu und wurde dann blass.

»Weißt du, warum?«, fragte er heiser, sodass Maren erstaunt aufblickte. »Gut, dass du sofort angerufen hast«, sagte Hollinger dann und drückte das Gespräch weg.

»Das war meine Frau. Sabine Krämer hat heute Nacht versucht, sich umzubringen. Gott sei Dank hat Ursula sie früh genug gefunden.«

»Was hat sie gemacht, Tabletten geschluckt?«, fragte Charlotte.

Hollinger nickte erstaunt.

»Weißt du, welche?«

Hollinger schluckte. »Nein.«

»Gibt es einen Brief?«

»Nein, jedenfalls hat Ursula auf die Schnelle nichts gefunden.«

»Ruf deine Frau an und frag, welche Tabletten die Krämer genommen hat«, sagte Charlotte.

Hollinger zögerte eine Weile, bevor er den Hörer nahm.

Als er eine Minute später wieder auflegte, war er blass.

»Tavor Expidet«, sagte er leise.

»Na klasse«, sagte Maren.

»Das muss überhaupt nichts bedeuten«, sagte Hollinger. »Diese Tabletten nehmen doch viele Leute. Oder?«

Zweifelnd blickte er zu Charlotte hinüber, die das Ganze nicht sonderlich aus der Fassung zu bringen schien.

»Natürlich«, sagte sie. »Aber warum wollte sie sich überhaupt umbringen? Aus Trauer? Wohl kaum.«

»Du meinst, ein Schuldeingeständnis?«, sagte Maren.

»Ja, gibt's eine andere Erklärung?«

Hollinger schüttelte den Kopf. »Das kann ich mir nicht vorstellen. Vielleicht war's einfach Panik. Sie war mal tablettenabhängig und hatte Depressionen. Solche Leute neigen zu Kurzschlusshandlungen, wenn sie meinen, dass sie irgendwas nicht aushalten können.«

Charlotte schüttelte zweifelnd den Kopf. »Immerhin hat sie ja den Sohn, wie kann sie ihm das antun?«

»Ich glaube nicht, dass sie da so genau drüber nachgedacht hat«, sagte Hollinger. »Was machen wir jetzt?«

»Wir werden das Haus noch mal auf den Kopf stellen. Und diesmal werde ich Thorsten hinschicken.«

»Ich dachte, das habt ihr schon gemacht«, sagte Hollinger.

»Wir haben seine persönlichen Sachen durchgesehen. Das ist was anderes«, sagte Charlotte.

»Dürfen wir das einfach so?«, fragte Hollinger zweifelnd. »Frau Krämer hat doch gesagt, dass sie keine Ahnung hat, wofür der Schlüssel ist, und sie im Haus alles abgesucht hat.«

»Eben«, sagte Charlotte gedankenverloren. »Vielleicht hat sie ja doch was gefunden. Etwas, das sie so außer Fassung gebracht hat, dass sie sich umbringen wollte.«

Maren und Hollinger sahen die Kommissarin staunend an.

»Aber dann wird sie auf keinen Fall wollen, dass wir ihr Haus durchsuchen«, sagte Maren.

Charlotte lächelte. »Dann muss sie sich aber eine verdammt gute Begründung einfallen lassen. Normalerweise kann man davon ausgehen, dass die Angehörigen von Mordopfern die Polizei bei der Suche nach dem Täter unterstützen und nicht behindern. Du wirst ihr das schon plausibel machen«, sagte sie zu Hollinger und wartete seinen Protest gar nicht erst ab. »Sind Jörg und Henning noch nicht weitergekommen?«

»Die befragen noch die Kollegen vom Krämer und die Jubiläumsfestbesucher, die wir identifizieren konnten«, sagte Maren. »Bis jetzt ist nichts dabei rausgekommen. Ein paar Wichtigtuer haben sich gemeldet, weil sie Krämer gekannt haben, konnten aber nichts Nützliches beisteuern, der eine hatte ihn schon seit einem Jahr nicht mehr gesehen. Ein paar Eltern aus der Schule haben angerufen und wollten wissen, in welche Machenschaften der Krämer verwickelt war und ob Gefahr für ihre Kinder besteht. Lieber Himmel, woher sollen wir das wissen?«

»Also das Übliche«, sagte Charlotte. »Ruf Thorsten an und sag ihm, er soll Kruse und Dscikonsky mitnehmen. Thorsten ist ein Wühler. Wenn der nichts findet, ist nichts da.«

»Und wonach sollen sie suchen?«

»Nach einem Brief, einem Schlüsselloch, was weiß ich. Irgendwas hatte der Kerl versteckt, und ich will es finden.«

Ursula Hollinger saß in der Notaufnahme und verstand die Welt nicht mehr. Was hatte Sabine sich dabei gedacht? Hatte sie wirklich vorgehabt, sich umzubringen? Oder war das nur ein Unfall gewesen? Aber das war unwahrscheinlich. Man nahm nicht Tabletten mit Wodka ein, ohne sich was dabei zu denken. Aber sie hatte doch ihren Sohn. Natürlich, der war mittlerweile erwachsen und brauchte seine Mutter nicht mehr so wie früher, aber immerhin hatte der Junge gerade seinen Vater verloren. Keinen besonders liebevollen Vater, zugegeben, aber so etwas konnte einen sensiblen jungen Mann schon aus der Bahn werfen.

Das hätte sie ihrer Freundin, die ihren Sohn vergötterte, niemals zugetraut.

Vielleicht war es ja einfach eine Kurzschlusshandlung gewesen. Sabine hatte immer dazu geneigt, die Nerven zu verlieren. Andererseits, wieso sollte sie die Nerven verlieren? Weil sie ihren tyrannischen Mann endlich los war? Kaum. Wobei die Tatsache, dass man ihn auf so scheußliche Art umgebracht hatte, auch nicht leicht zu verdauen war. Ursula schüttelte den Kopf und war sich plötzlich bewusst, dass die ältere Dame, die ihr gegenübersaß, sie beobachtete. Ursula schluckte und lächelte schief. Hoffentlich habe ich keine Selbstgespräche geführt, dachte sie. Diese Sache machte ihr mehr zu schaffen, als sie sich bisher eingestanden hatte.

Elmar Kleiber wohnte in einem der Reihenhäuser am Blomeweg, der von der Scharnikaustraße, in der Krämers wohnten, abging. Er war ein kleiner, magerer Mann mit schütterem Haar und gelblicher Gesichtsfarbe. Er sah aus wie ein Siebzigjähriger, konnte aber höchstens Mitte bis Ende fünfzig sein. Er empfing Charlotte und Hollinger in T-Shirt und fleckiger Jeans, in der Hand eine Zigarette, die er zwischen Daumen und Mittelfinger hielt.

»Hab schon auf Sie gewartet«, sagte er und ging voraus durch einen dunklen, kaum möblierten Flur in ein durchaus gemütliches, aber vernachlässigtes Wohnzimmer mit verstaubten Bistrogardinen vor blinden Fenstern.

Er ließ sich in ein braun bezogenes Ecksofa fallen und nahm einen langen Zug aus seiner Zigarette. Charlotte unterdrückte den Impuls, die Fenster aufzureißen, und setzte sich, während Hollinger, die Hände in den Taschen, an der Tür stehen blieb.

»Hat's ihn endlich erwischt, den Saukerl«, sagte Kleiber mit rauer Stimme. »Bin froh, dass ich das noch erleben darf.«

Charlotte räusperte sich. »Herr Kleiber, wo waren Sie in der Nacht von Samstag auf Sonntag?«

Statt einer Antwort grinste Kleiber, drückte seine Zigarette aus und zündete sich eine neue an.

»Hab mir schon gedacht, dass Sie mir das in die Schuhe schieben wollen. Fühle mich direkt geschmeichelt. Aber leider war ich's nicht. Und wer's war, weiß ich auch nicht, und wenn ich's wüsste, würd ich's Ihnen bestimmt nicht auf die Nase binden.«

»Sie haben die Frage nicht beantwortet.«

»Tja«, sagte Kleiber und blies Charlotte eine Ladung Rauch ins Gesicht. »Ich weiß bloß noch, dass ich irgendwann nach Hause gekommen bin und mich zu meinem Sohn vor den Fernseher gesetzt habe. Die Uhrzeit kann ich Ihnen so genau nicht sagen. Bin auf jeden Fall 'ne Weile beim Jubiläumsfest gewesen und hab im Zelt gesessen.«

»Kann das jemand bestätigen?«

»Sehen Sie, da fragen Sie mich schon wieder zu viel. Keine Ahnung. Aber Sie dürfen mir gerne das Gegenteil beweisen, wenn Sie können. Mein Sohn kann Ihnen bestätigen, dass wir vor dem Fernseher gesessen haben.«

Charlotte wechselte das Thema. »Erzählen Sie uns von Ihrer Tochter. Was ist damals passiert?«

Kleibers Augen verdunkelten sich. »Darüber ist genug geredet worden und nichts dabei rausgekommen.«

Charlotte wartete.

»Sie war bei diesem Saukerl zum Nachhilfeunterricht und ist nie zurückgekommen. Das war's.«

Charlotte beobachtete Kleiber aufmerksam. Er wirkte nicht betrunken, machte aber einen nervösen Eindruck.

»Wie war Ihr Verhältnis zu Ihrer Tochter?«

Kleiber lachte auf. »Da können Sie noch so bohren, da finden Sie nichts. Sie war ein ganz normales Mädchen, bisschen anstrengend, war ja in der Pubertät. Wir hatten manchmal Streit wegen ihrer Unordnung oder weil sie pampig war, aber das war's.«

»Und Ihre Frau?«

Kleiber schluckte. »Ja, meine Frau, die hat er auch aufm Gewissen. Hat Tabletten genommen, weil sie's nicht mehr ausgehalten hat. Jahrelang hat sie Depressionen gehabt. Jetzt hab ich nur noch meinen Sohn Steffen.«

»Ihr Sohn war damals in Amerika?«

Kleiber nickte. »Ist dann aber zurückgekommen. Haben sehr aneinander gehangen, die beiden.«

»Was macht Ihr Sohn? Geht er arbeiten?«

»Fragen Sie 'n selbst.«

»Wovon leben Sie?«

»Bin Frührentner.« Kleiber erhob sich. »Ich finde, Sie sollten jetzt gehen. Ich kann und will Ihnen nicht helfen.«

Charlotte stand auf und ging zu Hollinger. »Eine Bitte hätte ich noch. Könnten wir uns Marinas Zimmer anschauen?«

»Das ist damals schon gründlich durchsucht worden. Einen Hinweis hat keiner gefunden. Aber wenn's Ihnen Spaß macht. Von uns hat es außer meiner Frau keiner mehr betreten – seitdem.«

Er führte sie eine schmale Holztreppe hinauf und öffnete eine Tür mit einem zerfledderten Poster der Backstreet Boys. Charlotte ging in das kleine verstaubte Mädchenzimmer, während Hollinger nur einen Blick hineinwarf. Kleiber ließ sie allein. Das Bett war nicht gemacht, und auf dem Schreibtisch herrschte ein Durcheinander aus losen Blättern, Heften, einem Ringordner, Nagelfeile und -schere, einem Fläschchen vertrockneten Nagellacks und Wimperntusche und einer schmutzigen Tasse. Charlotte öffnete die Schranktür und fand die gleiche Unordnung vor wie auf dem Schreibtisch und in dem Regal, in dem alte Barbiepuppen, mehrere CDs und Bücher über Pferde verstaubten. Hollinger wandte sich zur Treppe, und Charlotte folgte ihm. Das Zimmer hatte ihnen nichts zu erzählen, was sie weitergebracht hätte.

71

Kleiber saß wieder auf dem Sofa und stierte rauchend vor sich hin. Charlotte hatte den Eindruck, dass seine Augen trübe waren. Wahrscheinlich hatte er Alkohol nachgefüllt. Sie verabschiedeten sich und gingen. Kleiber sagte nichts mehr.

Hollinger tat einen tiefen Seufzer, als sie wieder draußen in der Sonne standen.

»Meine Güte«, sagte er, »so einen Alptraum möchte ich nie erleben.«

Charlotte nickte schweigend.

»Und das Zimmer ...«

»Ja, gruselig.« Charlotte schüttelte sich.

»Aber dass dieses menschliche Wrack einen durchtrainierten, jüngeren Mann um die Ecke bringt, kann ich mir beim besten Willen nicht vorstellen«, sagte Hollinger.

»Wenn Hass im Spiel ist, kann ich mir alles vorstellen«, antwortete Charlotte. »Wir müssen mit dem Sohn reden.«

Maren Vogt saß grinsend an ihrem Schreibtisch im Kleefelder Revier und beobachtete, wie ihr Kollege Jörg Sander sich mit einem dürren, kahlköpfigen Männlein stritt, das ihn vehement davon zu überzeugen versuchte, dass seine Nachbarn einen Mordanschlag auf ihn planten.

»Aber wenn ich Ihnen doch sage, ich hab gesehen, wie er gestern Abend mit seiner blöden Knarre oben aus seiner Dachluke guckte und auf mich gezielt hat!«

»Herr Lüke«, sagte Jörg Sander, der nahe daran war, seine Geduld zu verlieren, »das ist jetzt schon das vierte Mal in zwei Monaten, dass Sie Herrn Wissmann anzeigen. Zuerst hat er Ihnen das Bier aus dem Gartenhäuschen geklaut, dann hat er Ihren Zaun mit rosa Farbe besprüht ...« Jörg warf einen Blick auf den Bildschirm. »Vor zwei Wochen hat er versucht, Sie vorsätzlich zu überfahren, und jetzt zielt er mit einer Knarre auf Sie! Das Problem ist«, Jörg kam dem verhutzelten Gesicht des Männleins bedrohlich nahe, »Sie können das alles nicht beweisen, oder?«

Das Männlein schlug mit der flachen Hand auf den Tresen. »Dafür sind Sie ja schließlich zuständig! Wozu sind Sie denn sonst gut, wenn nicht dafür, harmlose Bürger zu schützen? Schließlich bezahlen wir einen Haufen Steuern, und ...«

Jörg Sander hob abwehrend beide Hände. »Schon gut, ich kenn die Geschichte mit den Steuern. Ich bezahl auch welche.«

Das Männlein war für einen Moment sprachlos, und Jörg nutzte die Gelegenheit, sich vor seinen Bildschirm zu setzen und auf »Drucken« zu klicken. Glücklicherweise betrat Polizeimeister Wenck in diesem Moment das Revier, um seinen Dienst anzutreten. Als der das Männlein am Tresen sah, hatte es den Anschein, als wolle er wieder gehen. Doch Jörg Sander war schneller.

»Wunderbar«, rief er euphorisch und wandte sich lächelnd dem Männlein zu. »Mein Kollege wird alles Weitere in die Wege leiten. Ich hab jetzt noch einen wichtigen Termin.« Er riss seine Jacke von der Stuhllehne und war im Nu zur Tür raus. Maren lächelte den sichtlich verzweifelten Wenck mitleidig an und folgte ihrem Kollegen vor die Tür.

»Du solltest die Sorgen deiner Mitbürger nicht einfach auf die leichte Schulter nehmen«, sagte sie schmunzelnd zu ihrem Kollegen, als sie den Wagen bestiegen, »am Ende wird der arme Kerl noch erschossen, und du hättest es verhindern können, wenn du ihn bloß ein bisschen ernst genommen hättest.«

»Ach, der mit seiner Paranoia«, blaffte Jörg Sander. »Und außerdem glaub ich ihm aufs Wort, dass sein Nachbar ihn umlegen will. Wenn der mein Nachbar wäre – ich würd ihn auch umlegen.«

Fünfzehn Minuten später klingelten sie an der Wohnungstür von Wolfgang Zoschke, der mit Michael Krämer vor einigen Jahren erfolglos um Schmerzensgeld für seinen Sohn prozessiert hatte. Er war mit seinem Sohn aus Kleefeld in eine billigere Bleibe in der Davenstedter Straße in Linden gezogen und war nicht gut auf Michael Krämer zu sprechen.

»Um den tut's mir nicht leid«, sagte er zu Maren und Jörg Sander, als er sie durch eine winzige Diele in ein überladenes Wohnzimmer führte.

»Können Sie uns sagen, was damals passiert ist?«, fragte Maren und setzte sich auf den ihr angebotenen Sessel, während Jörg Sander sich an den Türrahmen lehnte.

»Klar«, sagte Zoschke und warf sich auf das Sofa, das offensichtlich auch als Bett diente. »Er hat meinen Sohn verprügelt.«

»Wie meinen Sie das, verprügelt?«, fragte Maren.

»Na, mein Gott, mit dem Zeigestock eben«, polterte Zoschke und legte die Füße auf den Tisch.

»Könnten wir Ihren Sohn mal sprechen?«

»Von mir aus, sitzt schon den ganzen Tag am Computer.«

Maren wartete ab, aber Herr Zoschke schien sich nicht erheben zu wollen. Dann setzte Jörg Sander sich in Bewegung. »Ich find ihn schon«, sagte er, trat zurück in die Diele und klopfte an die eine der beiden anderen Türen, die von der Diele abgingen.

»Wird ihn nicht freuen«, sagte Zoschke, »dass Sie ihn verdächtigen.«

»Wer sagt was von ›verdächtigen‹? Wir machen uns nur ein Bild vom Opfer«, sagte Maren kurz angebunden.

»Da werden Sie jede Menge Leute finden, die den 'nen Kopf kürzer machen wollten.«

Von nebenan waren jetzt Stimmen zu hören. Der junge Zoschke hatte anscheinend keine Lust, sich mit der Polizei zu unterhalten. Sie hörten Jörg Sanders energische Stimme, die mit einer Vorladung drohte, und wenig später erschien Jörg Sander mit einem ungewaschenen Jugendlichen in T-Shirt und Jeans, die im Schritt auf seinen Knien hingen. Er lümmelte sich neben seinen Vater aufs Sofa.

»Was wollen Sie eigentlich von mir? Ich hab den blöden Pauker bestimmt nicht um die Ecke gebracht.«

»Wie alt sind Sie?«, fragte Maren, ohne auf seinen Ton einzugehen.

»Werde bald achtzehn«, sagte Daniel Zoschke und verschränkte die Arme hinter dem Kopf.

»Sie sind noch in der Ausbildung?«

»Geht Sie zwar nichts an, aber ich ›stehe im Moment dem Arbeitsmarkt zur Verfügung‹, oder so ähnlich heißt das.«

»Also arbeitslos.«

»Von mir aus.«

»Welchen Schulabschluss haben Sie?«

»Realschule.«

»Daniel hat eine Lehre als Konditor angefangen«, sagte sein Vater, nicht ohne seinen Sohn missbilligend anzusehen, »aber er hat's nicht so mit dem frühen Aufstehen.«

Zoschke junior verdrehte die Augen. »Guck dich doch selber an«, murmelte er, was sein Vater mit einer Kopfnuss bestrafte.

»Sieh dich vor, Jungchen«, grollte er, »noch bin ich stärker.«

»Können Sie uns schildern, was sich damals zwischen Ihnen und Herrn Krämer abgespielt hat?«, unterbrach Maren diese Demonstration väterlicher Zuneigung.

»Das war echt ein Saftsack, der Krämer. Wir haben ihn immer nur die Krätze genannt. Kein Wunder, dass den einer abgemurkst hat. Aus Schülern werden eben irgendwann Erwachsene.«

»Halt doch die Klappe, du Blödian«, zischte der Alte.

»Beantworten Sie bitte die Frage«, mischte sich Jörg Sander ein.

»Meine Fresse, als ob ich das noch so genau wüsste. Der war ein Arschloch, wollte mich mit dem Zeigestock verprügeln.«

»Damals haben Sie ausgesagt, er *hätte* sie verprügelt.«

»Genau, und hinterher war dann alles Lüge, und dabei hatte ich überhaupt nichts gemacht.«

Maren verzog den Mund. »In den Akten steht, Sie hätten um sich geschlagen.«

»Ja klar, der wollte mich zwingen, nachzusitzen.«

»Und dann hat er Sie mit dem Zeigestock geschlagen?«

»Genau, war ja sonst keiner im Raum. Hat er sich fein ausgedacht. Aber nicht mit uns!«, sagte der Alte.

Maren wandte sich an den Vater. »Und dann haben Sie ihn angezeigt?«

»Worauf Sie sich verlassen können. Der sollte zahlen.«

»Aber die Klage wurde abgewiesen?«

»Ja, alles Betrug! Was braucht man denn noch für Zeugen in so 'nem Fall? Aber irgendwie halten die doch alle zusammen, und unsereiner bleibt auf der Strecke.«

Maren seufzte. »Wo waren Sie in der Nacht von Samstag auf Sonntag?«

»Wie? Wollen Sie jetzt tatsächlich 'n Alibi von uns, oder was? Bloß weil wir vor etlichen Jahren mit dem Kerl Ärger hatten? Sie spinnen ja komplett! Wir haben den nicht mehr gesehen, seit wir vor sechs Jahren nach Linden gezogen sind. Warum hätten wir denn so lange warten sollen?«

Maren sah ihr Gegenüber schweigend an.

Zoschke beugte sich vor. »Wir waren im Bett, klar?! Und jetzt machen Sie, dass Sie rauskommen! Aber plötzlich.«

Zoschke erhob sich drohend, was auf Maren und Jörg nicht viel Eindruck machte, aber sie verabschiedeten sich dennoch.

»Wir finden alleine raus«, sagte Maren.

»Ihr Glück«, brummte der alte Zoschke und ließ sich wieder in die Polster fallen.

»Puh«, sagte Maren, als sie draußen waren, »war das ein Mief da drin. Wissen Männer eigentlich nicht, wie man Fenster öffnet?«

»Pff«, meinte Jörg verdattert und nahm sich vor, am Abend seine Bude zu lüften.

»Kein Wunder, dass die Frau abgehauen ist«, sagte Maren, als sie den Wagen aufschloss.

Jörg fluchte leise, als er sich auf den Beifahrersitz quälte und sich zum x-ten Mal vornahm, endlich wieder in seinem Bett anstatt auf dem Sofa zu schlafen. »Glaubst du, die haben was mit der Sache zu tun?«

»Nee, die machen mir auch nicht den Eindruck, besonders unternehmungslustig zu sein, sind viel zu träge, um so einen Mord durchzuziehen. Und außerdem fehlt ein überzeugendes Motiv.«

Maren manövrierte den Wagen geschickt über die Falkenstraße Richtung Deisterstraße. Jörg räusperte sich.

»Ähm, hast du keinen Hunger? Es ist schon halb drei. Ich könnte dich zum Essen einladen.«

Maren wich einem unvorsichtigen Radfahrer aus und schimpfte leise.

»Normalerweise gern«, sagte sie dann, »aber ich hab noch 'ne Verabredung und muss meinen Schreibkram noch erledigen. Wo soll ich dich rauslassen?«

Jörg schmollte zwar, ließ sich aber weiter nichts anmerken. »Irgendwo am Messegelände, von da aus geh ich zu Ikea«, sagte er, »da kann man echt gut essen.«

»Okay«, nickte Maren und verkniff sich ein Grinsen. Da hatte er sie aber fein ausführen wollen.

Charlotte und Hollinger waren auf dem Weg zu Breitenbach und Wilhelms, einer angesehenen Anwaltskanzlei in der Georgstraße, einer der besten Adressen in Hannovers Innenstadt.

»Natürlich«, brummte Hollinger, als sie in Charlottes holprigem Peugeot, in dem Hollinger sich wie ein unbeholfener Bär vorkam, die Hans-Böckler-Allee entlangfuhren, »muss ja die Georgstraße sein. Teurer geht's nicht, immer nur das Beste vom Besten.«

»Ja, es ist erstaunlich, dass der Krämer sich von seinem Lehrergehalt einen der teuersten Anwälte Hannovers leisten konnte.«

»Von seinem Lehrergehalt bestimmt nicht. Seine Frau hat das ganze Geld in die Ehe gebracht, das weiß ich von Ursula. Er hat die Konten alle auf seinen Namen laufen lassen. Hat seiner Frau was von Steuervorteilen erzählt. Die hat ihm alles geglaubt. Und wenn sie ihm nicht geglaubt hätte, hätte das wohl auch nichts geändert. Konnte sich nicht durchsetzen gegen den Kerl.«

Charlotte nickte und fuhr über den stark befahrenen Aegidientorplatz in die Georgstraße, Hannovers Flaniermeile. Von hier aus hatte man einen wunderschönen Blick auf das Opernhaus und den Opernplatz.

Sie ergatterte einen Parkplatz und ignorierte das protestierende Hupen eines entgegenkommenden BMW-Fahrers, als sie in Fahrtrichtung links einparkte.

Hollinger schälte sich aus dem Beifahrersitz und streckte sich. Nach einem sonnigen Vormittag hatte sich der Himmel zugezogen, und es fing an zu nieseln.

»Na klasse«, sagte Charlotte und warf ihre vollen dunklen Haare zurück. »Jetzt krieg ich wieder Locken.«

»Ich mag Locken«, grinste Hollinger.

Das Anwaltsbüro im zweiten Stock eines Bürogebäudes war eine Sozietät mit zwei Kanzleien und machte seiner Adresse alle Ehre. Dicke Teppichböden in dezentem Blau dämpften jedes Geräusch. Der Eingangsbereich war in kühles Blaugrün getaucht. Üppige Pflanzen säumten die großzügigen Fenster, die den Blick auf den Opernplatz freigaben. An der Rezeption saß eine junge dunkelhaarige Schönheit, die sofort lächelnd auf sie zukam.

»Mein Name ist Fuentes, wie kann ich Ihnen helfen?«

Sie sprach mit leicht spanischem Akzent und trug ihr blaues Kostüm wie eine Königin.

Charlotte zückte ihren Ausweis. »Kripo Hannover, wir ermitteln in einem Mordfall und möchten gern mit Herrn Dr. Breitenbach sprechen.«

Frau – oder Señora – Fuentes zuckte nicht mit der Wimper. Ganz offensichtlich war sie den Umgang mit der Polizei gewohnt.

»Haben Sie einen Termin?«, fragte sie freundlich. »Herr Dr. Breitenbach ist sehr beschäftigt.«

»Wir haben keinen Termin, aber wir können Herrn Dr. Breitenbach auch gerne im Präsidium treffen, wenn ihm das lieber ist«, antwortete Charlotte ebenso freundlich.

Señora Fuentes nickte und bat sie zu warten. Sie würde mit ihrem Chef sprechen. Damit verschwand sie hinter der Rezeption, nahm einen Telefonhörer zur Hand und telefonierte, ohne ihre Stimme zu erheben. Nach nicht einmal dreißig Sekunden hatten die beiden Beamten ihren Termin.

»Setzen Sie sich bitte«, sagte Señora Fuentes und führte sie in ein weiteres mit großzügigen Freischwingern möbliertes Zimmer, das wohl das Wartezimmer vor dem Allerheiligsten war. Hinter einer großen Theke, die den länglichen Raum teilte, standen ein Schreibtisch und einige Aktenschränke. Der Schreibtisch war nicht besetzt, und Charlotte fragte sich, ob das Ganze nur eine Attrappe war, um die Klienten zu beeindrucken, oder ob Señora Fuentes außer der Rezeptionistin auch die persönliche Sekretärin von Herrn Dr. Breitenbach war. Arbeitstechnisch war das sicherlich zu bewerkstelligen, mutmaßte Charlotte. So viele Klienten, wie sich hier auf die Füße traten.

Dr. Breitenbach ließ sie zehn Minuten warten, bevor er ins Zimmer trat und sie in sein Büro bat. Er war in tadelloses Dunkelblau gekleidet und entsprach in allen Punkten exakt dem Klischee des erfolgsverwöhnten Anwalts. Mitte fünfzig, schlank, groß, dezente Geheimratsecken, dunkle Hornbrille und ein gepflegter grauer Vollbart.

Er wies auf zwei Ledersessel vor seinem monströsen Schreibtisch und setzte sich.

»Frau Fuentes sagte, Sie ermitteln in einem Mordfall. Wie kann ich Ihnen helfen?«

Seine Stimme war wider Erwarten angenehm, fast wie die eines Schauspielers.

Charlotte setzte ihr charmantestes Lächeln auf. Vielleicht war er ja gar nicht so ein Snob, wie sie annahm. Einen Versuch war es wert.

»Wir sind Ihnen sehr verbunden, dass Sie Zeit für uns finden.«

»Kein Problem«, sagte er lächelnd und nahm die Brille ab.

Ohne dieses Horngestell sieht er jünger aus, dachte Charlotte, aber vielleicht nicht so kompetent.

»Es geht um einen Herrn Krämer, der vor zwei Tagen ermordet worden ist.«

»Ja«, sagte Dr. Breitenbach interessiert, »ich hab davon gehört. Er war mein Klient. Er prozessiert seit Jahren mit seiner Versicherung um einen Unfallschaden, den er nicht zahlen wollte.«

»Worum geht es konkret?«, fragte Charlotte.

Dr. Breitenbach tippte sachte mit dem Bügel seiner Brille auf seine Oberlippe. »Ich weiß nicht recht, was dieser Versicherungsfall mit der Ermordung meines Klienten zu tun hat. Oder gibt es da etwas, was Sie mir nicht sagen?«, sagte er dann und sah Charlotte forschend an. Hollinger rutschte unruhig auf seinem Stuhl herum. Es schien, als habe er das Bedürfnis, sich bemerkbar zu machen.

Charlotte überlegte, ob sie es auf eine Konfrontation mit Dr. Breitenbach ankommen lassen wollte. Sie ließ sich nicht gern in die Defensive drängen. Andererseits – was hatte sie denn zu verlieren, wenn sie ihm ein bisschen entgegenkam?

»Das wollen wir ja herausfinden«, sagte sie dann. »Wir versuchen lediglich, uns ein Bild vom Opfer zu machen. Dabei können alle möglichen Dinge eine Rolle spielen. Und – ich denke, da stimmen Sie mir zu – die Streitfälle, in die das Opfer verwickelt war, könnten da durchaus aufschlussreich sein.«

Dr. Breitenbach nickte kaum merklich und legte seine Brille auf den Tisch. »Nun, ich denke, ich kann Ihnen Auskunft geben.«

Charlotte lächelte abwartend, und Hollinger wechselte seine Sitzposition von der linken Stuhlecke in die rechte

»Wenn Sie einen Moment warten, suche ich Ihnen die Akte raus. Dauert einen Moment, meine Sekretärin ist heute nicht aufgetaucht, muss es selber raussuchen«, sagte Dr. Breitenbach.

Aha, dachte Charlotte, der Schreibtisch im Wartezimmer war also doch keine Attrappe.

Dr. Breitenbach machte sich an den Aktenschränken zu schaffen, während Charlotte ein Bild an der Wand betrachtete. Offensichtlich die Aufnahme einer Betriebsfeier – oder wie man das in Anwaltskreisen nannte. Sie erkannte Frau Fuentes, Dr. Breitenbach, eine ältere Frau im schwarzen Hosenanzug, die etwas lustlos in die Kamera schaute, und noch zwei Frauen, eine sehr attraktive Blondine in den Dreißigern mit bunt geblümtem Schal und eine magere Riesin mit Stoppelhaarschnitt. Bestimmt die Sekretärin der humorlosen älteren Anwältin, dachte Charlotte, oder umgekehrt.

Dr. Breitenbach war fündig geworden, setzte sich mit einem Räuspern wieder hinter seinen Schreibtisch und schlug die Akte Krämer auf.

»Hier, der Fall liegt zwei Jahre zurück, ist nicht ganz eindeutig. Seine Frau hat den Wagen gefahren und ist rückwärts gegen einen Betonkübel gefahren. Eigentlich eine Bagatelle, aber er prozessiert gegen das Straßenverkehrsamt, weil der Kübel seiner Meinung nach nicht so weit in die Fahrbahn hätte ragen dürfen. Herr Krämer ist … war da ziemlich eigenwillig.«

»Und«, sagte Charlotte, »wie schätzen Sie seine Chancen ein?«

Dr. Breitenbach grinste. »Das hätte sich noch ewig hinziehen können, aber meiner Meinung nach hätte er irgendwann zahlen müssen.«

»Und Sie hätten nicht unbeträchtlich daran verdient«, mischte Hollinger sich plötzlich ein.

Dr. Breitenbach wurde ernst und musterte Hollinger einige Sekunden.

»Selbstverständlich«, sagte er dann ruhig.

Charlotte räusperte sich, sah Hollinger warnend an und wandte sich dann wieder an den Anwalt.

»Wie war das mit der Klage vor einigen Jahren?«, fragte sie, ohne Hollingers Einwand weiter zu kommentieren. »Krämer soll einen Schüler mit dem Zeigestock geschlagen haben.«

»Jaa«, sagte Dr. Breitenbach gedehnt. »Daran kann ich mich erinnern. War insofern interessant, als die Beschuldigung ziemlich aus der Luft gegriffen war, deswegen erinnere ich mich auch noch an den Kläger. Ziemlich unangenehmer Mensch. Es ging offensichtlich nur ums Geld, man hatte nicht den Eindruck, dass der Vater sich besonders um den Sohn sorgte. Die Klage wurde auch wie erwartet abgewiesen.«

»Was hatten Sie persönlich für einen Eindruck? Was für ein Mensch war Krämer? Glauben Sie, dass er den Jungen tatsächlich geschlagen hat?«, fragte Charlotte.

»Tja, wenn Sie mich so fragen«, sagte Breitenbach. »Er war, ehrlich gesagt, ein ziemlicher Pedant, kam mir auch etwas überheblich vor – entschuldigen Sie meine Offenheit –, aber dass er sich was hätte zuschulden kommen lassen, ist unwahrscheinlich. Er war der Typ des korrekten Beamten, hatte was Militärisches an sich. Zumindest war das mein Eindruck. Andererseits ... wenn er zornig war. Ich weiß nicht, ob er da immer die nötige Beherrschung aufgebracht hat.« Dr. Breitenbach zögerte einen Moment. »Ich kann mir vorstellen, dass er zuschlagen konnte, aber nur dann, wenn er keine Konsequenzen zu fürchten hatte.«

Charlotte nickte. »Gab es noch andere Streitfälle, in denen Herr Krämer Sie konsultiert hat?«

Dr. Breitenbach schüttelte den Kopf. »Nein, das sind alle Fälle, von denen ich weiß. Aber vielleicht hat er ja noch andere Anwälte beauftragt. Ich kann Ihnen jedenfalls nicht mehr über Herrn Krämer sagen.«

Charlotte ließ sich das Gehörte durch den Kopf gehen und kam zu dem Schluss, dass sie hier nichts mehr erreichen würden. Sie erhob sich und reichte Dr. Breitenbach über den Schreibtisch hinweg die Hand.

»Vielen Dank, dass Sie sich für uns Zeit genommen haben. Wir finden alleine raus.«

Sie gab Hollinger ein Zeichen, der stand etwas schwerfällig auf, nickte dem Anwalt zu und folgte seiner Chefin hinaus.

Charlotte schleuderte ihre Sportschuhe von den Füßen, nahm einen großen Schluck Wasser aus ihrer Flasche und ließ sich aufs Sofa fallen. Thorsten war mit Henning und den beiden Beamten von der Spurensicherung fast den ganzen Tag damit beschäftigt gewesen, Krämers Haus zu durchsuchen, ohne irgendwas Brauchbares zu finden. Sie kamen einfach nicht weiter. Aber vielleicht war sie auch nicht ganz bei der Sache.

Ihr Lebensgefährte und Kollege Rüdiger Bergheim war seit fast zwei Wochen nicht in der Direktion aufgetaucht. Jan, sein elfjähriger Sohn, hatte einen Unfall gehabt – was sich genau abgespielt hatte, wusste Charlotte nicht – und brauchte jemanden, der sich um ihn kümmerte. Da Jans Mutter mal wieder mit einem wichtigen Projekt beschäftigt war und die einzige Großmutter sich noch in einer Rehaklinik in Ostwestfalen befand, hatte Rüdiger seinen Urlaub geopfert, um sich um Jan zu kümmern. Charlotte fand das durchaus löblich von ihm. Es gab aber keinen Grund, den Kontakt zu ihr komplett einzustellen. Ihre Beziehung lief in letzter Zeit nicht optimal. Das lag sicherlich zum größten Teil an ihr selbst, da machte Charlotte sich nichts vor. Sie wollte gar nicht darüber nachdenken, wie viele Diskussionen sie in den letzten Wochen darüber geführt hatten. Sie wollte ein Kind und er nicht. Natürlich konnte sie ihn verstehen. Er hatte ja schon eins, und die Trennung von Jan bei der Scheidung vor vier Jahren war ihm nicht leichtgefallen. Er wolle so was nicht noch mal erleben, hatte er immer wieder gesagt. Was sollte sie sagen? Dass er das nicht zu befürchten brauchte? Woher sollte sie das jetzt schon wissen? Sie liebte ihn, das stand außer Frage, und sie war sicher, dass er sie auch liebte. Aber wer wusste schon, was in fünf Jahren war? Wenn es nicht anders ging, würde sie ein Kind auch allein aufziehen, das taten so viele Frauen. Aber er war ein guter Vater. Warum sollte man es nicht einfach gemeinsam versuchen?

Bei diesem Hollinger und seiner Frau schien es ja auch geklappt zu haben. Jedenfalls machten die beiden keinen unglücklichen Eindruck. Charlotte schloss die Augen und presste die Flasche an ihre Stirn. Wo kamen bloß diese Kopfschmerzen her? Vielleicht sollte sie ab und zu eine warme Mahlzeit zu sich nehmen. Im Kühlfach mussten noch Hähnchenschnitzel sein. Und Tomaten hatte sie immer im Haus. Sie stand auf, warf die Hähnchenschnitzel zum Auftauen in die Mikrowelle, gab eine Zwiebel, ein paar Tomaten, eine Knoblauchzehe, Basilikumblätter und einen Schuss Olivenöl in den Mixer und verarbeitete alles zu einer sämigen Soße. Als sie die Schnitzel mit der Tomatensoße in den Backofen stellte, klingelte ihr Handy. Sie wohnte jetzt seit über einem halben Jahr in der List und hatte es immer noch nicht geschafft, sich um einen Festnetzanschluss zu kümmern. Es war Bergheim. Charlotte beschloss, nicht zickig zu sein, sondern desinteressiert.

»Wie geht's dir?«, fragte er.

»Viel zu tun«, sagte sie, »du hast von dem Mord in Kleefeld gehört?«

»Ja, Ostermann war fuchsteufelswild, als ich meinen Urlaub verlängern wollte, aber Grit kümmert sich um Jan, und ich steh wieder zur Verfügung.«

Aha, Grit, dachte Charlotte und war noch desinteressierter. Grit war eine alte Nachbarin und »Freundin« der Familie Bergheim und mit Sicherheit eine von Rüdigers Verflossenen, obwohl er nie darüber sprach.

»Ah ja«, sagte sie.

»Ich bin grad an einem Tatort in der Südstadt. Wahrscheinlich Raubmord. Wir brauchen hier nicht mehr lange.« Er schwieg einen Moment, Charlotte auch.

»Ich dachte, wir treffen uns. Wir haben uns seit fast zwei Wochen nicht gesehen.«

Und nicht gehört, fügte Charlotte im Stillen hinzu.

»Tut mir leid, ich bin total erledigt«, antwortete sie, »vielleicht am Wochenende.«

»Wie du meinst«, sagte er nach einer Weile, »ruf mich an.« Dann legte er auf.

Charlotte biss sich auf die Lippen. Jetzt bist du doch zickig gewesen, sagte sie sich und war wütend. Sie warf ihr Handy aufs Sofa und beschloss, eine Flasche von dem Kerner zu entkorken, den Bergheim und sie im letzten Jahr bei einer Weinprobe am Bodensee gekauft hatten. Das hatte er jetzt davon.

Hollinger hatte sich fest vorgenommen, den heutigen Abend mit einem Teller Bohneneintopf vor dem Fernseher zu verbringen. Stattdessen saß er in der Küche seiner Mutter und versuchte sie zu überzeugen, dass – ihr soziales Engagement in Ehren – es nicht zu den guten Taten zählte, eine demente Rollstuhlfahrerin im Garten vom Stephansstift zu vergessen und damit einen Polizeieinsatz zu provozieren.

»Aber sie hat sich so wohl dort gefühlt«, wehrte sich Oma Berna, »und so kalt war es doch gar nicht.«

»Doch!«, schnauzte Hollinger. »Sie hatte ja kaum was an.«

Ihm war immer noch ganz flau, wenn er daran dachte, dass die zierliche alte Frau einige Stunden in einer dünnen Bluse im schattigen Garten vom Stephansstift verbracht hatte. »Hoffentlich hat sie sich nicht den Tod geholt. Das wäre dann fahrlässige Tötung.« Hollinger schluckte, weil er sich das bisher noch gar nicht richtig klargemacht hatte. Seine Mutter wurde ihm langsam unheimlich. Er hatte keine Ahnung, ob ihre Zerstreutheit eine Folge von Altersdemenz oder Alkoholkonsum war.

»Mein Junge«, sagte seine Mutter und streichelte ihm die Wange, »du bist immer so furchtbar unentspannt. Das wird noch mal ein böses Ende nehmen.«

Sie ging zur Speisekammer und kam mit einer Flasche Quittenlikör zurück, den eine ihrer Freundinnen selbst aufsetzte. »Komm, trink einen Schluck mit mir. Dann fühlst du dich besser.«

»Nein! Ich trinke keinen Schluck und du auch nicht«, blaffte er und nahm seiner Mutter die Flasche aus der Hand. »Du kommst jetzt mit und isst eine vernünftige Mahlzeit!« Er nahm ihren Arm und wollte sie aus der Küche ziehen, hatte aber nicht mit dem Eigensinn von Bernadette Hollinger gerechnet.

»Nein, Jungchen. Ich kann machen, was ich will. Ich bin nicht deine Tochter und schon über achtzehn.«

Hollinger knirschte mit den Zähnen. »Du redest aber wie sie.«

Zwischen zwei roten Wangen verzog sich Bernadette Hollingers Mund zu einem Grinsen.

»Nun geh nach Hause zu deiner Frau und deinem Kind. Die warten sicher schon auf dich. Ich bin dir dankbar, dass du auf mich aufpassen willst, aber das kann ich alleine.« Damit scheuchte sie ihren Sohn in den Flur ihrer kleinen Apartmentwohnung in der Blumhardtstraße, und er leistete keinen Widerstand.

»Berna«, an der Haustür machte er einen letzten Versuch, »lass doch wenigstens diese dumme Idee mit diesem Ehrenamt. Du hast doch wirklich genug Beschäftigung. Deine Kegelgruppe und die Kartenrunde ...«

Weiter kam er nicht. »Jungchen, ich werde im Stephansstift noch gebraucht – diese armen alten Leutchen. Und nun gute Nacht.«

Hollinger seufzte, als sich die Tür vor seiner Nase schloss. Er hatte sich immer eine *normale* Mutter gewünscht. Die Torten machte und Bratkartoffeln. Stattdessen war er mit Currywurst, Fritten und Rührei aufgewachsen. Nicht dass er Currywurst und Rührei nicht mochte – im Gegenteil, er liebte beides, aber noch mehr würde er eine Mutter lieben, die nach Vanillepudding roch.

Wenigstens Ursula kochte gern. Augenblicklich fing sein Magen an zu knurren, und er machte sich auf den Heimweg.

FÜNF

»Das kann ja wohl nicht wahr sein!«, schnauzte Hollinger ins Handy. Er hatte sich gerade das erste Käsebrötchen zum Frühstück einverleibt und wollte das zweite in Angriff nehmen, als das Handy sich meldete. Es war Charlotte, die schon nach Kleefeld unterwegs war.

Am Morgen war am Landwehrgraben an den Ausläufern der Eilenriede in Kleefeld eine Leiche gefunden worden.

»Ich brauche noch zehn Minuten bis dahin«, sagte Charlotte ins Handy. »Wir sehen uns dort.«

»Das gibt's doch nicht! Was ist denn in unserem friedlichen Kleefeld los?«, polterte Hollinger.

Seine Frau legte erstaunt die Hannoversche Allgemeine zur Seite. »Was ist denn los?«

»Eine Leiche! Schon wieder eine Leiche!«, sagte Hollinger, trank seinen Kaffee aus und stand auf. »Kannst du mir ein Schinkenbrot schmieren? Hab keine Zeit mehr.«

Ursula schüttelte den Kopf und strich Butter auf eine Scheibe Gersterbrot. Sie hatte ja manchmal über die Ereignislosigkeit ihres Lebens gestöhnt, aber unter Ereignissen verstand sie nicht unbedingt alle paar Tage einen Leichenfund.

Sie wickelte das Brot in Pergamentpapier und steckte es in die Uniformjacke ihres Mannes, die an der Flurgarderobe hing.

In diesem Moment kam ihr Mann bereits wieder die Treppe herabgestolpert, schnappte sich seine Jacke und drückte seiner Frau einen atemlosen Kuss auf die dargebotene Wange.

Ursula fragte sich, ob sie sich Sorgen um ihren Mann machen musste. Er hatte Fett angesetzt und war ziemlich kurzatmig. Vielleicht sollten sie ab und zu mal ein bisschen Fahrrad fahren. Mit Spaziergängen allein war dem Appetit ihres Mannes wohl nicht beizukommen.

Der Landwehrgraben verlief parallel zur Forbacher Straße, die direkt gegenüber vom Hermann-Löns-Park von der Kirchröder

Straße am südlichen Teil der Eilenriede entlangführte – nur wenige hundert Meter vom Hollinger'schen Haus entfernt.

Hollinger stand neben Charlotte Wiegand vor einem morastigen Graben, über den eine Holzbrücke führte.

»Wieso heißt dieses Rinnsal Landwehrgraben?«, fragte Charlotte. »Sieht mir nicht so aus, als könnte der irgendwen abwehren.«

»Genau dazu war er aber wohl da. Im Mittelalter war er Teil der Sicherung der Stadtgrenze und hat wahrscheinlich ganz Hannover umgeben. Das hier sind die Reste.«

Charlotte sah Hollinger erstaunt an. So viel historische Bildung hätte sie ihm gar nicht zugetraut.

Hollinger räusperte sich. »Jedenfalls hat meine Frau das gesagt.«

Inzwischen hatten die Kollegen die Forbacher Straße und den Leichenfundort abgesperrt, und in der Metzer Straße, die fast gegenüber vom Fundort von der Forbacher abging, hatte sich binnen weniger Minuten ein Pulk von Menschen vor der Absperrung versammelt.

Eine Frau stand an einem der Streifenwagen und drückte sich ihr Taschentuch vor den Mund. Sie hatte Mühe, gleichzeitig ihren Schäferhund festzuhalten, der immer wieder versuchte, in Richtung des Menschenauflaufs zu sprinten.

Es war halb neun am Mittwochmorgen, die Spurensicherung und Dr. Wedel waren ebenfalls schon angekommen, und alle gruppierten sich kopfschüttelnd um die Leiche, die wenigstens ein paar Jahre unter der Erde gelegen hatte.

»Die Frau sagt, der Hund hätte hier angefangen, wie wild zu buddeln, und dann kam der Turnschuh zum Vorschein, in dem der Knochen steckte«, sagte Leo Kramer von der Kriminaltechnik zu Charlotte, »und da hat sie dann gleich die Eins-Eins-Zwei angerufen. Die ist völlig fertig. Geht hier öfter mal spazieren, sagt sie.«

»Also, meine Lieben«, unterbrach sie Dr. Wedel. »Es handelt sich um ein junges Mädchen – wenn man von der Bekleidung ausgeht. Es hatte eine Tasche dabei, müssten Schulbücher sein, sind aber ziemlich verrottet, genauso wie die Leiche«, grinste er und zwinkerte Charlotte zu.

Die fand den Rechtsmediziner wie immer völlig pietätlos und funkelte ihn an.

»Wie lange, glauben Sie, liegt sie schon hier?«

»Nun, ein paar Jahre sicherlich, aber das Labor wird Ihnen das bestimmt genauer sagen können, werte Frau Wiegand.«

Warum musste er angesichts einer Tragödie immer sarkastisch sein? Charlotte konnte sich das nur so erklären, dass er sich schützen wollte. So wie Kinder, die im dunklen Wald laut singen. Aber das versöhnte sie kein bisschen.

Sie wandte sich ab und ging auf die gut gekleidete Frau mit dem Schäferhund zu.

»Sie sind Frau Rohrbach?«

Die Frau nickte.

»Wann haben Sie die Leiche gefunden?«

»Vor ungefähr zwei Stunden. So was ist mir überhaupt noch nie passiert«, japste sie und zog an der Leine. Der Schäferhund, der Charlotte völlig ignorierte, hatte nur Augen für die Menschen, die sich vor der Absperrung scharten.

»So was passiert den meisten Leuten nicht – glücklicherweise«, sagte Charlotte. »Können Sie mir kurz schildern, was denn nun genau passiert ist?«

»Aber ja, es ist ganz einfach. Asta – das ist mein Hund hier – fing da vorne wie verrückt an zu kratzen, und als ich hinkam, sah ich ... ich sah diesen Turnschuh mit dem ... Knochen aus der Erde ragen ...«

Sie schluckte.

»Schon gut«, sagte Charlotte, »den Rest kann ich mir denken.«

Frau Rohrbach schien viel Wert auf ihr Äußeres zu legen. Sie betupfte nur die Winkel ihrer mit reichlich Mascara verzierten Augen.

Charlotte verabschiedete sich, bat Leo Kramer von der Kriminaltechnik, die Personalien von Frau Rohrbach aufzunehmen, und ging zurück zu Hollinger, der mit bleichem Gesicht zusah, wie das Gerippe, an dem noch Fetzen von Kleidungsstücken hingen, langsam aus der Erde geborgen wurde.

Dscikonsky von der Kriminaltechnik kam auf sie zu. »Hier muss irgendjemand rumgegraben haben, vor nicht allzu langer

Zeit. Und wenn du mich fragst, der wusste von dem Grab, konnte es aber nicht finden. Und dann hat der Hund den Rest erledigt.«

Charlotte nickte. »Ich hatte mich schon gefragt, warum in den letzten Jahren noch kein Hund hier was gefunden hat.« Sie sah sich um.

Hinter dem Graben führte ein Fußweg entlang, und etwas weiter entfernt verlief ein asphaltierter Radweg. Der Wassergraben war vielleicht fünf Meter von der Forbacher Straße entfernt und fiel dann etwa eineinhalb Meter ab. Entweder hatte der Täter sein Opfer im Wald getroffen und getötet, oder er hatte die Leiche mit dem Auto hertransportiert. Dann konnte er am Straßenrand parken und brauchte die Leiche nicht weit zu transportieren. Ein parkendes Auto fiel hier nicht weiter auf. Nur wenige Laternen säumten die Straße, und wenn man hier nachts etwas ablud und am Abhang verscharrte, wurde man von der Straße aus nicht gesehen, hatte aber trotzdem genügend Licht zum Graben. Außerdem war der Boden weich.

Charlotte fragte sich trotzdem, aus welchem Grund jemand am Rande einer Wohnsiedlung eine Leiche entsorgte anstatt irgendwo tief im Wald, wo man ungestört war. Der Täter musste es sehr eilig gehabt haben, die Leiche loszuwerden.

Charlotte betrat den Besprechungsraum als Letzte. Ostermann war schon da und trommelte ungeduldig mit den Fingern auf den Tisch. »Na, Gott sei Dank sind wir ja nun vollzählig und können hoffentlich anfangen. Frau Wiegand, ich höre.«

Charlotte setzte sich gemächlich auf einen Stuhl neben Hollinger und platzierte in Ruhe ihren Kaffeebecher auf dem Tisch.

»Um es gleich vorwegzunehmen, die Hausdurchsuchung war erfolglos, wir haben nichts gefunden, was auf eine Täterschaft von Frau Krämer schließen lässt. Frau Krämer geht es anscheinend wieder besser, aber sie verweigert jede Aussage, sitzt nur im Bett und starrt vor sich hin. Das kann immer noch der Schock sein, möglicherweise hat sie aber auch was zu verbergen. Da müssen wir dranbleiben. Henning, vielleicht erzählst du uns, was ihr noch vom Jubiläumsfest rausgekriegt habt.« Damit lehnte sich

Charlotte zurück. Sie hatte den schwarzen Peter einstweilen an ihren Kollegen weitergegeben.

Henning Werst räusperte sich und legte seine muskulösen Arme auf den Tisch. Ostermann blickte ihn über seinen Brillenrand hinweg misstrauisch an.

»Also die Kollegen vom Krämer haben wir alle befragt. Von denen war keiner besonders bestürzt über seinen Tod, aber einen Freudentanz hat auch keiner veranstaltet. Fast alle haben ein Alibi, ein Motiv hatten entweder alle oder keiner, je nachdem, ob man Antipathie als Mordmotiv ansieht. Aber das war's dann auch. Die haben sich einfach nicht um den Kerl gekümmert beziehungsweise sind ihm aus dem Weg gegangen.«

Charlotte verschluckte sich an ihrem Kaffee und hustete.

Ostermann wedelte ungeduldig mit der Hand. »Was ist bei der Befragung der Festbesucher herausgekommen?«

»Tja«, sagte Henning Werst, »das ist ziemlich schwierig, wir fragen uns von Mensch zu Mensch durch – sozusagen.« Er grinste und schob seine Hemdsärmel hoch, die über den Oberarmmuskeln spannten. »Bis jetzt haben wir nichts Nennenswertes rausgefunden. Ist ja auch schwierig bei den vielen Menschen, die im Zelt waren.« Er räusperte sich. »Ähm, ich frage mich sowieso, ob das noch sinnvoll ist, da weiterzumachen. Nach unseren bisherigen Erkenntnissen hat der Typ nur mit diesen beiden anderen am Tisch gestanden. Und die haben uns ein paar Bekannte genannt, die sie auch im Zelt gesehen haben. Von denen will aber keiner den Krämer gesehen haben. Kennen tun ihn allerdings ziemlich viele, wenigstens dem Namen nach. Ist ja klar, man kennt halt die Lehrer der örtlichen Grundschule.«

Werst verstummte plötzlich. Ostermann legte den Kopf schräg.

»Herr Werst, Sie und Ihr Kollege«, er nickte in Thorsten Bremers Richtung, »befragen weiter die Leute vom Fest, bis sich die Spur verläuft oder Sie was ausgegraben haben, verstanden?«

»Klar, klar«, murmelte Werst, und Charlotte grinste.

»Haben Sie in der Schule was Brauchbares gefunden?«

Die Frage war an Hollinger gerichtet, der sich aufrichtete und Charlotte unsicher ansah.

»Nein, nein, meine Kollegen Sander und Vogt befragen die Eltern seiner Klasse, haben aber bis jetzt nichts gefunden, was uns weiterhelfen könnte. Bei der Befragung dieses Jungen und seines Vaters ist auch nichts rausgekommen. Alles, was wir wissen, ist, dass Krämer als Mensch und Lehrer ziemlich unbeliebt war und nicht viele Freunde hatte. Man könnte auch sagen, wir haben bis jetzt mit keinem gesprochen, der ihn mochte.«

Hollinger wusste nicht, warum er sich schuldig fühlte, schließlich konnte niemand was dafür, wenn dieser verdammte Mörder keine Spuren hinterließ, auch wenn Ostermann offensichtlich den Ermittlern die Schuld dafür gab. Und außerdem war es nicht seine Aufgabe, Mörder zu überführen, verdammt!

»Na, da sollte sich doch zumindest ein Motiv finden lassen, meinen Sie nicht, Frau Wiegand?«, sagte Ostermann schneidend.

»Oh ja, Motive gibt's mehr als genug, das macht das Ganze ja so schwierig. Den konnte einfach keiner leiden.«

»Was ist mit der Leiche, die gefunden wurde?«

»Wahrscheinlich ein junges Mädchen, der Kleidung nach zu urteilen, sagt Wedel. Wir warten auf das Ergebnis der rechtsmedizinischen Untersuchung. Es könnte sich um die verschwundene Marina Kleiber handeln«, sagte Charlotte.

»Ich stelle fest, Sie warten auf etwas. Sie alle. Ich wäre Ihnen sehr verbunden, wenn bei Ihren Untersuchungen zur Abwechslung auch etwas herauskommen würde. Was gedenken Sie zu tun?«

Betretenes Schweigen folgte dieser Frage. Charlotte räusperte sich energisch. »Also, wir wissen, dass Krämer vor zehn Jahren im Zusammenhang mit dem vermissten Mädchen verhört wurde. Diese Spur verfolgen wir weiter. Und die Ehefrau scheint irgendwas zu verheimlichen, da müssen wir auch noch nachhaken.«

»Also«, sagte Ostermann, »da Sie ja offensichtlich im Moment nicht wissen, wie Sie Ihre Zeit totschlagen können, schlage ich vor, Sie kümmern sich mal um die Leiche dieses jungen Mädchens. Leute haben Sie ja mehr als genug.«

Er stand abrupt auf. »Unsere nächste Sitzung ist morgen um die gleiche Zeit. Dann haben Sie hoffentlich etwas mehr zu berichten. Guten Tag, Herrschaften.« Damit drehte er sich um und verließ den Besprechungsraum. Die Tür machte er leise hinter sich zu.

Die vier Beamten blieben schweigend zurück. Die Männer blickten betreten, Charlotte wütend. Sie nahm ihren Kaffeebecher und stand auf.

»Ich schlage vor, ihr genehmigt euch erst mal ein zweites Frühstück. Ihr habt's ja gehört, wir brauchen was zum Berichten.« Sie nickte bedeutungsvoll. »Ich muss mich kurz mit einem Kollegen unterhalten. Wir treffen uns in einer Stunde in der Cafeteria.«

»Also auf in die Cafete«, sagte Werst und raffte seine Papiere zusammen.

»Einverstanden.« Bremer erhob sich ebenfalls, und Hollinger folgte den beiden. Er mochte zwar kein Kantinenessen, aber ein Salamibrötchen konnte auch ein Kantinenkoch nicht versauen.

Charlotte begab sich in ihr Büro, das sie sich mit ihrem Kollegen und Freund Rüdiger Bergheim teilte, und hoffte, ihn dort anzutreffen. Sie sah ihn durch die Scheibe an seinem Computer stehen. Eine Hand in der Hosentasche, die andere tippte auf der Tastatur herum. Sie bekam immer noch einen Adrenalinschub, wenn sie ihn sah, obwohl sie schon seit einem Jahr zusammen waren. Als er Charlotte bemerkte, lächelte er leicht. Sie ging hinein und gab ihm einen schnellen Kuss auf den Mund. Er legte die Arme um ihre Taille.

»Schön, dich zu sehen. Leider muss ich gleich weg in die Rechtsmedizin, bin schon zu spät. Es geht um diesen Raubmord in der Südstadt.«

Charlotte nickte.

»Bist du mit deinem toten Lehrer weitergekommen?«

Sie schüttelte den Kopf. »Kein bisschen«, sagte sie, »alles, was wir wissen, ist, dass der Kerl eine Menge Leute kannte, die ihn zum Teufel gewünscht haben.«

»Hört sich schwierig an«, sagte er und warf einen Blick auf seine Uhr. »Tut mir leid, ich muss wirklich los.«

»Wie wär's mit heute um acht im ›Besitos‹?«

»Ich versuch's. Ist im Moment ein bisschen hektisch. Aber wem sage ich das.«

Er warf einen schnellen Blick in das angrenzende Großraumbüro, küsste sie und ging.

Charlotte sah ihm seufzend nach. Wie sollte das weitergehen? Sie hatten so selten Zeit füreinander, und Ostermann machte kein Geheimnis aus seiner Missbilligung. Für ihn war es ausgeschlossen, dass Polizisten, die zusammenarbeiten, eine Liebesbeziehung haben. Das vernebelte den Blick während der Ermittlungen und führte unweigerlich zu Komplikationen. Jedenfalls war Ostermann fest davon überzeugt und machte Charlotte seither das Leben schwer. Bei Bergheim war das etwas anderes. Der konnte das Ganze nicht ernst meinen. Schließlich war er geschieden – hatte also schlechte Erfahrungen gemacht – und obendrein einen Sohn von elf Jahren – also auch Verpflichtungen. Die Geschichte war also zum Scheitern verurteilt, und wie sollte man dann weiter zusammenarbeiten? Das konnte nur bedeuten, dass er sich früher oder später von einem seiner beiden Spitzenermittler würde verabschieden müssen. Und das wollte Ostermann auf keinen Fall. Dass Charlotte ganz andere Pläne hatte, kam ihm dabei nicht in den Sinn.

Ursula saß ihrer Freundin gegenüber und wusste eigentlich nicht, was sie hier tat. Sabine saß auf ihrem Bett und starrte wortlos vor sich hin.

»Wie geht's Oliver?«, fragte Ursula, um überhaupt irgendwas zu sagen.

»Wie soll's ihm schon gehen. Schlecht«, sagte Sabine tonlos.

Ursula legte ihre Hand auf Sabines.

»Willst du mir nicht sagen, was los ist?«

»Was los ist? Du fragst mich, was los ist? Mein Mann ist ermordet worden. Nicht verunglückt oder an einer Krankheit gestorben, sondern von irgendeinem Menschen umgebracht.« Sie schüttelte den Kopf. »Wie sehr muss jemand ihn gehasst haben.«

Ursula wusste nicht, was sie sagen sollte. Aber ihre Freundin schien auch keine Antwort zu erwarten. Sie starrte mit großen Augen auf ihre Bettdecke.

»Wie soll Oliver bloß jemals damit fertig werden.«

»Sabine, er ist jung. Er wird's schon schaffen. Viel mehr Sorgen mach ich mir deinetwegen. Er braucht dich jetzt. Was soll er denn machen, wenn du auch noch schlappmachst?«

Sabine schwieg einen Moment und schüttelte dann den Kopf. »Ohne mich wäre er besser dran, glaub mir«, flüsterte sie.

Ursula verzog das Gesicht. Ihre Freundin hatte schon immer einen Hang zur Melodramatik gehabt.

Plötzlich ergriff Sabine ihre Hand. »Wenn mir was passiert, kümmerst du dich dann um Oliver? Er bewundert dich so, und du weißt, meine Schwester ist viel zu sehr mit ihrer eigenen Familie beschäftigt.«

»Meine Güte, natürlich kümmere ich mich um Oliver, wenn es nötig werden sollte, aber im Moment gehe ich davon aus, dass es in meinem Leben nicht nötig sein wird. Schließlich bin ich drei Jahre älter als du …«

»Versprich es mir«, unterbrach sie Sabine.

»Wenn dir so viel dran liegt, bitte, dann versprech ich's dir. Unter einer Bedingung. Dass du dich jetzt am Riemen reißt und so einen Blödsinn nicht noch mal machst. Ist das klar? Ich hab immer noch nicht verstanden, wie du das tun konntest.«

Sabine drückte ihre Hand.

»Ich danke dir. Jetzt bin ich beruhigt.«

»Wie ich schon sagte«, meinte Wedel und rieb sich die Augen, »ein junges Mädchen, die Pubertät weitgehend abgeschlossen, zwischen sechzehn und zwanzig – maximal. Todesursache alles, was keine Spuren am Skelett verursacht. Also Ersticken, Vergiften, Ertrinken et cetera. Jedenfalls sind an den Knochen und am Schädel keine Verletzungen zu erkennen. Ich denke, bis übermorgen haben wir den DNA- beziehungsweise Zahnabgleich aller vermissten Mädchen in diesem Alter der letzten zehn Jahre aus Hannover und Umgebung, die nicht wiederaufgetaucht sind. Vielleicht haben Sie bei den Kriminaltechnikern mehr Glück. Die wühlen sich gerade durch das Material aus der Tasche, das noch brauchbar ist. Vielleicht finden die ja einen Namen. Das wär's für heute«, sagte Wedel und erhob sich. »Nach knapp einem Tag können Sie kaum mehr erwarten.«

Charlotte nickte. Mehr hatte sie auch nicht erwartet. Wo sollte sie anfangen? Sie hatte sich von Bremer die Liste aller vermissten Mädchen geben lassen, die vom Alter her passten. Von sechs dieser Mädchen hatten sie einen genetischen Fingerabdruck. Die würden sie sich zuerst vornehmen, dann würden sie mit den Zähnen weitermachen. Charlotte seufzte. Auf jeden Fall konnten sie in diesem Fall nichts weiter tun, als zu warten, bis die Ergebnisse aus dem Labor vorlagen. Bevor sie nach Hause ging, würde sie aber noch ein Wort mit Dscikonsky wechseln. Höllinger hatte sich nicht gemeldet, woraus sie schloss, dass er und Maren in den Unterlagen aus der Schule nichts gefunden hatten. Und wenn Charlotte ehrlich war, hatte sie das auch nicht erwartet.

Auf dem Weg zur Kriminaltechnik klingelte ihr Handy. Es war Bergheim.

»Es wird ein bisschen später. Reicht es, wenn ich dich um acht abhole?«

»Bestens«, sagte sie, »ich schaffe es auch nicht eher.«

Es war kurz nach sechs, als sie beim ZKD ankam, und sie hoffte, dass Dscikonsky noch bei der Arbeit war.

Sie erwischte ihn, als er gerade die Tür zu seinem Büro abschloss.

»Na wunderbar, ich wollte gerade vorbeikommen.«

Er hielt einen Plastikbeutel in die Höhe, in dem etwas lag, das entfernt nach einem zerfallenen Buch aussah.

»Das hier ist ein Mathebuch für die zwölfte Klasse. Erstaunlich gut erhalten, die Schultasche war aus einem Plastikmaterial und der Inhalt relativ gut vor Feuchtigkeit geschützt. Es gehörte einem Mädchen, das schließen wir aus den Resten von Pferdebildern, die an der Innenseite eines Schnellhefters klebten.«

»Habt ihr noch Hinweise auf einen Namen gefunden?«, fragte Charlotte.

Dscikonsky zog die Nase kraus. »Leider nur schwer zu entziffern, aber ein großes M konnte ich erkennen. Und ein paar Buchstaben, könnte Kleber oder Kleuber heißen. Hab's auch schon an den Erkennungsdienst weitergegeben.«

Charlotte nickte. »Das ist sie«, murmelte sie, bedankte sich bei Dscikonsky, ging zurück in ihr Büro und warf den Computer an. Das große Büro nebenan war fast leer, nur zwei uniformierte Kollegen hämmerten noch auf ihre Tastaturen ein.

Sie rief die betreffende Vermisstenliste für Hannover und die Region auf und fand den Namen sofort: Marina Kleiber, siebzehn Jahre, wohnhaft in Kleefeld, Blomeweg 126. Sie ging auf Google Earth. Marina Kleiber war nur wenige Kilometer von ihrem Elternhaus entfernt vergraben worden. Zwischen dem Blomeweg und dem Fundort der Leiche lagen die Kirchröder Straße mit dem südlich davon gelegenen Philosophenviertel und ein Ausläufer der Eilenriede. Charlotte schluckte und sah auf die Uhr. Fünf vor sieben. Den Vater konnte sie auf keinen Fall aufsuchen, ohne sich mit Ostermann zu besprechen. Und das, beschloss sie, hatte nun wirklich Zeit bis morgen. Außerdem hatte sie eine Verabredung, und wenn sie die einhalten wollte, musste sie sich jetzt auf den Heimweg machen. Sie hatte Sehnsucht nach einer heißen Dusche und musste raus aus diesen Klamotten.

Zwanzig Minuten später fuhr sie den Friedrichswall Richtung Aegi entlang. Manchmal hasste sie ihren Beruf. Sie stellte sich vor, was diesem Mädchen widerfahren war. Es würde sich kaum noch feststellen lassen, ob sie sexuell missbraucht worden war, aber davon konnte man in den meisten Fällen von Mädchenmord ausgehen. Charlotte trat aufs Gaspedal und schnurrte rechts an einem schleichenden Mercedes vorbei.

Das war bizarr. Da wurde in einer friedlichen, begehrten Wohngegend einer norddeutschen Großstadt ein Mann ermordet. Ein respektabler Bürger, etwas spießig, nicht gerade beliebt, aber ein rechtschaffener Beamter und Familienvater. Drei Tage später findet man am Rand eines beliebten Stadtparks derselben Wohngegend die Leiche eines seit zehn Jahren vermissten Mädchens.

Dann stellte sich raus, dass der ermordete Spießer der Nachhilfelehrer des vermissten Mädchens war und möglicherweise einer der Letzten, die sie lebend gesehen hatten. Bisschen viel für einen verschlafenen Vorort. Am Ende hatte der alte Kleiber doch was damit zu tun. Obwohl Charlotte sich nicht vorstellen konnte, wie dieser traurige, gebrechliche Mann den Mord an Krämer bewerkstelligt haben sollte. Außerdem gab es mehrere Zeugen, die ihn noch gegen zwölf Uhr am Abend des Jubiläumsfestes völlig betrunken gesehen hatten. Aber die Trunkenheit konnte auch vorgetäuscht gewesen sein. Vielleicht hatte Kleiber Krämer im Zelt beobachtet und in seinem benebelten Hirn den Entschluss gefasst, den Lehrer zu töten.

Charlotte wusste nicht, was sie tun sollte. Kleiber verhaften? Ostermann kontaktieren? Ihm den Zusammenhang erklären?

Der würde nie zustimmen. »Ein starkes Motiv allein reicht nicht aus«, würde er sagen. Und wenn auch ungern – in diesem Fall sah Charlotte das genauso. Halb acht. Sie trat aufs Gaspedal und beschloss, das Problem auf morgen zu verschieben.

Als sie in die Gretchenstraße einbog, fühlte sie sich besser. Ihre Wohnung lag im dritten Stock eines der reich verzierten Häuser aus der Gründerzeit, die den Charme dieses Stadtteils ausmachten. Lindenbäume säumten den Straßenrand, und große mit Forsythien bepflanzte Kübel verliehen der Straße eine lauschige Atmosphäre.

In ihrer Wohnung warf sie ihre Klamotten auf den Fußboden und ging unter die Dusche, wo sie so lange stehen blieb, bis es klingelte.

»Ich wusste, dass es später wird«, begrüßte sie Bergheim an der Wohnungstür.

»Oh, wie ich sehe, bist du schon fertig angezogen«, sagte er grinsend und wickelte sie aus ihrem Badetuch.

»Ich hab einen Riesenhunger«, protestierte sie schwach.

»Ich auch«, flüsterte er und küsste sie. »Ich hab dich vermisst.« Sie schafften es gerade bis zum Ledersofa.

Eine Stunde später betraten sie das »Besitos«, ein geräumiges spanisches Restaurant schräg gegenüber dem Anzeigerhochhaus, am Rande des Steintorviertels, dem hannoverschen Kiez, mit seinem üppigen Sortiment an Kneipen, Bordellen und Nachtclubs.

Sie bestellten Tapas und Rioja. Bergheim sprach von seinem Sohn, und Charlotte hörte zu und trank zu viel von dem Rioja.

Immerhin hatte sie einen Neffen, dachte sie, ein kleiner Teufel, aber besser als nichts. Bergheim schien ihre schlechte Laune nicht zu bemerken und ließ sich die Datteln im Speckmantel schmecken. Charlotte wusste selbst nicht, warum sie plötzlich so ein

Spielverderber war. Sie argwöhnte, dass ihr Beruf schuld war. Das Herumwühlen in den seelischen Abartigkeiten ihrer Mitmenschen ging ihr zunehmend auf die Nerven. Außerdem war sie betrunken.

»Was ist das für ein Fall in der Südstadt?«, fragte sie Bergheim.

»Eine Frau Anfang dreißig, auf einen Stuhl gefesselt. Bevor man ihr eine Plastiktüte über den Kopf gestülpt hat, ist sie noch mit einem Feuerzeug traktiert worden. Wahrscheinlich hat sie einen Einbrecher erwischt, der was Bestimmtes von ihr wollte. Die Wohnung ist ein einziges Chaos.«

Bergheim nahm einen Schluck von seinem Rioja. Charlotte beobachtete ihn. Er war immer noch ein Sensibelchen, trotz seiner langjährigen Erfahrung als Ermittler.

»Manchmal frage ich mich, was in diesen Menschen vorgeht«, sagte er. »Oder ob überhaupt was in ihnen vorgeht. Vielleicht ist ja in ihrem Gehirn an der Stelle, die für das Mitgefühl zuständig ist, ein weißer Fleck. Anders kann ich mir nicht erklären, wie man einem Mitmenschen so was antun kann, ohne dass die Schuldgefühle einem den Rest seines Lebens zur Hölle machen.«

»Ja«, sagte Charlotte. »Interessante Frage. Vielleicht ist die Wissenschaft irgendwann so weit, das menschliche Gehirn so zu beeinflussen, dass es nur noch ›gute‹ Menschen gibt.«

»Du brauchst nicht ironisch zu werden. So abwegig ist das nicht.«

»Du meinst also, solche Menschen können nichts dafür, wenn sie andere um die Ecke bringen, weil in ihrem Gehirn dort ein weißer Fleck ist, wo bei anderen das Mitgefühl sitzt.«

»Natürlich können Sie was dafür. Sie wissen ja, dass es verboten ist, andere zu killen. Insoweit können sie ihr Verhalten natürlich beeinflussen. Aber dass sie das Töten kaltlässt, das muss eine Fehlfunktion im Gehirn sein.«

Charlotte schürzte die Lippen. »Würde dich das trösten?«

»Allerdings.«

»Na, dann glaub von mir aus dran«, sagte Charlotte und beobachtete Bergheim, wie er genussvoll mit dem Weißbrot die Soße aus dem Tapas-Töpfchen putzte. Es reizte sie zum Lächeln. Er sah es und lächelte zurück.

»Du solltest mehr essen. Wirst immer dünner«, sagte er, bevor er sich den letzten Bissen in den Mund schob.

»Und?«, erwiderte Charlotte. »Sind doch alle scharf auf Hungerhaken, oder?«

»Ich nicht«, sagte er und leckte sich die Finger.

Sie musterte ihn. Er war wohl entschlossen, sich nicht ärgern zu lassen.

Wie langweilig. Sie seufzte und griff nach ihrem Hühnchen.

Sie saßen noch eine halbe Stunde zusammen. Dann fielen Charlotte die Augen zu, und er brachte sie nach Hause.

»Soll ich bleiben?«, fragte er sie, als sie aussteigen wollte.

Ja, wollte sie sagen. »Lieber nicht«, sagte sie dann, »tut mir leid.«

Er küsste sie zum Abschied und fuhr davon. Charlotte wusste nicht, ob er froh war, nicht bleiben zu müssen.

SECHS

Die Besprechung mit Ostermann am nächsten Morgen war kurz, aber unerquicklich.

»Ich erwarte, sofort von Ihnen unterrichtet zu werden, wenn es neue Erkenntnisse gibt. Zumal wenn sie so brisant sind wie diese. Woher, hatten Sie denn gedacht, sollte ich erfahren, um wen es sich bei der Toten handelt? Aus der Zeitung?«

Charlotte zog die Augenbrauen hoch und blickte Dscikonsky an, der sachte den Kopf schüttelte und sich dann verlegen am Kopf kratzte. Aha, dachte Charlotte, er hatte es Ostermann gesagt, wahrscheinlich in dem Glauben, er wüsste schon Bescheid. Dumm gelaufen, aber nicht zu ändern.

»Ein undeutlicher Namenszug in einem verschlissenen Schnellhefter ist noch kein Beweis. Ich hielt es für sinnvoller, erst dem Vater die Kleiderreste zu zeigen und den Gentest abzuwarten. Glücklicherweise haben wir einen genetischen Fingerabdruck von Marina.«

»Machen Sie sich nicht lächerlich. Sie ist das einzige Mädchen, das seit so langer Zeit in Kleefeld vermisst wird. Ich lege Wert darauf, immer auf dem neuesten Stand der Ermittlungen zu sein. Merken Sie sich das, Frau Wiegand!«

Hollinger und Jörg Sander, die ebenfalls im Besprechungsraum saßen, blickten betreten von einem zum anderen. Charlotte verstand die Welt nicht mehr. Diese Reaktion war völlig überzogen, und Ostermann wusste das. Dann beschloss sie, das Ganze unter der Rubrik »Chef hat Ärger mit seiner Frau« – was nicht selten vorkam – abzuhaken und sich nicht irremachen zu lassen.

»Verstanden, Chef«, sagte sie so ruhig wie möglich. »Ich schlage vor, wir verlieren keine Zeit mehr und kümmern uns um die weitere Identifizierung.«

»Tun Sie das«, knurrte Ostermann, »und heute Nachmittag erwarte ich Ihren Bericht.«

»Geht klar«, sagte sie und rauschte aus dem Raum, ohne auf ihre Kollegen zu warten.

Jörg Sander machte sich nach der Besprechung auf den Weg zur Forbacher Straße, um weiter die Anwohner zu befragen. Charlotte und Hollinger fuhren, mit den Kleiderresten des toten Mädchens bewaffnet, gemeinsam zu Kleiber. Hollinger schwieg immer noch. Er war blass und wirkte übernächtigt.

»Du siehst krank aus. Mach mir ja nicht schlapp«, sagte sie. »Oder hat Ostermann dich etwa eingeschüchtert?«

»Nein«, brummte Hollinger, »wenn's nur das wäre.«

»Was ist los? Ärger zu Hause?«

»Kann man wohl sagen.« Hollinger schien mit sich zu ringen. »Es geht um unsere Tochter. Sie ist fünfzehn, und gestern hab ich sie erwischt … mit ihrem Freund im Auto …«

»Und?«, sagte Charlotte. »Ist das nicht normal?«

»Nicht was du denkst. Ich meine, das wäre schon schlimm genug … mit fünfzehn!«

Charlotte sah Hollinger von der Seite an, während er wütend den Gang reinwarf. So konservativ hätte sie ihn gar nicht eingeschätzt, aber vielleicht war das anders, wenn's um die eigenen Kinder ging.

»Nein«, er räusperte sich, »sie haben einen Joint geraucht, ich glaub, sie war total high.«

»Oh«, sagte Charlotte, die davon überzeugt war, dass ein Joint noch kein Problem war. Das Problem war in solchen Fällen immer, ob die Kids die Kurve kriegten oder später zu härteren Drogen griffen.

»Ich bin total ausgerastet und hab jetzt auch noch Ärger mit meiner Frau. Manchmal glaube ich, sie nimmt das alles nicht ernst.«

»Sie ist kein Polizist und hat nicht deine Erfahrung. Ist vielleicht auch ganz gut so«, sagte Charlotte und fügte nach einer Weile hinzu: »Vielleicht sehen wir einfach zu schwarz. Ich hab auch einmal Hasch geraucht, als ich siebzehn war. Allerdings nur einmal. Mir war kotzübel. Das war wohl mein Glück. Hab's nie wieder probiert.«

»Also meiner Tochter war nicht kotzübel, so viel ist sicher. Will lieber nicht wiederholen, was sie mir an den Kopf geworfen hat, als ich ihren Liebsten zum Teufel geschickt habe.«

101

»Kann ich mir vorstellen«, grinste Charlotte.

»Na, jedenfalls hat sie unbefristet Hausarrest. Wenn das nicht hilft, weiß ich auch nicht.«

Zehn Minuten später bogen sie in den Blomeweg ein.

Elmar Kleiber hatte wohl keinen guten Tag. Als er die Tür öffnete, blickte er die beiden Beamten aus trüben Augen an, in der Hand die unvermeidliche Zigarette.

»Was wollen Sie schon wieder?«, fragte er heiser. »Können Sie mich nicht in Ruhe lassen? Müssen Sie mich immer wieder quälen?«

Charlotte räusperte sich. »Herr Kleiber, wir möchten Ihnen gern etwas zeigen. Es dauert nicht lange. Können wir reinkommen?«

»Wenn's sein muss«, sagte Kleiber, wandte sich um und ging voraus ins Wohnzimmer. Hollinger schloss leise die Haustür.

Kleiber ließ sich aufs Sofa fallen und nahm mit geschlossenen Augen einen tiefen Zug.

Charlotte öffnete die Plastiktüte, nahm die Tasche mit den Schulbüchern und einen Stofffetzen heraus und hielt Kleiber beides hin.

»Könnte es sein, dass diese Tasche Ihrer Tochter gehört hat, und könnte dieser Stoff möglicherweise von einem ihrer Kleidungsstücke stammen?«

Kleiber öffnete die Augen und betrachtete die Tasche und den Stoff. Sein Blick wurde hart. Plötzlich stand er auf und ging zum Wohnzimmerschrank, öffnete eine Schublade und nahm ein Fotoalbum heraus. Er setzte sich und blätterte eine Weile darin. Dann schien er gefunden zu haben, was er suchte, hielt den beiden das Album hin und wies mit gelbem Finger auf ein Foto, auf dem ein junges, hübsches Mädchen mit dunklen langen Haaren auf einem Fahrrad saß und lachte. Der Pullover hatte das Muster des Stofffetzens.

Kleiber musterte Charlotte. »Gibt's was, das Sie mir sagen wollen?«, fragte er leise.

Charlotte nickte. »Ja. Haben Sie von dem Leichenfund in der Eilenriede gehört?«

Kleiber nickte.

Charlotte räusperte sich. »Nun, es besteht die Möglichkeit, dass es sich dabei um Ihre Tochter handelt. Wir warten aber noch auf den DNA-Abgleich, um ganz sicherzugehen.«

Kleiber schluckte. »Ich wusste es. Wo ist sie? Ich will sie sehen.«

»Herr Kleiber ...« Charlotte wusste nicht, wie sie ihm beibringen sollte, dass es nur noch ein Skelett zu sehen gab. »Wir haben eine ... eine skelettierte Leiche gefunden. Wenn es wirklich Ihre Tochter ist, werden Sie ...«

»Das ist mir egal«, sagte Kleiber. »Ich will sie sehen.«

Charlotte blickte Hollinger an, der zuckte mit den Schultern.

»Kommen Sie«, sagte Charlotte, »wir fahren Sie hin.«

Kleiber war im gerichtsmedizinischen Institut zusammengebrochen. Er hatte geweint wie ein Kind und die Knochen seiner Tochter gestreichelt. Der DNA-Abgleich hatte mittlerweile zweifelsfrei ergeben, dass es sich um Marina handelte. Charlotte hatte einen Streifenwagen angefordert, der Kleiber nach Hause bringen sollte. Dann war sie mit Hollinger zur KFI 1 zurückgefahren und hatte sich für eine Weile in ihr Büro verkrochen, bevor sie Ostermann in Kenntnis setzte. Danach beschloss sie, sich für den Rest des Tages freizunehmen und nachzudenken.

Sie ging zum Umkleideraum, wo sie ihre Joggingsachen anzog, die sie immer dabeihatte, und machte sich dann vom Präsidium an der Waterloostraße aus auf den Weg zum Maschsee. Vielleicht würde sie sich besser fühlen, nachdem sie die sechs Kilometer lange Strecke um den See herumgelaufen war.

Es war kurz nach vier. Um diese Zeit brummte die Stadt, und am Rudolf-von-Bennigsen-Ufer herrschte Rushhour. Nicht die beste Zeit zum Laufen, dachte sie noch, als sie einem entgegenkommenden Jogger auswich. Der Maschsee lag glitzernd in der Nachmittagssonne, und Charlotte kniff die Augen zusammen, während sie einen Blick auf die Segel- und Ruderboote warf, die geschickt auf der glatten Wasserfläche kreuzten.

Viele Familien mit Kindern waren unterwegs, auch eine junge Frau, die auf Inlinern lief und dabei einen Kinderwagen vor sich herschob.

In letzter Zeit begegneten ihr immer häufiger Mütter mit Kinderwagen. Oder war sie dafür einfach nur sensibler geworden, und es waren früher genauso viele gewesen? Sie schluckte den Kloß im Hals hinunter und erhöhte das Tempo. Dabei ging ihr Kleiber nicht aus dem Kopf. Welche Tragödie hatte sich in dieser Familie abgespielt? Und war es nicht vielleicht besser, gar keine Kinder zu haben, als sie auf solche Weise wieder hergeben zu müssen?

Nein, sagte sie sich, während sie die Skulptur des Menschenpaares von Georg Kolbe passierte. Gar keine Kinder zu haben, nur weil man sie verlieren könnte, das war das Gleiche, wie sich ein Leben lang nicht aus dem Haus zu wagen, weil draußen so viele Gefahren lauerten. Aber Rüdiger war in diesem Punkt unerbittlich. »Wenn du ein Kind hast, bist du verletzlicher als eine Eierschale in der Waschmaschine.« Das waren seine Worte.

Wenn das wirklich so schlimm war, wieso bekamen dann so viele Leute mehr als ein Kind?, hatte sie ihn gefragt. »Die sind nicht bei der Polizei und haben keine Ahnung, was Kindern passieren kann.«

Vielleicht sollte sie mal mit ihrem Kollegen Hollinger darüber reden. Aber der war im Moment wohl auch nicht gut genug auf seinen Nachwuchs zu sprechen, um sie in ihrem Kinderwunsch zu bestärken. Charlotte fragte sich, wie es mit ihr und Rüdiger weitergehen sollte. Wenn er tatsächlich stur blieb, musste sie sich entweder von ihm trennen, oder … aber diesen Gedanken schlug sie sich aus dem Kopf. Vorerst.

Kaspar und Ursula Hollinger saßen in der Küche. Kaspar ließ sich den Rest vom Mittagessen schmecken, Fenchelauflauf mit Schinken und Zwiebeln, während Ursula schweigend vor ihrem leeren Teller saß und ab und zu einen Schluck von ihrem Rotbuschtee nahm.

»Sie wird die Versetzung nicht schaffen, und ich bin dafür, dass sie zur Realschule geht. Dann hat sie wenigstens einen Abschluss. Wenn sie auf dem Gymnasium bleibt, das Jahr wiederholt und scheitert, hat sie gar keinen Abschluss.«

Kaspar hörte auf zu kauen und sah seine Frau entgeistert an.

»Das meinst du doch nicht ernst? Du weißt doch, wie wichtig das Abitur ist. Ich dachte, wir waren uns einig.«

»Waren wir ja auch, aber wenn sie's doch nun mal nicht schafft.«

»Nicht schafft!«, blaffte Kaspar. »Du weißt so gut wie ich, dass sie einfach nur faul ist und obendrein nur Blödsinn im Kopf hat. Und wenn sie dann noch mit Drogen anfängt ... na dann Mahlzeit.«

Ursula trommelte mit den Fingern auf den Tisch. »Das ist die Pubertät und geht vorbei.«

»Ja, und wenn's vorbei ist, hat sie sich ihre besten Chancen verbaut.«

»Was willst du machen?«, brauste Ursula auf. »Sie einsperren und vierundzwanzig Stunden am Tag überwachen? Sie wird sich sowieso nicht reinreden lassen. Bildet sich ein, dass dieser zwanzigjährige Flegel die große Liebe ist. Heute Nachmittag hat sie gesagt, sie will zu ihm ziehen.«

Hollinger verschluckte sich und bekam einen Hustenanfall.

Ursula wartete geduldig und trank einen Schluck Tee. »Und wie sollen wir sie dran hindern, frag ich mich, wenn sie sich das in den Kopf setzt?«

»Verdammt, sie ist noch keine sechzehn«, prustete Hollinger und musste erneut husten. »Und wenn's nötig ist, sperr ich sie wirklich ein und passe vierundzwanzig Stunden auf sie auf.«

Ursula verzog den Mund und nickte bedächtig.

»Wenn du meinst, dass uns das weiterbringt.«

»Hast du vielleicht 'ne bessere Idee?«

Seine Frau schüttelte resigniert den Kopf. »Nein, eine Idee hab ich nicht wirklich. Ich meine nur, wir dürfen nicht zu viel Druck ausüben, wenn wir das bisschen Einfluss, das wir noch haben, retten wollen. Sonst erreichen wir genau das Gegenteil, und sie wird sich immer weiter von uns entfernen.«

»Du meinst also, wir sollten schweigend zusehen, wie sie sich an einen kiffenden Flegel hängt und womöglich schwanger wird.«

»Nein«, Ursula schüttelte den Kopf, »aber wir sollten dort nachgeben, wo nachgeben den geringsten Schaden anrichtet. Und das wäre ein Schulwechsel. Sie fühlt sich in ihrer Klasse nun mal nicht wohl, weil sie den Anforderungen nicht gewachsen ist. Du weißt, sie war gerade sechs, als sie eingeschult wurde. Ich finde, wir sollten ihr ein bisschen Zeit lassen. Das Abitur kann sie jederzeit nachholen, wenn sie wieder zur Vernunft gekommen ist.«

Kaspar legte die Gabel weg und resigniert den Kopf in die Hände. »Nie im Leben hätte ich mir vorstellen können, dass aus unserm süßen kleinen Mädchen so ein kratzbürstiger Kaktus werden könnte.«

»Ich auch nicht«, sagte Ursula, »aber es ist nun mal so. Wir können nur hoffen, dass ihr Gehirn seine Funktion irgendwann wiederaufnimmt.«

Hollinger seufzte. Er dachte an Elmar Kleiber, der seine siebzehnjährige Tochter auf so schreckliche Weise verloren hatte. Was mochte sich wohl in dieser Familie abgespielt haben? Ob Marina Kleiber genauso schwierig gewesen war wie Kerstin?

»Woran denkst du?«, fragte Ursula. »An Marina Kleiber?«

Hollinger nickte.

»Ja, unvorstellbar, sein Kind zu verlieren, und dann auf diese Weise. Da können wir uns doch glücklich schätzen. Was meinst du?«

»Ja, so muss man es wohl sehen«, sagte Hollinger. Dann sah er seine Frau fragend an. »Was ist eigentlich mit Sabine los?«, fragte er unvermittelt.

»Was meinst du damit?«, fragte Ursula.

Ihr Mann sah sie verständnislos an. »Was soll ich schon damit meinen? Wieso hat sie versucht, sich umzubringen?«

»Ich habe keine Ahnung«, gab Ursula ehrlich zu. »Du glaubst doch nicht, dass sie was mit dem Tod ihres Mannes zu tun hat?«

Hollinger zuckte mit den Schultern. »Möglich ist alles«, sagte er. »Nur weil sie deine Freundin ist, heißt das nicht, dass sie dazu nicht in der Lage wäre.«

»Das behauptet auch niemand, aber sie ist kein Mensch, der zu so was fähig wäre. Sie ist viel zu sensibel und ängstlich, kann sich nicht durchsetzen. Schon gar nicht bei ihrem Mann.«

Hollinger nickte nur. Das war alles richtig, aber er konnte seiner Frau nicht sagen, dass der Mann vorher mit den gleichen Tabletten außer Gefecht gesetzt worden war wie die, mit denen Sabine versucht hatte, sich umzubringen. Sie kannte sich mit Tabletten aus. Andererseits kannte sich Ursula auch mit Tabletten aus.

»Allerdings«, fuhr Ursula fort, »gebe ich dir recht. Sie verhält sich seltsam.«

»Wie meinst du das?«

»Das kann ich dir nicht sagen«, erwiderte Ursula. »Jedenfalls noch nicht.«

SIEBEN

»Ich hab was über Steinbrecher gefunden«, sagte Thorsten Bremer, als er am nächsten Morgen Charlottes Büro in der KFI 1 betrat und eine Akte auf ihren Schreibtisch warf.

Charlotte, die gerade dabei war, ihren Posteingang durchzugehen, sah verwundert auf.

»Steinbrecher ist vorbestraft. Wiederholter Verstoß gegen das Betäubungsmittelgesetz, sprich: Er hat ziemlich intensiv Kokain konsumiert und teilweise verkauft, bevor er nach Hannover gekommen ist, und das war vor fünfzehn Jahren. Seitdem liegt nichts mehr gegen ihn vor. Aber geschäftlich geht's ihm schlecht, steht kurz vor der Insolvenz und bemüht sich um einen Auftrag bei der Stadt, möchte mit seinem Taxiunternehmen, das er neben dem Autohaus betreibt, behinderte Kinder zur Schule und zurück chauffieren. Wenn er den Zuschlag bekommt, ist er wieder kreditwürdig, aber eine Entscheidung ist noch nicht gefallen, hat das zuständige Amt mir gerade mitgeteilt.«

Charlotte blätterte in der Akte. »Hat er gesessen?«

»Ja, sechs Monate. Seitdem ist er nicht mehr aufgefallen.«

»Interessant«, sagte Charlotte. »aber es muss nicht zwangsläufig was mit unserem Fall zu tun haben. Es sei denn …«

Charlotte stutzte. Sie hatte irgendwas gehört, das in diesem Zusammenhang wichtig war. Was war es nur gewesen …?

»Hallo, meine Schöne«, sagte eine männliche Stimme hinter ihr.

Charlotte zuckte zusammen, als Bergheim sie in den Nacken küsste. Thorsten Bremer war schon wieder verschwunden.

»Rüdiger«, sagte Charlotte ein bisschen ungehalten. »Jetzt hast du mich von etwas Wichtigem abgelenkt.«

»Wichtiger als ich?«, fragte er grinsend und ließ sich ihr gegenüber auf den Stuhl fallen.

»Natürlich«, sagte sie und blätterte wieder in der Akte.

Bergheim wurde ernst. »Ihr habt die Leiche identifiziert«, sagte er.

»Ja, ein Mädchen, das vor zehn Jahren verschwunden ist, und stell dir vor, sie war Nachhilfeschülerin bei unserem toten Lehrer.«

»Das ist interessant«, sagte Bergheim. »Glaubst du, dass er sie umgebracht hat?«

Charlotte zuckte mit den Schultern. »Ich weiß es nicht, möglich wär's natürlich. Und wenn es so ist, bräuchten wir nicht mehr lange nach einem Motiv für den Mord an Krämer zu suchen. Dann war's vielleicht der Vater des Mädchens oder ihr Bruder. Allerdings hatte Krämer mit mehreren Eltern Streit, und vielleicht hat er sich ja auch an anderen Schülerinnen vergriffen, von denen wir noch nichts wissen.«

»Das ist zumindest ein Ansatz«, sagte Bergheim und beugte sich vor. »Findest du es nicht merkwürdig, dass die Leiche des Mädchens ausgerechnet jetzt gefunden wurde?«

Charlotte nickte. »Darüber hab ich mich auch schon gewundert. Dscikonsky hatte den Verdacht, dass jemand nach ihr gesucht haben könnte. Das Erdreich war an einigen Stellen aufgeworfen, wie wenn jemand sich mit dem Spaten daran zu schaffen gemacht hätte. Vielleicht war das Krämer, der die Leiche wiederfinden wollte, warum auch immer. Womöglich wollte er sie verschwinden lassen.«

»Aber wieso denn?«, fragte Bergheim.

»Vielleicht wurde er erpresst«, sagte Charlotte gedankenverloren. »Fragt sich nur, von wem.«

Sie sah aus dem Fenster, und ihr Blick fiel auf die Victoriastatue der Waterloosäule, die irgendwann Anfang des 19. Jahrhunderts zur Erinnerung an den Sieg über Napoleon erbaut worden war. Charlotte hatte keine Ahnung von der Geschichte Hannovers, wusste nur, dass das damalige Königreich Hannover zusammen mit den Briten und noch anderen – den Preußen? – Napoleon den Garaus gemacht hatte. Sie wusste nicht, ob das gut oder schlecht war. Was wäre passiert, wenn Napoleon gewonnen hätte? Wären sie dann jetzt alle Franzosen?

»Woran denkst du?«, fragte Bergheim.

»An Napoleon«, erwiderte Charlotte, »der hat ein Heer von ich weiß nicht wie vielen Soldaten in den Tod getrieben, und keiner ist darauf gekommen, ihn des Mordes anzuklagen.«

Bergheim grinste und stand auf. »Komm«, sagte er, »du brauchst was zu essen. Ich mag keine mageren Frauen, wie du weißt. Und depressive auch nicht.«

Charlotte sah ihn amüsiert an. »Und du meinst, weil du sie nicht magst, darf ich es nicht sein?«

»So ungefähr.«

»Dein Glück, dass ich sie auch nicht mag.«

Sie gingen zur Markthalle in der Karmarschstraße, die um diese Zeit berstend voll war, gönnten sich Nürnberger Würstchen mit Kraut und ein Gilde Bräu und trennten sich nach einem Espresso beim Italiener. Charlotte musste zu ihren Kollegen nach Kleefeld, und Bergheim hatte einen Termin mit Wedel im Rechtsmedizinischen Institut.

Im Revier in Kleefeld saß Polizeimeister Wenck und bewachte das Telefon.

»Hollinger ist immer noch mit Frau Vogt unterwegs, Kleefeld nach Festbesuchern abzusuchen, die Krämer noch nach eins gesehen haben«, sagte er, als Charlotte das Revier betrat. »Auf den Zeugenaufruf gab's bisher keine brauchbare Reaktion, und Sander befragt immer noch die Leute in der Forbacher und der Metzer Straße, soll ich Ihnen bestellen«, haspelte er weiter und ließ verlegen sein Butterbrotpapier verschwinden.

Charlotte nickte. »Gibt es sonst noch irgendwelche Hinweise?«

»Nee, erstaunlich wenig, bis jetzt nur vier Anrufe, hab alles notiert. Eine Frau sagt, sie hätte auf dem Weg hinter dem Graben vor ein paar Tagen Stimmen gehört, als sie nachts mit ihrem Hund da unterwegs war. Der hatte wohl Durchfall oder so was. Sie hat aber nur gewartet, bis er sein Geschäft gemacht hat, und ist dann wieder in ihr Haus zurück. Herr Hollinger weiß schon Bescheid und will sich drum kümmern. Dann hat einer von der Bleekstraße angerufen, die läuft parallel zur Forbacher, will Schreie gehört haben. Aber den kennen wir schon, der ruft fast jeden Tag an und beschwert sich sogar, wenn ein Hund bellt. Die beiden anderen waren von jungen Müttern, die wissen wollten, was wir zu tun gedenken, um ihre Kinder zu schützen.«

»Hm«, sagte Charlotte, »haben sie auch gesagt, wovor wir ihre Kinder schützen sollen?«

Wenck kicherte. »Na, vor einem Mörder, der junge Mädchen vernascht und sie dann in der Eilenriede vergräbt.«

Charlotte schüttelte den Kopf. »Wissen die Leute auch, dass die Leiche dort schon seit zehn Jahren liegt? Damals hätten sie einen Grund gehabt, sich aufzuregen.«

In diesem Moment ging die Tür auf, und Hollinger und Maren betraten das Revier.

»Nichts«, sagte Hollinger mürrisch und warf seinen Schlüssel auf den Tresen. »Kein Mensch hat Krämer gesehen. Weder nach eins noch vorher. Die gucken sich das Foto alle ganz interessiert an und wollen dann von uns was wissen.«

»Wisst ihr schon was von dem Querulanten aus der Bleekstraße, der Schreie gehört haben will?«

Maren verdrehte die Augen. »Oh ja, mit dem hab ich mich unterhalten. Ein Wichtigtuer. Hat in der letzten Nacht eine Frau um Hilfe schreien hören – vom Wald her. Dem glaub ich kein Wort. Kein anderer hat das bestätigt, auch nicht die, die näher an der Eilenriede wohnen. Die müssten dann alle taub sein. Und als ich ihm sagte, dass die Frau schon vor zehn Jahren ermordet worden ist, hat er mich angeguckt, als wär ich nicht ganz bei Trost. Ich wette, davon hatte er keine Ahnung. Das war vor einer Stunde. Ich schätze, Jörg wird auch bald aufkreuzen. Vielleicht hat er was rausgefunden.«

Charlotte trommelte mit den Fingern auf den Tresen. »Das ist ja alles sehr unbefriedigend. Könnt ihr mir mal sagen, was ich dem lieben Ostermann erzählen soll?

»Ach ja«, mischte Polizeimeister Wenck sich wieder ein. »Herr Kriminalrat Ostermann von der KFI 1«, Wenck schluckte vor lauter Ehrfurcht, »hat hier angerufen und war ziemlich ärgerlich, äh, er sagte, wenn Sie Ihr Handy nicht einschalten oder sich nicht augenblicklich bei ihm melden, wenn Sie hier eintreffen, würde er …«

Charlotte winkte ab. »Weiß ich alles, wollte er was Bestimmtes?«

»Er sagte was von einem Journalisten, der ihm auf die Nerven ginge.«

»Tatsächlich?«, grinste Charlotte. »Und hat er auch gesagt, wie ich ihm dabei helfen soll?«

Wenck schüttelte bedauernd den Kopf.

»Na, dann wollen wir doch mal sehen, wie lange ich noch unterwegs bin, oder?« Dabei zwinkerte sie Wenck zu, der die Hauptkommissarin ziemlich fassungslos ansah. Die traute sich was!

Als ob er auf den richtigen Moment gewartet hätte, betrat Jörg Sander in diesem Moment das Revier, wo er verdattert in vier erwartungsvolle Gesichter blickte.

»Ist irgendwas?«, fragte er und sah sich unsicher um.

Maren verkniff sich ein Kichern, und Charlotte winkte ihn heran.

»Nein, nichts ist«, sagte sie, »wenigstens bisher. Das ist ja das Bedauerliche. Wir hoffen, dass du was zu berichten hast.«

Aber Jörg schüttelte den Kopf. »Ich hab nichts Bemerkenswertes rausgefunden. Eine alte Schnepfe hab ich befragt, die sich beschwert hat, dass Jugendliche sich immer an der Brücke treffen und dort Lagerfeuer anzünden, obwohl das verboten ist – und die Brücke und den Graben total zumüllen, mit leeren Flaschen und so. Es sollen sich schon Hunde an Glasscherben verletzt haben – die armen Tiere«, fügte er ironisch hinzu.

»Das ist ja wirklich nicht vielversprechend«, sagte Charlotte und fuhr mit beiden Händen durch ihre Haare.

In diesem Moment klingelte das Telefon. Wenck meldete sich und hörte dann schweigend zu. Charlotte wollte gerade ihren Autoschlüssel hervorkramen, als Wenck heftig zu gestikulieren begann und auf den Hörer wies.

»Ja«, sagte er, »können Sie direkt zum Revier kommen? Die für den Fall zuständigen Beamten sind gerade hier. Ja ... in zehn Minuten. Wir erwarten Sie.«

Er legte den Hörer auf. »Eine Frau Bormann möchte mit ihrer Tochter eine Aussage machen. Sie kommen direkt her.«

»Wo wohnt die Frau?«, fragte Charlotte.

»In der Kaiser-Wilhelm-Straße. Das ist mit dem Auto keine fünf Minuten von hier.«

Pünktlich zehn Minuten später betrat eine kleine untersetzte Frau mit ihrer komplett in Schwarz gekleideten, an der Oberlippe gepiercten Tochter das Büro. Sie stellte sich als Anke Bormann vor, ihre Tochter hieß Jennifer. Die Frau trug Jeans und ein rotes T-Shirt. Beide umgab der Geruch von Zigarettenrauch.

»Meine Tochter möchte zu diesem Krämer eine Aussage machen«, sagte sie mit rauer Stimme.

»Bitte, setzen Sie sich doch«, sagte Charlotte und wies auf die beiden Besucherstühle.

Jennifer setzte sich etwas verkrampft auf die Stuhlkante, die Hände zwischen die Knie gepresst.

Ein hübsches Mädchen, dachte Charlotte. Wenn sie ihren Mund nur nicht mit einem Draht verunstalten und ihre Augen mit dem Kajalstift derart vergewaltigen würde, dass sie wie zwei schwarze Löcher aussahen.

»Also, was möchten Sie aussagen?«, fragte Charlotte.

»Also ...«, Jennifer rieb ihre Handflächen aneinander, »Krämer war mein Nachhilfelehrer, bis vor einem halben Jahr. Da hat er mich betrunken gemacht und vergewaltigt.«

Dieser Aussage folgte sekundenlanges verblüfftes Schweigen. Hollinger starrte zuerst das Mädchen an und dann Charlotte, die sich aber nichts anmerken ließ.

»Wieso haben Sie nicht gleich Anzeige erstattet?«, fragte sie sachlich und blickte die Mutter an.

»Weil sie nichts gesagt hat, das dumme Mädchen«, sagte Frau Bormann und schüttelte den Kopf. »Und dieser Krämer hat damals noch die Frechheit besessen, bei uns anzurufen und sie abzumelden. Betrunkene hätten bei ihm nichts zu suchen. Hat sie nach Hause geschickt und gesagt, sie braucht nicht mehr wiederzukommen. Stellen Sie sich das mal vor!«

Charlotte nickte und blickte wieder Jennifer an.

»Und? Warum haben Sie nichts gesagt?«

»Weil ... weil er gesagt hat, wenn ich was verrate, dann würde er alles abstreiten und allen erzählen, dass mein Vater 'n alter Knastbruder ist«, sagte Jennifer mit einem Anflug von Trotz.

»Das stimmt nicht«, mischte sich Frau Bormann ein. »Mein Mann hat vor fünfundzwanzig Jahren zwei Jahre im Jugendvollzug gesessen. Einfach in die falsche Gesellschaft geraten. Aber seitdem hat er sich nichts mehr zuschulden kommen lassen!«

Charlotte nickte und wandte sich dann wieder an das Mädchen.

»Das war vor einem halben Jahr, sagen Sie. Wie hat sich das abgespielt?«

Jennifer zuckte mit den Schultern und warf einen Blick auf Hollinger, der unfähig war, etwas zu sagen. Schließlich sprachen sie hier von dem Mann der besten Freundin seiner Frau.

»Kann mich nicht mehr genau erinnern. Er hat mir was zu trinken gegeben, und dann wurde mir schwummerig. Dann weiß ich nichts mehr. Ich bin an meinem Tisch aufgewacht, und er meinte, ich sollte nach Hause gehen und … dass ich die Klappe halten soll, sonst …«

»So ein widerlicher Kerl«, erboste sich Frau Bormann. »Wenn mein Mann das gewusst hätte …«

Sie schien sich der Tragweite dieser Aussage nicht bewusst zu sein. Charlotte fragte sich, ob sie hier ein neues Motiv hatten.

»Haben Sie Krämer danach noch mal gesehen?«

Jennifer schüttelte den Kopf. »Nee, nur von Weitem. Bin ihm aus dem Weg gegangen.«

Charlotte nickte und fuhr mit dem Finger über ihr Kinn.

»Wenn du dich an nichts erinnern kannst, woher weißt du dann, dass er dich vergewaltigt hat?«, fragte sie leise.

Jennifer schwieg, und Frau Bormann stupste sie am Oberarm. »Los, nun sag's schon!«

»Also …« Jennifer wand sich. Es schien ihr peinlich zu sein, in Gegenwart ihrer Mutter über dieses Thema zu reden. »… erstens hat mir alles wehgetan, und zweitens …«

»Zweitens ist sie schwanger geworden«, mischte sich Frau Bormann ein. »Und das mit fünfzehn Jahren!«

Charlotte hob die Brauen.

»Sie haben abgetrieben?«, fragte sie.

»Was denken Sie denn? Mit fünfzehn! Und wir haben unsere Tochter verurteilt, dabei konnte sie gar nix dafür.« Frau Bormann suchte in ihrer Handtasche nach einem Taschentuch.

Charlotte fragte sich, wie alt Frau Bormann war. Sie schätzte sie auf Ende vierzig. Sie lebte wohl immer noch in der Vorstellung, dass eine Schwangerschaft mit fünfzehn eine Schande war.

»Hat es Sie denn gar nicht interessiert, wer der Vater des Kindes war?«, wollte Charlotte von Frau Bormann wissen.

»Natürlich wollten wir das!«, ereiferte sich die Mutter. »Aber das Kind hat ja kein Wort mehr gesprochen. Da haben wir gedacht, wir machen es weg, und dann hat sich's. Was soll sie mit fünfzehn mit einem Kind? Wäre ja doch an mir hängen geblieben, und sie hat keine Ausbildung und nichts.«

Frau Bormann schnäuzte sich geräuschvoll. Ihren Worten folgte betretenes Schweigen.

Jennifer blickte zu Boden und wippte auf der Stuhlkante hin und her, ihre schwarzen Haare hingen wie ein Vorhang vor ihrem Gesicht.

Charlotte legte ihr die Hand auf die Schulter. »Und jetzt bist du mit der Sprache herausgerückt, weil du von dem Krämer ja nichts mehr zu befürchten hast.«

Es war eine Feststellung, keine Frage. Jennifer nickte, ohne den Kopf zu heben.

»Ich nehme an«, sagte Charlotte und wandte sich an Frau Bormann, »die Abtreibung hat vor etwas mehr als drei Monaten stattgefunden. Warum haben Sie die Sache nicht auf sich beruhen lassen? Der Täter ist tot, verklagen können Sie ihn nicht mehr.«

Frau Bormann starrte Charlotte an. Hollinger verzog den Mund.

»Das fragen Sie? Jetzt, wo Sie die Leiche von diesem armen Mädchen gefunden haben, das auch zu diesem Schwein zur Nachhilfe gegangen ist? Da können Sie sich doch denken, dass das der Krämer war! Der ist damals schon verhört worden, und der Vater von der Marina hat immer gesagt, dass der Dreck am Stecken hat. Können auch ruhig alle erfahren, die sich über unsere Jennifer das Maul zerrissen haben, dass sie nicht so dumm ist, wie alle glauben, und sich ein Kind andrehen lässt.«

Charlotte nickte und lächelte beschwichtigend.

»Natürlich, Frau Bormann, Sie verstehen aber sicher, dass ich Sie das fragen muss, wenn Ihre Tochter bis jetzt geschwiegen hat.«

Frau Bormann nickte zögernd. »Na, jetzt wissen Sie jedenfalls Bescheid.«

Charlotte erhob sich von der Schreibtischkante und reichte Frau Bormann die Hand. »Wir sind Ihnen für Ihre Information sehr dankbar. Mein Kollege wird ein Protokoll schreiben, das Sie und Ihre Tochter dann bitte noch unterschreiben.«

»Müssen wir da jetzt drauf warten?«, fragte Brau Bormann unsicher und sah Hollinger an.

Der schüttelte den Kopf. »Nein, es reicht, wenn Sie am Montag oder Dienstag vorbeikommen.«

Sie begleiteten die beiden hinaus. Jennifer guckte immer noch zu Boden.

Nachdem Hollinger das Protokoll getippt hatte, machte er sich tief in Gedanken versunken zu Fuß auf den Heimweg. Er marschierte die Fuhrberger Straße entlang und bog links ab in Richtung Karl-Wiechert-Allee.

Er hätte nicht gedacht, dass ihn dieser Fall an seine psychischen Grenzen bringen würde. Ein Mädchen tot, ermordet, ein anderes vergewaltigt. Beide ungefähr im Alter seiner Tochter. Wie sollte man denn mit dem ständigen Risiko umgehen? Er wusste es nicht. Nur gut, dass Ursula nicht so empfindlich war. Er selbst würde seine Tochter angesichts ihres Umgangs am liebsten für den Rest des Schuljahres einsperren. Und dann dieser Bengel. Hollinger wusste nicht mal, wie er hieß. Wusste nur, dass er irgendwas studierte und zu viel Geld zur Verfügung hatte.

Mittlerweile hatte er die Kirchröder Straße erreicht, beschleunigte seine Schritte und stand bald darauf vor der Haustür seines Reihenhauses. Seufzend zog er den Schlüssel aus seiner Uniformjacke und schloss auf. Als er das Haus betrat, fühlte es sich an, als ob ihn plötzlich eine schützende Hülle umgab. Er warf den Schlüssel auf die Kommode und ging in die Küche zum Kühlschrank. Ob er sich ein Bier gönnen sollte? Er bejahte innerlich und öffnete eine Flasche von dem Hanöversch, das er neulich von Hubert geschenkt bekommen hatte. Dann fragte er sich, ob seine Tochter wohl zu Hause war. Er stieg die Treppe hinauf, klopfte an und öffnete die Tür zum Zimmer oder besser zur Müllhalde, in der seine Tochter hauste.

Sie lag nicht im Bett, und zwischen den Bergen von Kleidungsstücken, Büchern, Schulutensilien und CDs, die den Fußboden bedeckten, konnte sich sowieso niemand aufhalten. Er schloss die Tür wieder, ohne das Zimmer betreten zu haben, denn direkt vor der Tür lag wie immer ein Berg Wäsche. Hollinger hatte das Gefühl, dieser Wäschehaufen sollte Eindringlinge abschrecken. Nun, in seinem Fall war der Plan aufgegangen. Als er die Treppe wieder hinuntersteigen wollte, öffnete sich die Haustür, und seine Tochter betrat den Flur. Eine Wolke süßlichen Geruchs strömte ihm entgegen, während Kerstin verwundert in seine Richtung sah, als würde sie ihn nicht erkennen.

»Hi, Papa«, sagte sie leise und ließ ihre Tasche fallen.

»Hallo«, sagte Hollinger und schnüffelte. Dieser Geruch ... »Wo bist du gewesen?«

»Na, beim Sport«, antwortete sie, ging langsam an ihrem Vater vorbei.

»Warst du wieder mit diesem ... wie heißt er noch ... zusammen?«

»Basti«, antwortete sie, ohne anzuhalten, »nein, ich war beim Sport.« Sekunden später fiel die Tür hinter ihr zu, und gleich darauf dröhnte Rockmusik durchs Haus.

Verdammt, dachte Hollinger, diesen Bengel kauf ich mir.

Er griff bereits nach dem Schlüssel, als ihm einfiel, dass er noch nicht mal wusste, wie dieser Kerl hieß, der seine Tochter mit Joints versorgte. Der wusste wohl nicht, wen er vor sich hatte!

In diesem Moment ging die Haustür auf, und Ursula betrat den Flur.

»Hallo, Kaspar. Was machst du da auf der Treppe?«, fragte sie verwundert.

»Ich stelle fest, dass meine fünfzehnjährige Tochter bekifft nach Hause kommt!«, polterte er.

Ursula schluckte. »Bist du da sicher? Ich kann mir das nicht ...«

»Versuch jetzt bloß nicht, sie oder diesen Mistkerl in Schutz zu nehmen«, unterbrach er seine Frau. »Ich weiß, wie Haschisch riecht!«

Ursula legte die Tasche ab und stemmte die Fäuste in die Hüften.

»Ich nehme niemanden in Schutz, und wenn das wahr ist, dann ...«

»Ja, was dann?«

»Dann müssen wir verdammt noch mal was unternehmen«, sagte Ursula. »Ich kümmere mich mal um sie.« Damit wollte sie die Treppe in Angriff nehmen, aber Hollinger hielt sie zurück.

»Mit der kannst du jetzt nicht reden. Das hab ich gerade versucht.«

Ursula blieb widerstrebend stehen und blickte zum Zimmer ihrer Tochter empor.

»Der Himmel ist blau, so blau«, dröhnte es durch die geschlossene Tür, »und der Rest deines Lebens liegt vor dir.«

Ursula nahm ihren Mann beim Arm, und gemeinsam gingen sie in die Küche und setzten sich an den Tisch.

»Du kannst sagen, was du willst«, sagte Hollinger grimmig, »ich werde mir diesen Jungen vorknöpfen. Wenn nötig, buchte ich ihn ein.«

Ursula rieb sich gedankenverloren das Kinn.

»Das bringt doch nichts. Wenn sie selber nicht schlau genug ist, holt sie sich das Zeug von jemand anderem. Wir müssen uns was anderes einfallen lassen.«

»Und was, bitte?«, fragte Hollinger und nahm einen Schluck von seinem Hanöversch.

»Vielleicht sollten wir einen Psychologen zurate ziehen«, schlug Ursula vor, und Hollinger verzog den Mund.

»Was soll der ihr denn sagen, was wir ihr nicht auch sagen können?«

»Was wir sagen, ist uninteressant aus dem Grund, weil *wir* es sagen. Es muss von jemand anderem kommen«, sagte Ursula und schwieg eine Weile.

»Was ist mit dieser Kommissarin aus Hannover?«, fragte Ursula. »Meinst du, die würde mal mit ihr reden? Sie hat auf Kerstin einen Mordseindruck gemacht. Sie ist ganz hingerissen. Ich glaube, die hätte eine Chance, zum Gehirn unserer Tochter durchzudringen.«

Hollinger nahm noch einen Schluck und schürzte die Lippen. Das könnte stimmen, dachte er sich. Aber es war ihm unangenehm, diese Frau mit seinen persönlichen Problemen zu belasten. Dennoch … versuchen konnte er es immerhin.

Er nickte. »Ja, ich sprech mal mit ihr, die hat da bestimmt ihre Erfahrungen.«

Ursula nickte. »Und wenn das nicht klappt, kümmere ich mich um einen Psychologen«, sagte sie und stand auf. »Komm, lass uns essen, ich hab Hunger.«

Da konnte Hollinger ihr nur zustimmen.

»Ich hab noch Rippchen im Kühlschrank und Krautsalat. Wär das was?«, fragte sie ihren Gatten lächelnd.

Hollinger lächelte. Es ging ihm schon viel besser.

Zur selben Zeit saß eine gereizte Hauptkommissarin einem übel gelaunten Ostermann gegenüber. Es war später Freitagnachmittag, und ihr Chef hatte sich extra noch mal herbemüht, um seiner Starermittlerin ein bisschen auf die Füße zu treten. Sie befanden sich in Ostermanns Büro und somit in seinem Revier. Dementsprechend erinnerte sein Verhalten an das eines wütenden Hirsches.

»Eine Unverschämtheit ist das!«, polterte er. »Sie gehen Ihre eigenen Wege, ohne mich auf dem Laufenden zu halten, was mich natürlich für die Presse zum Idioten stempelt. ›Vielleicht sollte ich mich dann gleich an die ermittelnde Hauptkommissarin wenden‹«, äffte er den Reporter der Hannoverschen Allgemeinen nach, der sich nicht hatte vertrösten lassen.

Charlotte verkniff sich ein Schmunzeln, während Ostermann sich auf seinen Sessel setzte und den Hals reckte.

»Und jetzt berichten Sie mir haarklein, wie weit Sie mit Ihren Ermittlungen sind, und ich hoffe für Sie, dass Sie kein Detail vergessen!«

Charlotte gönnte sich während dieser Tirade einen prüfenden Blick auf ihre Armbanduhr. Als ihr Chef sich endlich ausgetobt hatte, räusperte sie sich.

»Es gibt Hinweise drauf, dass der ermordete Lehrer etwas mit dem Tod der siebzehnjährigen Marina Kleiber vor zehn Jahren zu tun hatte. Er war damals ihr Nachhilfelehrer und möglicherweise der Letzte, der sie lebend gesehen hat. Außerdem hatten wir heute Nachmittag Besuch im Revier in Kleefeld. Ein junges Mädchen, fünfzehn Jahre, behauptet, von Michael Krämer missbraucht worden zu sein. Sie wurde schwanger und hat abgetrieben ...«

Ostermann öffnete den Mund, aber Charlotte ließ sich nicht unterbrechen. »Sie hat deswegen keine Anzeige erstattet, weil der Lehrer sie unter Druck gesetzt haben soll, ihren Klassenkameraden zu erzählen, ihr Vater hätte im Knast gesessen – was stimmt, haben wir bereits kontrolliert.« Charlotte hob abwehrend die Hände. »Fragen Sie mich nicht, ob ich das logisch finde, das tue ich nicht, aber ich habe mir von Kommissar Hollinger sagen lassen, dass so was für Teenager einem Super-GAU gleichkommt. Außerdem hat Krämer das Mädchen wohl unter Drogen gesetzt, sodass sie über den Hergang keine Aussage machen konnte, also hat sie geschwiegen und nicht mal ihren Eltern davon erzählt. Die haben natürlich gedacht, ihre Tochter ist ein Flittchen – scheinen beide ziemlich hinter dem Mond zu leben –, und ohne viel Federlesens eine Abtreibung vornehmen lassen.«

Charlotte schnappte nach Luft. Draußen auf dem Flur wünschte eine weibliche Stimme jemandem ein schönes Wochenende.

»Was den Mordfall Krämer anbelangt«, fuhr Charlotte fort, »sind die Kollegen Bremer und Werst dabei, mit dem Foto des Opfers die Anwohner am Annateich zu befragen, ob jemand Krämer in der Nacht von Samstag auf Sonntag nach ein Uhr noch gesehen hat. Leider bisher erfolglos. Außerdem hatten wir einen Zeugenaufruf, aber bisher hat sich noch niemand gemeldet, mit Ausnahme einiger Beschwerden über die Unfähigkeit der Polizei – das Übliche eben. Kollege Bremer hat den Computer des Toten überprüft, ohne etwas zu finden, das uns weiterhelfen könnte. Offensichtlich war der Kerl mit seinem Beruf verheiratet, oder – wenn er was zu verheimlichen hatte – er hatte noch einen anderen Computer, von dem wir nichts wissen. Wir finden nur Daten über Klassenarbeiten, Websites für Lehrer, Muster für Arbeitsblätter und einen Entwurf für ein Mathebuch. Er wollte die Welt wohl mit einem weiteren Lehrbuch beglücken. Weiterhin ...«, Charlotte warf einen kurzen Blick in ihr leeres Notizbuch, »befragen die Kollegen Sander und Vogt seit Tagen das Schulkollegium und die Eltern, die sich im Laufe der Zeit über das Opfer beschwert hatten. Bei der Befragung der Direktorin und des Anwalts von Krämer ist ebenfalls nichts herausgekommen, was einer Spur gleicht. Das Gleiche gilt für die Hausdurchsuchung der Krämers. Demzufolge haben wir bisher keine Hauptverdächtigen, außer dem Verdacht gegen den Ehepartner, in diesem Fall Sabine Krämer, die ein Motiv hatte und sich durch ihren Selbstmordversuch weiter verdächtig gemacht hat. Außerdem hat sie die gleichen Tabletten benutzt, die auch bei der Ermordung ihres Mannes benutzt worden sind, aber die werden wohl recht häufig verschrieben. Obendrein hat sie kein Alibi, aber nachweisen können wir ihr gar nichts.« Charlotte warf Ostermann einen Blick zu. Der starrte sie aber nur verblüfft an, sodass sie sich beeilte fortzufahren, bevor er zur Besinnung kam.

»Zu dem ominösen Schlüssel haben wir bisher kein passendes Schloss gefunden, obwohl Dscikonsky von der Kriminaltechnik ziemlich sicher ist, dass er zu einer Schatulle oder Ähnlichem gehört. Aber bisher ist nirgendwo im Zusammenhang mit dem Mordfall Krämer eine Schatulle oder was Ähnliches aufgetaucht, und es weiß auch niemand was über den Schlüssel. Wir behalten darüber hinaus diesen Kleiber im Auge, den Vater des toten Mädchens, der Krämer verdächtigt hatte, mit dem Verschwinden seiner Tochter was zu tun gehabt zu haben – was sich jetzt als wahr herausstellen könnte, und morgen werde ich mich mal etwas intensiver um den Vater unserer Ex-Schwangeren und einen Zeugen kümmern, der am Abend des Mordes noch mit Krämer zusammen war. Außerdem müssen wir uns noch mal ausgiebig mit dem Verschwinden von Marina Kleiber beschäftigen.«

Charlotte klappte erschöpft ihr Notizbuch zu – das sowieso nur eine Attrappe war – und sah ihren Chef erwartungsvoll an. Sie hoffte inbrünstig, dass er für die nächsten zwei Tage hinreichend informiert war und darüber hinaus endlich mitkriegte, dass Charlotte zwar zehn Minuten ohne Pause geredet, ihm aber nichts Wichtiges zu sagen hatte. Seine panische Angst, sich vor der Presse zu blamieren, würde sich nicht dadurch aus der Welt schaffen lassen, dass sie ihm ständig erzählen musste, was sie nicht wussten.

Ostermann war von diesem Vortrag angemessen beeindruckt

und räusperte sich. »Nun, wie ich höre, gibt es eine Menge Neuigkeiten. Am Montag um neun Uhr ist Besprechung, teilen Sie das Ihrem Team mit.«

Charlotte hatte ihr Pulver verschossen und war sprachlos. Glücklicherweise ging in diesem Moment die Tür auf, und Bergheim betrat den Raum. Das ersparte Charlotte eine Antwort.

»Ah«, sagte Ostermann, »Herr Bergheim, das nenne ich Timing. Ihre … Kollegin«, er sagte das mit einem anzüglichen Blick auf Charlotte, »wollte gerade gehen.«

Das ließ Charlotte sich nicht zweimal sagen und überließ Bergheim ihren Platz. Der lächelte und zupfte an seinem Ohrläppchen. Ein Zeichen, dass sie warten sollte.

Charlotte schlenderte in ihr Büro und griff nach der Kaffeekanne. Leer, natürlich, was hatte sie denn erwartet? Es war Freitagabend, da war man auf einer Party, im Theater, oder man blieb zu Hause, guckte fern oder putzte Küchenschränke. Charlotte fragte sich, wann sie wohl dazu kommen würde, den Berg Bügelwäsche abzuarbeiten, der sich in einer Wäschewanne in ihrem Wohnzimmer auftürmte, und mal wieder ihren Schrubber zu benutzen – falls sie ihn wiederfand. Sie betrachtete Hausarbeit als Fitnessprogramm. Außerdem half es ihr beim Nachdenken, wenn sie sich körperlich betätigte. Vielleicht kam sie ja durch Deduktion auf die Lösung, so wie Sherlock Holmes in den Romanen von Arthur Conan Doyle. Sherlock – was war das überhaupt für ein Name? – brauchte die Leute nur anzusehen, um aus dem Dreck an ihren Schuhen auf ihren Tagesablauf zu schließen. Unwillkürlich musste Charlotte lächeln. Vor Sherlock Holmes würde jeder Profiler des LKA vor Scham erblassen.

Wie schade, dass in ihrer Welt Erkenntnisse meistens auf intensiver Nachforschung und Spurensuche beruhten und nicht auf der Genialität eines kriminalistischen Gehirns. Obwohl Charlotte, die sich während ihrer Ausbildung intensiv mit Täterpsychologie beschäftigt hatte, davon überzeugt war, dass man das Opfer und seine Beziehungen nur genau genug kennen musste, um den Täter zu entlarven. So hatte Miss Marple ihre Fälle gelöst. Da hatte immer irgendwer, irgendwann, irgendwas Wichtiges gesagt oder getan. Oder es gab in dem kleinen Ort St. Mary Mead, wo sie wohnte, einen ganz ähnlichen Fall, der die Meisterdetektivin dann auf die richtige Spur führte. Man musste die Informationen nur in der richtigen Weise zusammenfügen. Das war das ganze Geheimnis. Charlotte seufzte. Bisher waren sie über das Sammeln von Informationen nicht hinausgekommen. Sie hatten noch keine heiße Spur, aber sie würden dranbleiben. Henning und Thorsten mussten sich weiter durch die Besucher des Jubiläumsfestes fragen. Ein mühseliges Unterfangen und wahrscheinlich sinnlos, es sei denn, sie stießen auf jemanden, der etwas zu verbergen hatte. Dabei fiel ihr Steinbrecher wieder ein.

Und dann war es plötzlich wieder da. Das, was jemand gesagt hatte, und das, was sie in einem der vielen Berichte gelesen hatte. Genau, es war das Protokoll der Hausdurchsuchung bei Krämers gewesen. Charlotte lächelte. Sie wusste zwar noch nicht genau, was dabei herauskommen würde, aber sie sollten Steinbrecher noch mal einen Besuch abstatten, und diesmal würde sie ihn ein bisschen in die Zange nehmen. Hollinger war zwar ein netter Kerl, aber nicht misstrauisch genug, trotzdem würde sie ihn mitnehmen. Charlotte mochte Hollinger, er kam ihr vor wie ein gutmütiger Teddybär, dem ein gemütliches Familienleben wichtiger war als die Karriere. Er war Mitte vierzig und sah gar nicht schlecht aus für sein Alter, fand sie. Das Haar war zwar schon ziemlich ergraut, aber immer noch voll. Er trug es für ihren Geschmack zu kurz geschnitten. Die Figur war ein klarer Minuspunkt. Er maß höchstens eins fünfundsiebzig, kaum mehr als sie selbst, und er trug eine stattliche Wampe vor sich her. Mit ein bisschen Gymnastik wäre er bestimmt noch ein Hingucker.

Maren Vogt allerdings schien ziemlich ehrgeizig zu sein. Sie machte einen ganz cleveren Eindruck. Und dieser Jörg Sander hatte es eindeutig auf sie abgesehen. Charlotte lächelte. Wenn das Ostermann wüsste. Dann wurde sie ernst. Wie lange sollte das noch so weitergehen?

Sie waren im Moment hoffnungslos unterbesetzt, weil alle Kräfte sich um die Schlägerei einer Jugendbande kümmern mussten, bei der ein Sechzehnjähriger erstochen worden war und drei wei-

123

tere Jugendliche schwer verletzt auf der Intensivstation lagen. Die anderen fast zwanzig armseligen Schläger, die mit leichteren Blessuren davongekommen waren, befanden sich in Dauerbefragungen, weil nicht herauszubekommen war, wer für den Tod des Jungen verantwortlich war. Aber die Kollegen setzten ihren ganzen Ehrgeiz daran, es rauszufinden, obwohl sich die Schläger hinter sturem Schweigen versteckten. Entweder hatten sie Angst oder etwas zu verbergen. Und dann war da noch der Mord in der Südstadt.

Charlotte sah auf die Uhr. Es war halb acht. Was dachte sich Rüdiger? Dass sie hier übernachten wollte? Sie wollte gerade zur Klinke greifen, als sich die Tür öffnete und Bergheim eintrat.

»Hallo, du Schöne«, sagte er, nahm sie sofort in die Arme und küsste sie. Das war gefährlich. Sie waren zwar seit über einem Jahr zusammen, aber Charlotte wurde immer noch schwach, wenn er sich draufgängerisch gab. Sie wand sich aus seiner Umarmung, nicht ohne den Kuss erwidert zu haben.

»Zum Kuckuck«, sagte sie halb im Scherz, »wann lernst du es endlich, mich nicht so zu überfallen?«

»Na, komm, du willst es doch auch«, sagte er grinsend.

Das stimmte in diesem Fall zwar, aber sie würde es ihm nicht auf die Nase binden.

»Komm«, sagte sie, »lass uns gehen. Wir nehmen dein Auto und fahren zu mir.«

»Gibt's da was zu essen? Ich hab einen Mordshunger.«

»Eier mit Schinken und Tomaten. Reicht das?«

»Kommt auf die Anzahl der Eier an«, sagte er und folgte ihr den Flur entlang.

Um neun Uhr – sie hatten vorher noch etwas Wichtiges zu erledigen gehabt – stand Charlotte im T-Shirt in ihrer geräumigen Küche und schlug Eier in die Pfanne. Ihr großartiger Liebhaber war tatsächlich eingeschlafen. Aber das konnte sie ihm verzeihen, weil sie wusste, welches Pensum er bewältigte. Seine Geliebte, seinen Beruf, seine Exfrau, die immer wieder forderte, er solle sich mehr um seinen Sohn kümmern.

Charlotte selbst hatte nur ihren Beruf … na gut, und einen

Teufelsbraten von Neffen, den sie alle drei bis vier Monate mal zu Gesicht bekam und der ihr dann den letzten Nerv tötete. Okay, ihre Eltern lebten noch, aber zählte denn das für die Zukunft? Irgendwo hatte sie mal gelesen, dass mit den Eltern die Vergangenheit stirbt und mit den Kindern die Zukunft. Was war dann mit denen, die keine Kinder hatten?

Charlotte fragte sich immer öfter, welche Zukunft sie und Rüdiger eigentlich hatten. Sie öffnete eine Dose Baked Beans und wusch zwei Tomaten. Der verführerische Duft von gebratenem Speck zog durch die Wohnung, und plötzlich stand Rüdiger hinter ihr.

Schweigend standen beide am Herd, er umfing sie mit den Armen.

Als sie gegessen hatten, musste sie reden. Sie wusste, es war kein guter Zeitpunkt, aber es ging nicht anders.

»Hast du drüber nachgedacht?«, fragte sie, als sie nebeneinander im Bett lagen.

Er schwieg ein paar Sekunden, bevor er »Worüber?« fragte.

»Du weißt, wovon ich spreche.«

Er seufzte. »Charlotte, wie soll ich das schaffen? Wie sollen *wir* das schaffen? Willst du zu Hause bleiben und dich um ein Kind kümmern?«

Sie zögerte einen Moment, bevor sie »Ja«, sagte. Aber so sicher war sie sich da nicht.

»Das hat Lydia auch gesagt, und jetzt haben wir einen Haufen Probleme mit Jan, weil er nichts anderes kennt als Kinderkrippe, Kindergarten und Schule. Und wenn er mal zu Hause ist, wartet, wenn er Glück hat, seine Großmutter auf ihn – was sehr selten vorkommt. Früher war er bei der Tagesmutter, und jetzt ist er die meiste Zeit allein. Er hat jede Menge Schwierigkeiten in der Schule, weil er sich nicht ›an Regeln halten kann und sich außerdem ständig prügelt‹, so hat's mir seine Lehrerin erklärt. Er bräuchte dringend jemanden, der ›den Erziehungsauftrag ernst nimmt, und das tun weder Großeltern noch Angestellte‹. Das hat die gute Frau sehr nett umschrieben, eigentlich wollte sie sagen: Wenn Sie sich ein Kind anschaffen, dann kümmern Sie sich verdammt noch mal auch drum. Und soll ich dir was sagen? Sie hat vollkommen recht.

Man kann nicht Kinder in die Welt setzen und sie dann sich selbst überlassen.«

Charlotte sah ihn überrascht an. »Deshalb warst du also in Würzburg. Ich dachte, er hätte einen Unfall gehabt.«

»Tz«, sagte Rüdiger, »so kann man das auch nennen. Er hat sich mit ein paar Mitschülern ein Fahrradrennen gegönnt. Die Bilanz sind drei verletzte Jungs und eine Klage wegen Sachbeschädigung. Sie sind in ein parkendes Auto gefahren.«

Charlotte kicherte.

»Das ist nicht witzig, wenn du einen Anruf bekommst, dass dein Kind einen Unfall hatte und im Krankenhaus liegt. Ich möchte das nicht noch mal erleben«, sagte er ernst.

Sie hob beschwichtigend die Hände. »Schon gut, ich kann's mir vorstellen. Also … wenn ich dich richtig verstehe, sollte man, wenn man arbeiten geht, ganz auf Kinder verzichten.«

»Ja.«

»Das kannst du nicht ernst meinen. Dann sterben wir tatsächlich bald aus.«

Er zuckte mit den Schultern. »Solange nicht einer von den Eltern bereit ist, beruflich kürzerzutreten, sollten sie auf Kinder verzichten.«

»Und du würdest nicht kürzertreten?«

Er kicherte. »Ich kann nicht, ich muss für meinen Sohn Unterhalt zahlen, und wie du vielleicht weißt, verdienen wir nicht so viel wie die Banker.«

»Aber prinzipiell.«

»Prinzipiell … vielleicht.«

»Pah«, sagte Charlotte, »es könnten auch beide ein bisschen kürzertreten.«

Er stützte sich auf seinen Ellbogen und spielte mit ihren Haaren.

»Du meinst Jobsharing.«

Sie nickte.

Sein Gesicht war ihrem jetzt ganz nahe. »Zwei Hauptkommissare teilen sich einen Posten. Das willst du Ostermann doch nicht antun.«

»Doch«, sagte sie und schlang die Arme um seinen Hals.

»Du weißt doch, dass ich sadistisch veranlagt bin«, flüsterte sie und biss ihm ins Ohrläppchen. »Vor allem, wenn du nicht tust, was ich sage.«

»Ich werde mich bessern«, raunte er, und sie beschlossen, das Gespräch später fortzusetzen.

ACHT

Charlotte erwachte gegen halb neun. Der Platz neben ihr war leer.

Sie blinzelte in die Sonnenstrahlen, die durch das geöffnete Fenster fielen, und suchte nach Rüdigers Kleidungsstücken, die gestern Abend noch vor ihrem Bett gelegen hatten. Sie waren nicht mehr da. Charlotte ärgerte sich jedes Mal, wenn er sich einfach so davonmachte. Als sie die Bettdecke wegschob, wurde die Wohnungstür geöffnet, und jemand ging in die Küche. Sie lächelte. Also würden sie doch zusammen frühstücken.

Zehn Minuten später saßen sie beide am Küchentisch. Er hatte die Kaffeemaschine in Gang gesetzt und Brötchen auf den Tellern verteilt.

Charlotte hatte sich nach ihrem Wegzug aus Laatzen eine Wohnung in der Gretchenstraße in der List gegönnt, mit einer großen Wohnküche und einem Südbalkon. Das war zwar erheblich teurer als ihre Übergangsbleibe in Laatzen, aber auch umso schöner.

Sie nahm einen Schluck Kaffee, griff nach einem Brötchen und bestrich es dick mit Butter. Sie liebte Butter. Besonders wenn sie frisch aus dem Kühlschrank kam und noch schnittfest war. Glücklicherweise gehörte sie zu den Menschen, die nach Herzenslust essen konnten, ohne dass ihre Kleidergröße achtunddreißig überstieg. Ihre Schwester Andrea, die mit ihrem Sohn in der Nähe ihres Elternhauses in Bielefeld wohnte, war da weniger glücklich. Sie war Heilpraktikerin und gönnte sich keine kulinarischen Ausschweifungen wie Butter. Dünn war sie trotzdem nicht, und Charlotte hatte den Verdacht, dass ihr Körper es ihr einfach heimzahlen wollte, weil er nie etwas zum Genießen bekam.

»Was hast du heute vor?«, fragte sie Bergheim mit vollem Mund.

»Ich muss mich weiter um das Privatleben unserer Toten kümmern«, sagte er und nahm einen Schluck Kaffee.

»Seid ihr weitergekommen?«, fragte Charlotte kauend.

»Nein, sie ist auf ziemlich perfide Art umgebracht worden. Offensichtlich wurden ihr – bevor man ihr die Plastiktüte über den Kopf gezogen hat – Mund und Nase mit Klebeband zugeklebt.« Er schüttelte den Kopf und zog die Stirn in Falten. »Es muss ein elender Todeskampf gewesen sein. Sie hat sich mit den Fesseln beinahe die Hände abgerissen.«

Charlotte lud sich noch etwas Erdbeermarmelade auf ihr Brötchen und aß schweigend.

»Hört sich nach einem Foltermord an«, sagte sie leise, weil sie wusste, wie empfindlich er bei offensichtlicher Grausamkeit war.

»Glaubst du, dass der oder die Täter was Bestimmtes gesucht haben?«, fragte sie dann.

»Vielleicht. Vielleicht aber auch nur Geld.«

»Konntet ihr schon feststellen, was fehlt?«

»Ja, ihre Freundin hat gesagt, ihr Schmuck ist weg und ein paar Scheine, die sie immer im Schreibtisch liegen hatte.«

»Hat die Freundin eine Ahnung, was passiert sein könnte?«

Bergheim zuckte mit den Schultern. »Nichts Handfestes, aber sie glaubt, dass die Tote seit ein paar Monaten einen Geliebten hatte, aber nicht darüber sprechen wollte, woraus die Freundin schließt, dass es ein verheirateter Mann gewesen sein muss.«

»Könnte was dran sein«, sagte Charlotte, nahm einen letzten Schluck Kaffee und stand auf. »Ich muss los. Muss mir einen Zeugen noch mal genauer ansehen.«

»Okay, ich nehm dich mit zum ZKD. Ich nehme an, deine Mühle steht noch am Waterlooplatz.«

Das stimmte, Charlotte ließ ihren Wagen oft an ihrer Dienststelle stehen, weil es abends in der List unmöglich war, einen Parkplatz zu finden. Rüdiger parkte prinzipiell im Halteverbot. Er musste schon ein Vermögen für Knöllchen ausgegeben haben.

Sie brauchten fast zwanzig Minuten von der List bis zur Waterloostraße. Es war ein heißer Samstagmorgen, und das schöne Wetter trieb die Leute in Scharen zum Einkaufen in die Stadt. Eigentlich merkwürdig, dachte Charlotte. Sie hatte immer den Drang, sich aufs Land zu begeben, wenn das Wetter schön war, aber vielleicht lag das daran, dass sie in der Stadt lebte.

Charlotte bestieg ihren Peugeot und machte sich auf den Weg nach Kleefeld. Unterwegs rief sie bei Hollinger an.

»Ich bin in einer Viertelstunde da, tut mir leid, dass ich deinen freien Samstag unterbreche, aber es dauert nicht lange.«

Hollinger schien nicht begeistert zu sein, aber das wäre sie an seiner Stelle auch nicht.

Als sie an seinem Reihenhaus klingelte, öffnete Ursula und bat sie herein. Sie gingen auf die Terrasse, wo das Paar soeben sein Frühstück beendet hatte. Hollinger war in Uniform und wirkte missmutig, ebenso wie seine Frau. Sie schienen etwas auf dem Herzen zu haben. Vielleicht hatten sie Krach, mutmaßte Charlotte und lehnte den angebotenen Kaffee ab.

Sie schlug vor, zu Fuß zu Steinbrechers Autohaus an der Karl-Wiechert-Allee zu gehen. Hollinger stimmte zu, nahm seine Mütze, und sie machten sich auf den Weg.

»Stimmt irgendwas nicht?«, fragte Charlotte, nachdem sie eine Weile schweigend nebeneinanderher gegangen waren.

Hollinger drückste herum. »Um ehrlich zu sein, es stimmt wirklich was nicht. Wir haben Ärger mit unserer Tochter.«

»Aha«, sagte Charlotte und wartete geduldig, bis ihr Kollege mit der Sprache herausrückte.

»Ihr dämlicher Freund versorgt sie mit Stoff. Gestern kam sie wieder völlig bekifft nach Hause. Wo soll denn das hinführen?«

»Wie heißt ihr Freund?«

»Das weiß ich nicht, aber er hat ein Auto, und wenn er das nächste Mal auftaucht, werd ich's über die Nummer rauskriegen, und dann knöpf ich ihn mir vor. Aber meine Frau ist dagegen, weil sie meint, wir müssen bei Kerstin ansetzen. Dealer wären schließlich austauschbar.«

»Da hat sie recht«, sagte Charlotte.

»Und, äh, meine Frau und ich hätten da eine Bitte. Könntest du mal ein Wort mit ihr reden? Wir glauben, dass das mehr Eindruck auf sie machen würde. Was die Eltern sagen, ist in den Augen von Teenagern grundsätzlich Müll.«

Charlotte lächelte. »Natürlich kann ich mit ihr reden.« Sie hatte auch schon eine Idee, wie sie das machen würde. »Aber damit wir uns richtig verstehen. Ich mach's auf meine Weise. Okay?«

Hollinger sah sie misstrauisch an.

»Keine Sorge, meine Mittel sind völlig ungefährlich.«

»Okay«, sagte Hollinger und lächelte.

»Und um den jungen Mann werde ich mich auch gleich kümmern. Ich hab da meine Verbindungen. Gib mir einfach die Nummer, wenn du sie hast.«

»Oh Mann, da hätten wir wirklich eine Sorge weniger.« Hollinger entspannte sich. »Und wenn wir das alles – ich meine, auch diese schrecklichen Mordfälle – zu einem guten Ende gebracht haben, dann kommst du zum Essen. Meine Frau kocht hervorragend.«

»Darauf freu ich mich jetzt schon«, sagte Charlotte.

Als sie zehn Minuten später an der Rezeption des Autohauses Steinbrecher standen, teilte ihnen die Sekretärin, eine würdevolle Person in den Fünfzigern, mit, dass Herr Steinbrecher gerade in einem Kundengespräch sei. Sie würde sie anmelden.

Herr Steinbrecher ließ sie fast zwanzig Minuten warten, bevor er mit einem älteren Ehepaar vor die Tür trat. Er verabschiedete die Herrschaften mit jovialem Lächeln. Wahrscheinlich hatte er soeben ein gutes Geschäft gemacht.

»Es dauert nur eine Minute, dann bin ich für Sie da«, sagte er zu den beiden Beamten, aber Charlotte ließ sich nicht mehr vertrösten und ging einfach an ihm vorbei. Hollinger folgte ihr verblüfft.

Das helle, geräumige Büro war mit einem Aktenschrank, einem alten Eichenholzschreibtisch mit Drehstuhl und zwei Freischwingern möbliert. Es gab weder Bilder noch Pflanzen, und das Fenster war nackt. Die Luft im Raum war schlecht, offensichtlich wurde hier ab und zu geraucht. Steinbrecher öffnete das Fenster und wies auf die beiden Stühle vor dem Schreibtisch. Charlotte und Hollinger setzten sich, während Steinbrecher ein paar Papiere auf dem Schreibtisch zusammenschob. Charlotte hätte gern einen Blick darauf geworfen.

»Also, was kann ich denn noch für Sie tun? Ich hab Ihnen doch schon alles erzählt, was ich weiß«, sagte er und setzte sich auf den Drehstuhl.

Charlotte fixierte den Mann lächelnd, sagte aber nichts. Er war ausgesprochen attraktiv, obwohl er die fünfzig bereits überschritten hatte.

»Sie waren mit Herrn Krämer am Abend, bevor er ermordet wurde, zusammen auf dem Jubiläumsfest«, stellte Charlotte fest. »Erzählen Sie doch noch mal alles, woran Sie sich im Zusammenhang mit dem Toten erinnern.«

»Meine Güte, da gibt's nichts zu erzählen. Wir, das heißt Michael, Rainer und ich, haben eine Weile zusammen an einem Tisch gestanden, die Tanzfläche beobachtet und was getrunken. Ich bin dann irgendwann gegangen. Was Michael danach noch gemacht hat, weiß ich wirklich nicht.«

»Worüber haben Sie sich unterhalten?«

Steinbrecher zuckte mit den Schultern. »Wenn überhaupt, haben wir über Autos gesprochen. Im Festzelt war ja ein Mordslärm, da konnte man sein eigenes Wort nicht verstehen.«

Charlotte legte den Kopf schräg. »Mochten Sie Herrn Krämer?«

Steinbrecher blickte sie verdutzt an. »Was soll die Frage? Nein, ich mochte ihn nicht besonders, aber da war ich nicht der Einzige. Und außerdem hab ich das schon gesagt.« Er blickte grimmig in Hollingers Richtung.

»Wie laufen Ihre Geschäfte, Herr Steinbrecher? Wie ich höre, sind Sie im Moment nicht besonders flüssig.«

Steinbrecher erstarrte. »Woher wissen Sie … natürlich, Sie haben die Daten überprüft.« Er schwieg eine Weile. »Dann wissen Sie natürlich auch von meiner Vorstrafe.«

Charlotte nickte.

»Und?«, fragte Steinbrecher. »Bin ich deswegen gleich ein Mörder, weil ich mal Koks geschnupft habe?«

Charlotte ignorierte die Frage.

»Sie bemühen sich um einen Auftrag von der Stadt. Sie möchten Kinder zur Schule chauffieren?«

»Ja. Gibt's was daran auszusetzen?«

»Im Prinzip nicht«, sagte Charlotte. »Aber mit einer … sagen wir, auffälligen Vergangenheit wird die Sache kompliziert, nicht wahr?«

»Was meinen Sie?«

Charlotte sah ihr Gegenüber forschend an und ging dann zum Angriff über.

»Wieso besitzen Krämers seit einem Vierteljahr einen nagelneuen Peugeot 307 aus Ihrem Autohaus, für den nie eine Zahlung bei Ihnen eingegangen ist? Können Sie mir das erklären?«

Steinbrecher schluckte. »Sie machen keine halben Sachen, was?«

»Entgegen der landesüblichen Meinung arbeiten bei der Polizei hin und wieder auch fähige Leute.«

Steinbrecher stellte die Ellbogen auf den Tisch und rieb sich die Schläfen.

»Der Wagen ist ein Geschenk«, sagte er.

»Ach ja, natürlich«, sagte Charlotte, und ihre Stimme triefte vor Ironie, »sonst hätten Sie den Kauf bestimmt ordnungsgemäß verbucht.«

Steinbrecher antwortete nicht.

»Warum geben Sie es nicht zu?«, fragte Charlotte eindringlich.

»Was soll ich zugeben?«, blaffte Steinbrecher.

»Dass Michael Krämer Sie mit Ihrer Vergangenheit erpresst hat!«

Steinbrecher sprang auf. »Quatsch! Woher sollte er davon wissen?«

Charlotte bemerkte, dass Hollinger sie von der Seite anstarrte und sich offensichtlich die gleiche Frage stellte.

Sie wandte sich lächelnd an Steinbrecher, der sie mit hochrotem Kopf, die Hände auf den Tisch gestemmt, anstarrte.

»Michael Krämer ist der Schwager von Rainer Müller-Herbst, der im Vollzug arbeitet und sich möglicherweise Zugang zu den Daten verschafft hat. Er hat es seiner Frau erzählt, und die hat es ihrer Schwester erzählt, und die hat es natürlich ihrem Mann erzählt.«

»Sabine weiß nichts davon!«, rief Steinbrecher, starrte Charlotte einen Moment sprachlos an und ließ sich dann kraftlos auf seinen Stuhl fallen.

Charlotte kniff die Augen zusammen. Sie brauchte nur wenige Sekunden, um zu verstehen.

»Sie haben ein Verhältnis mit Sabine Krämer«, sagte Charlotte bestimmt.

Steinbrecher sackte in sich zusammen. »Denken Sie doch, was Sie wollen. Ich sag kein Wort mehr.«

»Herr Steinbrecher, Krämer hat Sie erpresst. Sie haben kein Alibi und waren nach derzeitigen Erkenntnissen der Letzte, mit dem der Tote gesehen worden ist. Und Sie wussten, wie Krämer seine Frau – Ihre Geliebte – behandelt. Haben Sie gesehen, wie er sie geschlagen hat, am Abend vor seinem Tod?«

Charlotte sah Steinbrecher eindringlich an.

»Was ist? Kommen Sie freiwillig mit, oder müssen wir Ihnen Handschellen anlegen?«

Steinbrecher starrte sie fassungslos an. »Das meinen Sie nicht ernst«, sagte er ungläubig.

Charlotte sah Hollinger an. »Festnehmen«, sagte sie.

Hollinger rührte sich nicht. Seine Welt lag in Trümmern.

Uwe Steinbrecher saß seit zwei Stunden schweigend im Vernehmungsraum. Sein Anwalt ließ sich Zeit, schließlich war Samstag. Charlotte hatte Ostermann informiert, der zwar hocherfreut war, dass endlich eine Festnahme gemeldet wurde, jedoch höchst ungern den Brunch mit dem Innenminister im Luisenhof unterbrechen wollte, denn da wurden manchmal wichtige Entscheidungen getroffen. So oder ähnlich hatte er sich ausgedrückt.

Charlotte war das nur recht, dann konnte sie die Vernehmung mit Thorsten Bremer vornehmen. Der redete ihr wenigstens nicht rein.

Sie hatte sich gerade einen Kaffee geholt, als der Anwalt endlich gemächlich den langen Flur im ZKD entlangschritt. Er trug Jeans und ein kariertes Hemd. Oh Gott, dachte Charlotte, nicht der.

Dr. Seitz streckte ihr lächelnd die Hand entgegen. »Ach, die Frau Hauptkommissarin. Wie schön, Sie mal wiederzusehen«, sagte er, ergriff ihre Hand, die sie ihm widerstrebend überließ, und zwinkerte ihr zu.

Dr. Helmut Seitz war der erfolgreichste Strafverteidiger in einem Radius von hundert Kilometern um die Landeshauptstadt. Leider war er darüber hinaus auch attraktiv, charmant und ungebunden und – was Frauen anbelangte – kein Kostverächter.

»Aha«, hieß ihn Charlotte willkommen. »Der liebe Herr Dr. Seitz. Wusste gar nicht, dass Sie auch samstags erreichbar sind.«

Er grinste. »In solchen Fällen immer.«

Natürlich, dachte Charlotte, wann bekam man schon mal so viel Presse und damit kostenlose Werbung.

Sie holte Thorsten Bremer aus seinem Büro, und gemeinsam gingen sie zum Vernehmungsraum.

Steinbrecher sah gereizt auf. Er war nervös.

»Ich möchte mich mit meinem Anwalt unterhalten, sonst sage ich hier kein Wort.«

Charlotte sah Bremer an und zuckte dann mit den Schultern.

»Meine Güte, wir sind ja gar nicht so.« Sie verließen den Raum und warteten zehn Minuten auf dem Flur.

Als sie den Raum wieder betraten, bot sich ihnen ein seltsames Bild. Dr. Seitz stand mit verschränkten Armen vor seinem Mandanten, wie ein Lehrer vor einem trotzigen Schüler, und hatte offensichtlich versucht, ihn von irgendwas zu überzeugen. Steinbrecher blickte missmutig zu Boden.

Charlotte setzte sich ihm gegenüber auf den Stuhl, während Bremer an der Tür stehen blieb.

Dr. Seitz wandte sich an Charlotte: »Mein Mandant hat nichts zu sagen.«

Charlotte blickte erstaunt von Steinbrecher zu Seitz. »Soso«. Sie beugte sich vor und funkelte den Anwalt an. »Sie täten gut daran, Ihren Mandanten davon zu überzeugen, dass es nicht vorteilhaft für ihn ist, hier die Ermittlungen zu behindern.«

»Wer spricht von Behinderung, und was sind das hier überhaupt für Ermittlungen? Sie haben meinem Mandanten nichts vorzuwerfen. Alles, was Sie haben, sind Vermutungen. Dass er kein Alibi hat, tut nichts zur Sache, das haben hundert andere auch nicht, und seine Vorstrafe hat mit Ihrem Fall ja wohl nichts zu tun.«

Charlotte lächelte, obwohl sie diesem Wichtigtuer seine Aufgeblasenheit am liebsten mit einem Handstreich aus dem Gesicht gewischt hätte.

»Er ist kurz vor der Tat mit dem Ermordeten gesehen worden. Er hat ein Verhältnis mit dessen Frau, oder«, sie wandte sich an Steinbrecher, »wollen Sie das leugnen?«

Steinbrecher rührte sich nicht, und Charlotte fuhr fort. »Er wurde möglicherweise von dem Ermordeten erpresst und bereits einmal wegen Drogendelikten verurteilt. In der Garage des Toten steht ein funkelnagelneuer Kleinwagen, der auf dessen Namen zugelassen ist und aus dem Hause Steinbrecher stammt. Für diese Transaktion ist aber kein Beleg zu finden. Wenn Sie erlauben, Herr Dr. Seitz«, Charlotte spuckte den Titel aus wie ihr Großvater früher ein zerkautes Stück Tabak, »würde ich dem Verdächtigen gerne ein paar Fragen stellen.«

Sie wandte sich, ohne eine Antwort abzuwarten, an Steinbrecher.

»Sie waren auf dem Fest mit Krämer zusammen. Sie haben ein Verhältnis mit seiner Frau, die nicht von ihm loskam, und er hat Sie womöglich erpresst. Wieso sollten Sie ihm sonst ein Auto ›schenken‹? Sie haben ihm nach dem Fest aufgelauert, ihn ein bisschen verprügelt, kräftig genug sind Sie ja, und dann brauchten Sie nur noch dafür zu sorgen, dass er nicht mehr reden konnte, haben ihn ins Wasser geworfen und ertrinken lassen und sich dann aus dem Staub gemacht! Da haben Sie zwei Fliegen mit einer Klappe geschlagen. Sie werden den Mann Ihrer Geliebten los und gleichzeitig einen Erpresser.«

Steinbrecher und Dr. Seitz schwiegen verblüfft, und Charlotte genoss diesen kleinen Triumph. Dann wurde sie freundlich.

»Sehen Sie, man kann das ja verstehen, da ist dieser ekelhafte Mensch, den keiner wirklich mag und der seine Frau – Ihre Geliebte – schlägt. Außerdem hat er Ihre finanzielle Zukunft in der Hand, weil er Dinge von Ihnen weiß, die auf keinen Fall an die Öffentlichkeit gelangen dürfen. Vielleicht hatten Sie auch ein bisschen viel getrunken, da kann man schon mal überreagieren.«

Sie lehnte sich zurück und sah Steinbrecher mitleidig an. »Wenn ich Sie wäre, würde ich reden.«

Dr. Seitz hatte seine Sprache wiedergefunden, zusammen mit seiner Selbstzufriedenheit.

»Frau Wiegand«, sagte er süffisant, »Sie glauben ja selber nicht, was Sie da sagen. Im Übrigen …«, er sah auf seine Armbanduhr, »bin ich zum Segeln verabredet. Ich schlage also vor, wir beenden dieses … wie auch immer Sie das nennen wollen. Sie haben nicht den Hauch eines Beweises für Ihre Anschuldigungen. Sagen Sie mir, wenn ich mich irre.«

Er legte den Kopf schräg und sah Charlotte herausfordernd an. Thorsten Bremer, der die ganze Zeit an der Tür gestanden hatte, räusperte sich nervös.

Charlotte stand auf. Dieser verdammte Rechtsverdreher hatte recht. Ihr Verdacht war zwar plausibel, aber Beweise hatte sie keine. Sie hatte gehofft, Steinbrecher würde sich verplappern und sie auf einige fehlende Details in ihrer Geschichte hinweisen, die sie wissentlich unterschlagen hatte. Mörder taten das oft, wenn sie dumm und profilierungssüchtig genug waren. Steinbrecher war offenbar keins von beiden. Wenn er nicht redete, musste sie ihn laufen lassen. Und er machte nicht den Eindruck, als ob er reden würde. Sie hatte ihn unterschätzt, hatte gedacht, sie würde ihn schon weichklopfen. Nun musste sie sich eingestehen, dass sie voreilig gehandelt hatte, obwohl sie sicher war, dass sie mit ihren Vermutungen richtiglag. Wie sollte das Ganze sonst zusammenpassen?

Sie musste Sabine Krämer in die Mangel nehmen, aber die war im Moment nicht ansprechbar. Und Steinbrecher musste sie laufen lassen.

Charlotte unterdrückte einen Seufzer und stand auf.

»Sie halten sich bitte zur Verfügung«, sagte sie, bevor sie den Raum verließ.

Charlotte war unzufrieden. Dieser Fall ließ so viele Fragen offen, aber eins war für sie sicher: Der Mörder musste aus Krämers Bekanntenkreis stammen. Anders war der Tathergang nicht zu erklären. Es war keine Affekthandlung. Der Schlüssel und das Nylonband sprachen dagegen. Opfer und Täter hatten sich gekannt, und der Mord war kaltblütig geplant gewesen.

Aber wenn Steinbrecher wirklich Krämers Mörder war, wieso hatte er das Nylonband nicht einfach entfernt? Dann hätte es wie ein Unfall ausgesehen. Michael Krämer war betrunken mit dem Kopf in den See gefallen und basta. Man hätte angemessen Betroffenheit gezeigt, den Toten beerdigt, und keiner hätte ihm eine Träne nachgeweint. Stattdessen wussten jetzt alle, dass er ermordet worden war. Der Täter – wer immer es war – musste gestört worden sein, anders war die Sachlage kaum zu erklären. Was war in dieser Nacht vorgefallen?

Und welche Rolle spielte die Ehefrau des Opfers? Sie sollten die Beweislage gegen Sabine Krämer neu überdenken. Was, wenn sie und Steinbrecher den Mord gemeinsam verübt hatten?

Oder Sabine Krämer verdächtigte Steinbrecher, ihren Mann umgebracht zu haben – oder wusste es sogar –, und nun fühlte sie sich schuldig. Das würde zumindest ihr seltsames Verhalten erklären.

Und was hatte es mit diesem ominösen Schlüssel auf sich, für den sie kein Schloss finden konnten? Wieso hatte Krämer ihn überhaupt dabei? Entweder er hatte ihn kurz vor seinem Tod benutzt, oder er trug ihn immer bei sich. Wo aber könnte er ihn benutzt haben? Und hatte der Schlüssel für ihren Fall überhaupt eine Bedeutung?

Charlotte seufzte. Es war zwei Uhr, und sie hatte noch nicht zu Mittag gegessen. Sie griff nach ihrem Handy und wählte Bergheims Nummer. Der ging nicht dran. Auch gut, dachte sie sich, dann eben nicht. Sie verließ ihr Büro und ging zu Thorsten Bremer, der an seinem Schreibtisch saß und ein Stück Käsesahnetorte verdrückte.

»Wir fahren zu dieser Familie Bormann. Hast du den Wagen da?«

Bremer nickte kauend.

»Gut, dann schluck mal runter, wir haben nicht ewig Zeit.«

Bremer warf einen bedauernden Blick auf das halbe Tortenstück auf seinem Teller und griff nach den Wagenschlüsseln.

Charlotte wartete, bis Thorsten draußen war, und schnappte sich dann kurzerhand das halbe Tortenstück, das sie auf dem Weg zum Auto verschlang. Es schmeckte zwar nicht, aber wenigstens machte es satt. Im Auto warf Bremer ihr einen vorwurfsvollen Blick zu.

»Hat's geschmeckt?«, fragte er.

»Viel zu süß«, sagte Charlotte und wischte sich einen Krümel von der Bluse.

»Vorsicht, das gibt Fettflecken«, sagte Bremer. Charlotte grinste nur. Dass Männer immer so besorgt um das Interieur ihrer Autos waren. Bei ihren Wohnungen waren sie weniger pingelig.

Die Familie Bormann wohnte in der Kaiser-Wilhelm-Straße. Nach zweimaligem Klingeln öffnete ein muskulöser Mittvierziger in Jeans und T-Shirt die Tür.

»Ja?«, brummte er unwirsch und musterte die beiden Beamten misstrauisch.

Charlotte zückte ihren Ausweis und stellte sich und Bremer vor. »Ihre Frau und Ihre Tochter haben gestern eine Aussage im Revier in Kleefeld gemacht. Könnten wir kurz auch mit Ihnen reden?«

»Was wollen Sie denn von mir? Ich kann Ihnen auch nicht mehr sagen als meine Tochter, und die ist mit ihrer Mutter bei meiner Schwiegermutter.«

Die heisere Stimme des Mannes passte nicht zu seinem vitalen, athletischen Körper.

»Könnten wir uns trotzdem einen Moment unterhalten?«, fragte Charlotte und lächelte höflich.

Bormann führte sie durch einen dunklen Flur in ein überraschend geräumiges Wohnzimmer. Es roch nach kaltem Rauch. Charlotte hatte schon wieder den Wunsch, die Fenster aufzureißen.

Sie ließen sich auf dem braunen Ecksofa nieder. Bormann beäugte sie misstrauisch. Charlotte wünschte sich fast, sie hätte Henning Werst mitgenommen, der hatte diesem Muskelpaket wenigstens etwas entgegenzusetzen. Thorsten war ein blasser Schreibtischhengst und kein bisschen furchteinflößend.

»Herr Bormann, Ihre Tochter hat ausgesagt, dass Michael Krämer sie vor etwa einem halben Jahr vergewaltigt habe und der Vater ihres Kindes gewesen sei.«

»Ja«, sagte Bormann, »der kann von Glück sagen, dass ich das nicht eher gewusst habe, sonst hätte der ohne seinen Pimmel ins Gras beißen müssen.«

Bormann sprach wie Marlon Brando in »Der Pate«, und Charlotte fragte sich, ob das bloß Attitüde war oder organisch bedingt.

»Wann haben Sie von der Vergewaltigung erfahren?«, wollte Charlotte wissen.

»Vorgestern, sonst wären wir ja wohl schon früher gekommen.«

»Und warum hat Ihre Tochter Ihnen nicht schon damals davon erzählt?«

Er zuckte mit den Schultern. »Weil sie manchmal einfach dämlich ist.«

Charlotte sah ihr Gegenüber aufmerksam an. Bormann reckte das Kinn.

»Ihre Tochter sagt, Michael Krämer hätte sie erpresst.«

»Ja, dieses Schwein.«

»Und Sie glauben, Ihre Tochter verschweigt eine Vergewaltigung, nur damit die Haftstrafe ihres Vaters nicht bekannt wird?«

Charlotte war das kurze Aufblitzen in Bormanns Augen nicht entgangen. Er musterte sie kurz, bevor er antwortete.

»Ich sag doch, sie ist manchmal 'n bisschen dämlich.«

»Kannten Sie Michael Krämer näher?«

»Ich? Wie kommen Sie denn darauf? Mit so 'nem eingebildeten Spießer hab ich nichts zu tun. War der Lehrer meiner Tochter, und das war's.«

»Eben. Sie müssen sich doch ab und zu mit ihm unterhalten haben.«

»Nee, alles, was mit Schule und Lehrern zu tun hat, regelt meine Frau, kümmere ich mich nicht drum.«

Charlotte nickte. Bremer saß die ganze Zeit schweigend neben ihr.

»Ich nehme an, Sie waren am Samstag letzter Woche ebenfalls auf dem Jubiläumsfest.«

»Da können Sie aber einen drauf lassen«, sagte Bormann grinsend.

»Haben Sie Krämer dort gesehen?«

»Nee, hab auch nicht drauf geachtet. Der Typ war mir doch egal.«

»Und wann sind Sie gegangen?«

Bormann verdrehte die Augen. »Weiß ich doch nicht mehr. War schon ziemlich spät.«

»Gegen drei Uhr?«

Plötzlich schien Bormann ein Licht aufzugehen. »Sie fragen mich doch wohl nicht nach meinem Alibi?«

Charlotte und Bremer schwiegen.

Bormann stand auf. »Sie verschwinden jetzt hier. Wenn Sie mich beschuldigen wollen, diesen Scheißkerl um die Ecke gebracht zu haben, red ich kein Wort mehr mit Ihnen.«

Charlotte blieb ruhig sitzen, ebenso wie Bremer, obwohl Bormann ziemlich bedrohlich wirkte.

»Wir sind sofort weg, wenn Sie die Frage beantwortet haben«, sagte Charlotte.

Bormann beugte sich zu ihr hinunter und sagte so laut, wie es seine Heiserkeit erlaubte: »Meine Kumpels und ich sind irgendwann vom Jubiläumsfest weggegangen. Ich hab nicht auf die Uhr geguckt, wann, und dann bin ich zu meiner Alten ins Bett gefallen. Die können Sie fragen. Und jetzt raus hier.«

Die beiden Beamten erhoben sich gehorsam. Auf dem Weg zur Haustür drehte sich Charlotte noch mal um und lächelte entschuldigend.

»Es ist nicht persönlich, wir müssen das fragen.«

Bormann brummelte undeutlich vor sich hin, schien aber halb versöhnt.

»Sagen Sie mir doch bitte, wie Sie zu dieser Athletenfigur kommen.«

»Tja«, sagte Bormann, der geschmeichelt seine Brustmuskeln spielen ließ, »viermal in der Woche zwei Stunden Krafttraining.«

»Bestimmt hier in Kleefeld.«

»Klar, ist ja nicht weit.«

»Dachte ich's doch«, sagte Charlotte und verabschiedete sich. Bremer folgte ihr mit gerunzelter Stirn.

Hollinger stocherte lustlos in seinem späten Mittagessen herum. Es gab Rollbraten mit Erbsen und Möhren und Kartoffeln.

Ursula musterte ihren Mann besorgt. Normalerweise freuten sie sich auf solche Wochenenden, an denen sie beide keinen Dienst hatten. Aber heute schien ihr Mann seinen heiß geliebten freien Samstag nicht wie sonst genießen zu können, ebenso wenig wie den Braten. Es musste ihm schlecht gehen. Dieser Fall schien ihm seine Lebensfreude zu rauben. Aber als Polizist musste man sich nun mal mit der Schlechtigkeit der Menschen herumschlagen, und sie hatte immer geargwöhnt, dass ihr Mann für seinen Traumberuf zu sensibel war. Deshalb war Kaspar die Karriereleiter auch nicht gerade hinaufgesprintet. Aber das erwartete auch niemand, sie selbst am allerwenigsten. Sie hatten ihr Auskommen, und es war Ursula immer wichtiger gewesen, einen zufriedenen, gemütlichen Mann zu haben als einen ehrgeizigen Workaholic. Und in seinem ruhigen Revier in Kleefeld konnte er seinen Traum leben, ohne mit allzu großen Skrupellosigkeiten konfrontiert zu werden.

Jedenfalls war das bis zum letzten Sonntag so gewesen. Und nun hatten sie Steinbrecher verhaftet. Aber Kaspar hielt sich bedeckt, er wollte einfach nicht mit ihr darüber reden. Und dann diese seltsame Fragerei, ob Sabine ihrem Mann immer treu gewesen war. Über so was hatte sie mit ihrer Freundin nie gesprochen, obwohl sie es natürlich verstanden hätte, wenn Sabine sich einen Freund gesucht hätte. Aber das hätte Sabine doch nicht geheim halten können. Schon gar nicht vor ihrer besten Freundin, oder doch?

Jedenfalls benahm sie sich seit dem Tod ihres Mannes mehr als seltsam. Und seit sie aus dem Krankenhaus entlassen worden war, ging ihr Sabine aus dem Weg, reagierte auch nicht auf ihre Anrufe. Ursula wusste nicht, was sie davon halten sollte. Aber niemals würde sie sich davon überzeugen lassen, dass Sabine etwas mit dem Tod ihres Mannes zu tun hatte, auch wenn sie sich deren Benehmen im Moment nicht erklären konnte.

»Schmeckt's dir nicht?«, fragte sie ihren Mann, als der unvermittelt seinen Teller zur Seite schob und sich gedankenverloren am Kinn kratzte.

»Doch, doch, es ist nur …«

»Ich kann's mir schon denken. Willst du mir nicht erzählen, was ihr heute Morgen mit Steinbrecher zu besprechen hattet?«

Hollinger verzog den Mund. Ihm war anzusehen, dass er nichts lieber getan hätte. Er seufzte.

»Am besten, du sprichst mal mit Sabine, ich befürchte, da kommt noch einiges auf sie zu.«

»Wie meinst du das?«, fragte Ursula erschrocken. »Sie wollen sie doch nicht verhaften?«

Hollinger schüttelte den Kopf. »Das glaube ich eher nicht, aber wer weiß schon, was diese Hauptkommissarin noch alles ans Licht bringt. Manche Sachen will man doch gar nicht wissen.«

Ursula sah ihren Mann verwundert an. »Das hört sich ja geheimnisvoll an.«

Er nickte nur und stand auf. »Ich hol mir mal ein Weizenbier.«

Ursula sah ihm nach und nahm sich vor, tatsächlich mit ihrer Freundin zu reden. Sie würde sie einfach so lange belagern, bis sie ihr reinen Wein einschenkte. Das war Sabine ihrer alten Freundin schuldig. Ursula warf die Gabel auf den Teller. Ihr wollte der Braten heute auch nicht schmecken.

Sie blickte auf die hohen Büsche vor ihrem Gartenzaun, die die Terrasse vor neugierigen Blicken schützte. Von nebenan drang leise Phil Collins' *Two hearts, believing in just one mind* zu ihr herüber. Sie stieß einen Seufzer aus. Es könnte alles so schön sein, aber das konnte man wohl nicht vom Leben erwarten, dass immer alles glattging.

Sie hörte, wie die Haustür zuschlug. Anscheinend war Kerstin von ihrem Fußballspiel zurückgekommen. Sie wunderte sich, wo Kaspar so lange blieb, und ein paar Sekunden später erhielt sie die Antwort.

»Das ist ja wohl nicht zu fassen!«, hörte sie ihn poltern und gleich darauf ihre Tochter rufen: »Nein, Papa, nicht!«

Sie sprang auf und konnte gerade noch verhindern, dass ihr Mann sich mit dem Freund seiner Tochter prügelte. Er hatte ihn bereits am Kragen gepackt, und Kerstin versuchte, ihren Vater von ihm wegzuzerren.

Ursula schnappte nach Luft und fragte mit der Autorität, die jeden renitenten Patienten zur Räson brachte: »Was zum Teufel ist hier los?«

Ihr Mann schnaufte. »Dieser kleine Schurke hier dealt mit Rauschgift und vergreift sich an meiner Tochter.«

»An ›unserer‹ Tochter, und du lässt ihn jetzt besser los«, zischte Ursula.

Hollinger war unschlüssig. Er hielt den Kragen des Jungen immer noch umklammert und drückte ihn gegen die Haustür. Wenn die Situation nicht so ernst gewesen wäre, hätte Ursula lachen müssen, denn ihr Mann war erheblich kleiner als sein Opfer und musste zu ihm aufsehen. Dann schien Hollinger sich zu besinnen und ließ den Jungen los. Kerstin nahm sofort seinen Arm.

»Basti, ist alles in Ordnung?«

Der Junge war groß, schlank, hatte dunkelbraunes Haar und ebenmäßige Züge. In seinem linken Ohr glitzerte ein Diamant. Er streckte seine Schultern, und dann legte er los.

»Mein Vater ist Anwalt. Der wird Sie verklagen, wenn Sie mir so was unterstellen und mich dann auch noch angreifen!«

Er schüttelte die Hand seiner Freundin ab. »Seinen Job kann dein Alter vergessen, wenn mein Vater mit ihm fertig ist!« Damit riss er die Hollinger'sche Haustür auf und schritt würdevoll hinaus.

»Basti!«, rief Kerstin und rannte ihm nach, aber der bestieg, ohne auf sie zu achten, sein Cabrio und brauste davon.

Kerstin blickte ihrem Liebsten nach, dann drehte sie sich um, rannte zum Haus zurück, an ihren Eltern vorbei und die Treppe hinauf. »Ich hasse euch!«, schrie sie noch, bevor sie die Tür hinter sich zuknallte.

Hollinger schaute Ursula betreten an. Die schüttelte den Kopf. »Meine Güte, was ist denn bloß in dich gefahren?«

Ihr Mann zuckte mit den Schultern, nahm die Flasche und das Glas, das er auf der Flurkommode abgestellt hatte, und ging hinaus.

Aus Kerstins Zimmer dröhnte Simple Plan: *I'm just a kid and life is a nightmare.*

NEUN

Die Beerdigung von Michael Krämer fand am Montagmorgen um neun Uhr statt. Die ehrwürdige Petrikirche am Dörriesplatz platzte fast aus allen Nähten. Vorn in den ersten Reihen saßen, in elegantes Schwarz gekleidet, wohl die Verwandten, dahinter drängte sich Krämers Schulklasse. Frau Leiden und einige Lehrer aus dem Kollegium versuchten, die Schüler der vierten Klasse in Schach zu halten.

Der Rest waren Nachbarn, Bekannte und Neugierige.

Sabine und Oliver Krämer saßen mit gesenkten Köpfen neben den beiden Müller-Herbsts. Kaspar und Ursula Hollinger hatten sich direkt hinter sie gesetzt und damit das Vorrecht der Verwandtschaft auf die besten Plätze ignoriert. In den hinteren Reihen und den Gängen reckte halb Kleefeld die Hälse.

Den Sonntag hatte Charlotte mit ihrer Bügelwäsche und ihrem Schrubber verbracht, den sie – gänzlich unbeabsichtigt – wiedergefunden hatte. Bergheim war zu seinem Sohn nach Würzburg gefahren und gegen Mitternacht todmüde zurückgekommen.

Heute Morgen hatte sie sich mit Maren schon eine halbe Stunde vor der Trauerfeier ziemlich weit vorn an der Schrägseite der Kirche postiert, um jeden Besucher genau unter die Lupe nehmen zu können.

Als der Pastor eintrat, erhoben sich alle, und Charlotte hatte Probleme, den Überblick zu behalten. Glücklicherweise ging der größte Teil der Trauerfeier im Sitzen über die Bühne, sodass Charlotte eine gute Sicht auf die Teilnehmer hatte und sie in Ruhe beobachten konnte. Sie hatte nicht den Eindruck, dass viele dem Toten nachtrauerten. Es wurden jedenfalls nicht viele Tränen vergossen.

Sabine Krämer saß starr neben ihrem Sohn und schien gar nicht wahrzunehmen, was um sie herum geschah. Charlotte vermutete, dass sie Tabletten genommen hatte. Oliver dagegen wischte sich immer wieder verstohlen die Augen. Charlotte ließ ihren Blick über die Menge schweifen und fragte sich, was sie eigentlich hier tat. Was, glaubte sie denn, würde passieren? Dass der Mörder aufstehen und sagen würde: »Geschieht ihm recht, dem Drecks-kerl!« Außerdem hatte sie nicht damit gerechnet, dass es so voll sein würde. Sie unterschätzte die Neugier der Menschen immer wieder.

Der Pastor fand lobende Worte für den verdienstvollen Lehrer und Mitbürger, den liebenden Vater und Ehemann, und Charlot-te erhaschte einen Blick auf Ursula Hollingers Gesicht, sah, wie sie die Augen verdrehte. Ihr Mann saß mit düsterer Miene neben ihr und schien mit den Gedanken woanders zu sein. Jemand hus-tete, als wollte er gegen diese Beschreibung Krämers protestieren, aber Charlotte konnte den Urheber nicht herausfinden.

Die Kinder schien die Rede des Pastors zu langweilen, und ei-nige fingen an zu krakeelen und sich zu knuffen. Aber Frau Lei-den brachte die Unruhestifter mit einem eisigen Blick zur Räson, und Charlotte verkniff sich ein Lächeln.

Plötzlich wurde geräuschvoll die Kirchentür geöffnet. Alle Köpfe wandten sich nach hinten, sogar der Pastor hielt einen Mo-ment inne. Ein Mann in schwarzer Lederkluft betrat den Mittel-gang. Auf dem Kopf trug er einen Motorradhelm mit geschlosse-nem Visier. Der Mann ging ein paar Schritte nach vorn und setzte sich dann lässig in eine der hinteren Kirchenbänke. Er machte keine Anstalten, das Visier hochzuklappen. Der Pastor räusperte sich und nahm seine Predigt wieder auf. Einige der Kirchenbesu-cher wandten ihre Köpfe zögerlich wieder Richtung Kanzel, nicht ohne sich vorher vielsagend zuzunicken und zu tuscheln. Sabine Krämer schien der Neuankömmling nicht zu interessieren. Sie blickte starr auf ihre Hände. Oliver dagegen machte ein finsteres Gesicht.

»Wer ist das?«, flüsterte Charlotte.

»Steffen Kleiber«, flüsterte Maren zurück.

»Ach«, sagte Charlotte und beobachtete den Mann, der sich auf der Kirchenbank breitmachte und die Ellbogen locker über die Rückenlehne legte.

»Na, wenigstens trägt er Schwarz«, raunte Charlotte, die sich vornahm, Steffen Kleiber im Auge zu behalten.

Am Ende der Trauerfeier ließ der Mann die Gemeinde an sich

vorüberziehen, den Blick hinter seinem dunklen Visier auf die Prozession gerichtet, so als würde er sich jedes Gesicht einprägen wollen.

Eine knappe halbe Stunde später umringten die Trauernden das Grab. Es goss in Strömen. Der Pastor beeilte sich, den letzten Segen zu verlesen, und dann traten Sabine und Oliver vor. Sabine wankte bedenklich, und Oliver hatte Mühe, seine Mutter und gleichzeitig den Schirm zu halten. Steffen Kleiber hatte sich hinter dem Grab aufgebaut und stand dort breitbeinig, die Arme vor der Brust verschränkt, wie ein drohender Krieger.

Plötzlich geschah etwas, das keiner der Anwesenden erwartet hatte. Oliver Krämer ließ seine Mutter los, warf gleichzeitig den Schirm weg, hechtete am offenen Grab seines Vaters vorbei und stürmte auf Steffen Kleiber zu.

»Verschwinde hier, du Arschloch! Hau ab!«

Dabei fuchtelte er wild mit den Armen. Für Steffen Kleiber Grund genug, Oliver Krämer mit einem einzigen Faustschlag zu Boden zu schicken, wo er reglos liegen blieb und Kleiber ihm noch einen Tritt in die Seite versetze. Eine Sekunde später hatte die Menge sich aus der Erstarrung gelöst. Einige Frauen schrien auf. Charlotte und Maren bahnten sich bereits einen Weg durch die Gaffer. Kleiber hatte sich inzwischen für Flucht entschieden.

»Da läuft er!«, rief Charlotte, und die beiden Polizistinnen nahmen sofort die Verfolgung auf.

Steffen Kleiber war zwar flink, schien aber nicht gut im Training zu sein, und seine Motorradkluft behinderte ihn. Außerdem war der Boden glitschig vom Regen, und er rutschte aus. Das ermöglichte seinen beiden Verfolgerinnen, die ihm dicht auf den Fersen waren, sich auf ihn zu stürzen.

Kleiber wehrte sich heftig, und die Frauen hatten ihre liebe Mühe, ihn zu überwältigen. Aber Charlotte erwischte seinen Arm, drehte ihn nach hinten und drückte ihm ihr Knie in den Rücken, sodass er aufschrie und sich geschlagen gab. Maren legte ihm blitzschnell Handschellen an, und die beiden Beamtinnen rissen ihn hoch. Als Charlotte das Visier seines schwarzen Helms hochklappte, spuckte ihr Kleiber ins Gesicht.

Inzwischen hatten die beiden Hollingers sich von ihrem Schrecken erholt. Sabine wimmerte hysterisch und hielt sich die Hände vors Gesicht. Sie wäre beinahe in das Grab ihres Mannes gefallen, wenn Ursula sie nicht geistesgegenwärtig festgehalten hätte. Sylvia und Rainer Müller-Herbst nahmen sie in die Mitte, während Kaspar Hollinger sich um Oliver kümmerte, der auf dem nassen Boden kniete und sich die Seite hielt. Aus seiner Nase tropfte Blut. Der Rest der Trauergemeinde sammelte sich langsam und konzentrierte seine Aufmerksamkeit auf das Trio, das keine hundert Meter entfernt Richtung Ausgang strebte.

Fast eine Stunde ließ man Steffen Kleiber im Vernehmungsraum warten, denn Charlotte und Maren mussten sich umziehen. Im Gegensatz zu Kleiber – dessen Motorradkleidung ihn vor dem Regen geschützt hatte – waren die beiden Frauen völlig durchnässt gewesen. Außerdem wollte Charlotte noch einen Blick auf die Vernehmungsprotokolle der Kleibers werfen. Sie hatte es versäumt, den jungen Kleiber selbst zu befragen. Ein Fehler, wie sich jetzt herausstellte. Die Alibigeschichte hinkte einfach, und sie fragte sich, wieso Hennig das nicht aufgefallen war.

Kleiber lümmelte grinsend auf seinem Stuhl herum, und Charlotte fragte sich, wann er dieses pubertäre Gehabe wohl ablegen würde. Sein Benehmen passte nicht zu einem Fünfundzwanzigjährigen. Ebenso wenig wie dieser Auftritt auf dem Friedhof.

Sein Haar war kurz geschoren, dadurch wirkte er aggressiv, aber sein pausbäckiges Gesicht und die blasse Hautfarbe machten ihn weicher. Da half auch der blonde Dreitagebart nichts. Unter seinem Kinn blühte ein Pickel.

Aber Charlotte war noch nicht so weit, ihn als das arme Würstchen zu sehen, das er zweifellos war. Sie mochte es nicht, wenn sie angespuckt wurde, auch nicht von einem armen Würstchen.

Sie setzte sich Kleiber gegenüber an den Tisch und stellte ihren Kaffeebecher ab, während Maren an der Tür stehen blieb.

Charlotte musterte ihn zunächst, ohne etwas zu sagen. Er grinste, konnte aber ihrem Blick nicht standhalten.

»Herr Kleiber«, setzte Charlotte an, »was sollte dieser Auftritt?«

»Denken Se sich doch was Schönes aus.«

»Sie wissen, dass Sie sich damit verdächtig machen. Umso mehr, als Sie sowohl Motiv und Gelegenheit hatten, Michael Krämer umzubringen.«

»Das hatten wir doch alles schon. Ich war zu Hause, mein Vater ist Zeuge. Sie können mich mal.«

»Ihr Vater ist bereits hierher unterwegs. Dann werden wir ihn erneut dazu befragen.«

Das schien Kleiber ein bisschen aus der Fassung zu bringen.

»Wieso bringen Sie meinen Vater hierher? Was soll der schon noch erzählen? Kriegt doch nichts mehr auf die Reihe.« Er senkte den Kopf und fügte mehr zu sich selbst hinzu: »Hat noch nie was auf die Reihe gekriegt.«

»Was meinen Sie damit?«, hakte Charlotte nach.

»Lecken Se mich doch.«

»Heute nicht«, sagte Charlotte. »Dafür werden wir den Abend am Teich noch mal durchgehen. Sie haben bereits zugegeben, auf dem Fest gewesen zu sein …«

»Ja, hab ich. Und ich hab dem andern Bullen auch gesagt, dass ich dafür jede Menge Zeugen habe.«

»Aber für die Tatzeit haben Sie nur einen Zeugen. Und das ist Ihr Vater. Ziemlich wackelig, finden Sie nicht?«

Er grinste überheblich. »Zeuge ist Zeuge, Süße.«

Charlotte musterte ihn kalt. »Sie hatten was getrunken, haben Krämer beobachtet und sich gedacht, es ist Zeit, dass er seine Strafe kriegt. Er hat Ihre Schwester ermordet, Ihr Vater ist daran zerbrochen, und Ihre Mutter hat sich umgebracht. Er hat Ihre ganze Familie zerstört. Da haben Sie gedacht, wenn die Justiz das nicht hinkriegt und Ihr Vater auch nicht, werden Sie eben dafür sorgen, dass er nicht ungeschoren davonkommt. Sie haben ihm aufgelauert, ihn misshandelt und umgebracht. Sie haben die Fähigkeit, ein starkes Motiv, und für Ihr Alibi können Sie nur Ihren Vater als Zeugen anführen, der darüber hinaus angibt, zur Tatzeit angetrunken gewesen zu sein. Wie viel, glauben Sie, ist so ein Alibi wert?«

Steffen Kleiber starrte Charlotte an. »Wieso glauben Sie uns nicht einfach und lassen uns in Ruhe?«

Charlotte sah ihr Gegenüber aufmerksam an. »Was war das noch für ein Film, den Sie gesehen haben?«

Kleiber grinste. ›Todesmelodie‹. Western.« Sein Grinsen wurde breiter. »Wollen Sie wissen, wovon er handelt?«

Charlotte schüttelte den Kopf. »Ich kenne ihn, kennt wahrscheinlich jeder.«

»Ja, und?«, sagte Kleiber. »Können ja überprüfen, ob der lief.«

»Haben wir schon«, sagte Charlotte. »Aber was heißt das schon.«

Kleiber stand langsam auf. »Was wollen Sie eigentlich von mir? Dürfen Sie mich hier überhaupt festhalten, bloß weil ich mich gegen diesen Lackaffen verteidigt habe?«

»Was halten Sie von ›tätlichem Angriff und Widerstand gegen Vollstreckungsbeamte‹?«

»Das Arschloch hat mich zuerst angegriffen!«

»Hat er nicht. Dafür gibt's eine Menge Zeugen. Setzen Sie sich wieder hin.« Einen Moment starrten die beiden sich an, wie zwei Ringer, von denen jeder nur auf den Angriff des anderen wartete. Dann entspannte sich Kleiber und ließ sich grinsend wieder auf seinen Stuhl fallen.

»Auf jeden Fall hat das Weichei endlich mal eins auf die Schnauze gekriegt. War überfällig.«

Charlotte betrachtete Kleiber forschend. »Treten Sie gern auf Leute ein, die am Boden liegen?«

»Jetzt drehen Se mir da bloß kein Strick draus, dass ich mal Dampf abgelassen hab. Ist ja wohl verständlich … in meiner Lage«, blaffte Kleiber.

Charlotte lächelte.

»Eben«, sagte sie, »das versteht auch jeder Richter. Schließlich haben Sie eine Menge durchgemacht. Warum erzählen Sie mir nicht einfach alles? Mit einem guten Anwalt kann Ihnen ein Geständnis ein paar Jahre Knast ersparen.«

Steffen Kleiber starrte sie an. »Ja«, sagte er dann gedehnt, »jetzt, wo Sie's sagen. Ich sollte wohl 'nen Anwalt anrufen, was?«

Charlotte biss sich auf die Lippen. Wie hatte sie auch einen Anwalt erwähnen können. Sie stand auf und gab Maren ein Zeichen, sich darum zu kümmern, während sie selbst sich jetzt mit dem alten Kleiber beschäftigen würde, der sich angeblich an nichts erinnern konnte, was in der Tatnacht passiert war, nur daran, dass er um drei Uhr mit seinem Sohn ferngesehen hatte. Wusste sogar noch genau, welchen Film sie sich angesehen hatten. Das war mehr als erstaunlich.

Elmar Kleiber saß apathisch auf seinem Stuhl. Er blickte Charlotte aus glasigen Augen an. »Was ist mit meinem Sohn? Warum halten Sie ihn fest?«, fragte er tonlos.

»Ihr Sohn hat auf der Beerdigung Oliver Krämer provoziert und ihn dann niedergeschlagen. Er verhält sich nicht gerade wie ein Unschuldslamm. Ganz offensichtlich verliert er schnell die Beherrschung. Und jetzt fragen wir uns natürlich, ob das bei Michael Krämer genauso gewesen ist.«

»Blödsinn«, sagte Kleiber, »was er mit dem Sohn von diesem feinen Pinkel gemacht hat, weiß ich nicht, aber mit dem Tod des Vaters hat er nix zu tun. Wir haben nach dem Fest vor der Glotze gesessen.«

»Sagen Sie mir noch mal genau, wann Sie nach Haus gekommen sind«, hakte Charlotte nach.

»Aber ich hab doch schon gesagt, dass ich die Uhrzeit nicht mehr weiß, kann mich nur noch dran erinnern, dass gerade dieser Nachtfilm anfing.«

»Welcher Film war das noch mal?«

»Wieso fragen Sie mich das jetzt alles noch mal? Das hab ich doch alles schon erklärt!«

»Erklären Sie's einfach noch mal.«

Kleiber seufzte. »Na, dieser, wo immer einer auf der Mundharmonika spielt und ein anderer auf seinen Schultern steht mit 'nem Strick um den Hals. Ich weiß jetzt nicht, wie der heißt, irgendwas mit Tod. Ist mir auch scheißegal. Ich hab Ihnen alles gesagt, und mehr fällt mir nicht ein, basta.«

»Und was war mit Ihrem Sohn?«

»Na, mein Sohn war schon da, als ich kam. Hat aufm Sofa gelegen, hab ich Ihnen auch schon gesagt.«

»Sind Sie da ganz sicher?«, fragte Charlotte. »Sie haben selbst gesagt, dass Sie an dem Abend ziemlich betrunken waren, vielleicht irren Sie sich ja.«

»Quatsch«, sagte Kleiber, »ich weiß doch, ob ich meinen Sohn gesehen habe. Was wollen Sie eigentlich? Mein Sohn hat nichts getan«

»Dann frage ich mich doch, wieso Ihr Sohn – wo Sie doch gemeinsam ferngesehen haben – einen ganz anderen Film gesehen haben will als Sie«, sagte Charlotte.

Kleiber starrte sie ungläubig an. »Sie verarschen mich doch.«

Charlotte ignorierte Kleibers Einwand. Sie fand, er war bemerkenswert ruhig. Wahrscheinlich die Wirkung vom Alkohol.

»Herr Kleiber«, sagte sie, »einer von Ihnen lügt. Entweder Sie oder Ihr Sohn. Wir können gerne eine Pause machen, damit Sie eine Weile darüber nachdenken können, ob Sie bei dieser Aussage bleiben wollen.«

Kleiber guckte misstrauisch, sagte aber nichts.

»Okay«, Charlotte wandte sich zur Tür, »wie ich sehe, brauchen Sie noch etwas Zeit.« Damit ließ sie Kleiber allein.

»Bockbeinig«, knurrte sie, als sie Maren auf dem Flur traf. »Was ist mit dem Junior?«

»Der wartet auf seinen Anwalt.«

»Na klasse, aber vielleicht kriegen wir den Vater klein.«

Maren schaute Charlotte fragend an. »Wieso versteifst du dich plötzlich so auf die Kleibers? Ich dachte, Steinbrecher wäre unser Hauptverdächtiger.«

Charlotte nickte bedächtig mit dem Kopf. »Ich will wissen, wer hier lügt und warum. Sie waren zwar so clever, sich gegenseitig ein Alibi zu verschaffen, nämlich, sie hätten gemeinsam ›ferngesehen‹, aber nicht clever genug, um sich auch über den Film einig zu sein. Wieso der Aufstand? Was versuchen die zu verbergen?«

Maren zuckte mit den Schultern. »Wahrscheinlich denkt sich Kleiber, wenn die Krämer ihrem Mann ein Alibi geben kann, dann kann ich meinem Sohn auch eins geben.«

»Genau«, sagte Charlotte, »aber so leicht werden wir's ihnen nicht machen. Ich möchte Wetten darauf abschließen, dass der alte Kleiber keine Ahnung hat, was sein Sohn in dieser Nacht getrieben hat, weil er nämlich viel zu betrunken war, um noch die halbe Nacht vor der Glotze zu hängen. Wir hätten da viel eher nachhaken müssen.« Charlotte biss sich schuldbewusst auf die Lippen

»Und wie bist du da jetzt drauf gekommen?«

»Indem ich mich nicht auf das Wort anderer verlassen habe, sondern mir die Befragungsprotokolle noch mal genau angesehen habe.«

Maren schwieg betroffen.

»Keine Sorge«, sagte Charlotte und klopfte ihr auf die Schulter, »der Fehler lag nicht bei dir oder deinen Kollegen.«

Maren atmete erleichtert auf. »Und was ist nun mit Steinbrecher?«

»Er ist noch nicht aus dem Rennen, aber wir haben keinen Beweis. Noch nicht.«

»Wieso ist das bloß so schwierig, jemanden zu überführen?«, sagte Maren. »Man könnte fast glauben, dass es ihn gibt, den perfekten Mord.«

Charlotte schüttelte den Kopf. »Den gibt's nicht. Wenn ein Mörder wirklich mal ungeschoren davonkommt, dann hat er einfach Glück gehabt. Und Glück kann man nicht planen. Hat also nichts mit Perfektionismus zu tun.«

Charlotte sprach vehement, so als müsse sie sich selbst von dem überzeugen, was sie da sagte.

»Also, wir werden weiter nach dem Fehler suchen, den jeder Mörder macht. Und wenn wir Glück haben, finden wir ihn. Bleib hier und pass auf Kleiber auf. Irgendwann wird die Wirkung des Alkohols nachlassen. Wenn du merkst, dass er nervös wird, lass ihn ein bisschen zappeln, und dann gehst du rein. Sag aber nichts, bis ich wieder da bin. Ich werde die Zeit nutzen und ein bisschen mit meinem Chef plaudern.«

Maren nickte. »Glaubst du wirklich, die Kleibers haben was mit Krämers Tod zu tun?«, fragte sie.

Charlotte blickte sie versonnen an. »Ich weiß es nicht.«

Es dauerte eine Viertelstunde, bis Charlotte zurückkam

»Wie hat er sich verhalten?«, fragte sie und beobachtete Kleiber durch die Sichtscheibe.

»Dagesessen und vor sich hingestarrt«, sagte Maren. »Was machen wir jetzt mit ihm?«

Charlotte zuckte mit den Schultern. »Wenn er bei seiner Aussage bleibt, lassen wir ihn gehen. Aber vielleicht wird der Alte ja schwach. Sieht mir nicht sehr widerstandsfähig aus. Wir sollten ihn noch mal bearbeiten, bevor Ostermann uns mit seiner Anwesenheit beglückt.«

Sie nickten dem Beamten zu, der an der Tür stand, und betraten den Raum.

Kleiber hatte Schweißperlen auf der Stirn und atmete schwer.

Na also, dachte Charlotte, das wird doch.

»Na, Herr Kleiber, bleiben Sie immer noch bei Ihrer Aussage?«

Kleibers Adamsapfel schnellte nach oben.

»Kann ich was zu trinken haben?«, fragte er heiser.

»Natürlich«, sagte Charlotte und sah Maren an. »Besorgst du bitte eine Flasche Wasser?«

Maren nickte und verließ den Raum.

Charlotte blickte ihr Opfer an. Kleiber hatte schon eine Menge an Gelassenheit eingebüßt.

»Herr Kleiber«, sagte sie sanft, »warum helfen Sie uns nicht, diese schreckliche Geschichte endlich zu beenden?«

Kleiber fuhr mit dem Ärmel über seine Stirn. Maren betrat den Raum und gab ihm ein Glas Wasser, das er in seine zitternden Hände nahm und gierig hinunterstürzte.

Dann sah er Charlotte aus müden, leeren Augen an.

»Wenn Ihr Sohn was mit Krämers Tod zu tun hat, finde ich das heraus. Ich werde nicht ruhen, bis ich diese Morde aufgeklärt habe. Den an Krämer und den an Ihrer Tochter. Das verspreche ich Ihnen«, sagte Charlotte.

Kleiber rang die Hände und schwieg.

»Na gut«, sagte Charlotte, »Sie sagen, Sie haben ferngesehen. Erzählen Sie doch mal. Wie ist der Film ausgegangen?«

Ihr Gegenüber guckte verdutzt. So eine Frage hatte er nicht erwartet.

»Aber ... das hab ich Ihrem Kollegen alles genau erzählt!«

»Dann erzählen Sie's eben jetzt mir ... und bitte genau. Ist ja noch nicht so lange her, und wenn Sie so genau wissen, dass Ihr Sohn die ganze Zeit da war, werden Sie ja wohl auch wissen, was in dem Film alles passiert.«

»Das ist ja lächerlich«, schnaubte Kleiber, wurde aber zusehends nervöser.

Charlotte wartete.

Kleiber griff nach der Wasserflasche, um noch mal sein Glas zu füllen, aber seine Hände zitterten so, dass Charlotte ihm die Flasche aus der Hand nahm und eingoss.

Kleiber trank und schwieg. Dann fing er an, sich mit dem Oberkörper vor und zurück zu wiegen, und schien einen Entschluss gefasst zu haben.

»Na gut«, sagte er leise, »ich war's. Ich hab dieses Schwein umgebracht. Und jetzt lassen Sie mich in Ruhe.«

Charlotte und Maren starrten sich an. Diese Wendung hatten beide nicht erwartet. Aber Charlotte fing sich schnell.

»Erzählen Sie mir, was passiert ist«, sagte sie ruhig.

Kleiber schluckte. »Also … ich kann mich eigentlich an nichts genau erinnern …« Dann kippte er langsam vornüber und wäre beinahe vom Stuhl gefallen, wenn Maren ihn nicht aufgefangen hätte.

Charlotte sprang auf. Verdammt, dachte sie, jetzt kollabiert der hier noch. Sie riss die Tür auf und rief dem Beamten draußen zu, sofort den Notarzt zu rufen. Natürlich kam Ostermann in diesem Moment um die Ecke.

»Was ist hier los?«, wollte er wissen.

»Keine Ahnung«, sagte Charlotte, »los, und holen Sie ein Brötchen aus der Kantine, schnell«, kommandierte sie, und ein zweiter Beamter spurtete los.

In der Zwischenzeit hatte Maren Kleiber auf den Boden gelegt. Seine Gesichtsfarbe war grau, und kalter Schweiß stand ihm auf der Stirn.

»Wann haben Sie das letzte Mal was gegessen?«, herrschte Charlotte ihn an.

Glücklicherweise kam in diesem Moment der Uniformierte mit einem Käsebrötchen – wahrscheinlich seinem eigenen Proviant – herein.

Maren nahm das Brötchen und hielt es Kleiber hin, aber der wandte angeekelt den Kopf ab.

»Der braucht 'n Schnaps«, murmelte der Polizist.

»Na dann«, sagte Ostermann, der bisher schweigend in der Tür gestanden hatte, »besorgen Sie einen!« Er sah den Polizisten ungeduldig an.

Der hob in komischer Verzweiflung die Schultern.

»Ja, wo …?«

»Nun machen Sie schon, mein Gott!«, blaffte Ostermann, und der Polizist setzte sich in Bewegung.

Eine halbe Stunde und vier Kümmerlinge später ging es Kleiber besser. Nur essen wollte er nichts. Der Notarzt gab ihm eine Spritze zur Kreislaufstabilisierung und wollte ihn partout in ein Krankenhaus überweisen, was der Patient kategorisch ablehnte.

Als die Versammlung sich langsam auflöste und Charlotte Kleiber abführen ließ, nahm er ihren Arm und sah sie bittend an.

»Mein Sohn, Sie müssen was für ihn tun. Jemand muss was für ihn tun. Ich hab's nicht geschafft.«

Charlotte sah dem gebrochenen Mann, der mit dem Polizisten davonging, verblüfft nach.

Steffen Kleiber hatte sie ganz vergessen. Der saß immer noch mit seinem Anwalt im Vernehmungsraum. Na, den brauchte sein Vater jetzt nötiger als er.

Als Charlotte Herrn Jacobi, den Anwalt, und Kleiber junior über die Entwicklung aufklärte, rastete Steffen Kleiber völlig aus.

»So'n Schwachsinn!«, brüllte er. »Mein Vater killt keinen! Kriegt er gar nicht mehr hin! Ihr seid ja hier alle total durchgeknallt!«

Der Anwalt hatte alle Mühe, seinen Mandanten zu beruhigen.

Man legte Steffen Kleiber sein Vernehmungsprotokoll vor, das er unterschrieb, dann wurde er mit der Aussicht auf eine Klage wegen Körperverletzung nach Hause geschickt. Während der Anwalt sich zu seinem nächsten Mandanten begab – er machte heute ein gutes Geschäft –, beschloss Charlotte, sich ausnahmsweise in der Kantine zu verköstigen. Heute Nachmittag würde sie dann die Vernehmung von Elmar Kleiber fortsetzen, aber vorher brauchte sie Zeit zum Nachdenken.

Ursula Hollinger saß in Sabine Krämers Wohnzimmer und trommelte ungeduldig mit den Fingernägeln an ihr Wasserglas. Wie konnte man bloß so verstockt sein! Kaspar und sie hatten Sabine und Oliver nach Hause begleitet, während Sylvia und Rainer Müller-Herbst sich mit der Trauergemeinde zum obligatorischen Kaffeetrinken nach der Beerdigung begaben.

Kaspar war nach Hause gegangen. Er haderte mit sich, weil er sich nicht an der Jagd auf Kleiber beteiligt hatte. Ursula wusste, dass ihr Mann eine Weile allein sein musste, um mit sich ins Reine zu kommen.

Sabine und Oliver hatten sich umgezogen. Oliver hatte sich so weit erholt, dass er mit einem Kühlkissen auf der Wange in seinem Zimmer im Bett saß.

Sabine saß im Bademantel auf der Couch und starrte aus dem Fenster. Der Regen hatte nachgelassen, aber die Hibiskusbüsche vor dem Fenster trieften noch vor Nässe. Was für ein deprimierender Tag, dachte Ursula, perfekt für eine Beerdigung.

Ursula fand, dass ihre Freundin Kleibers Angriff auf Oliver bemerkenswert gut weggesteckt hatte. Sie selbst hatte wie unter Schock gestanden, ebenso wie die anderen Anwesenden. Erst als Kleiber abgeführt war, war Bewegung in die Trauergemeinde gekommen. Sätze wie »Mein Gott, wie konnte er nur« oder »Was können denn die armen Hinterbliebenen dafür?« wurden laut.

Ursula brauchte sich nicht zu fragen, wofür das »Dafür« stand. Anscheinend waren alle davon überzeugt, dass Michael damals Marina Kleiber umgebracht hatte. Außerdem wurde gemunkelt, dass da noch andere Dinge vorgefallen seien. Man hatte was von Vergewaltigung von Minderjährigen gehört. Wobei Ursula sich eingestehen musste, dass sie an diese Gerüchte nicht so recht glauben konnte. Dann hätte sie Michael ja völlig falsch eingeschätzt. Niemals hätte sie pädophile Neigungen bei ihm vermutet. Und dass er Marina umgebracht haben sollte ... das passte nicht zu dem Bild, das sie von ihm hatte. Zwar hatte er zu Gewalttätigkeiten geneigt, sie aber ganz bewusst eingesetzt, um die Menschen zu demütigen, nicht weil er sich nicht unter Kontrolle gehabt hätte.

Aber wer war sie denn, dass sie glaubte, die Menschen zu kennen? Wer traute seinem Nachbarn oder Bekannten schon einen Mord oder Missbrauch zu?

Ursula seufzte und beobachtete unauffällig ihre Freundin, die immer noch schweigend vor sich hinstarrte und mit dem Gürtel ihres Bademantels spielte. Was für ein Schock musste es sein, wenn der Mann und Vater des eigenen Kindes verdächtigt wurde, ein Mörder und Vergewaltiger zu sein, und wie sollte sie ihnen helfen, das durchzustehen?

»Sabine«, sie unternahm einen letzten Versuch, »wenn du mir nicht sagen willst, was dir Sorgen macht, kann ich dir nicht helfen. Dann musst du da alleine durch. Willst du das?«

Sabine Krämer beugte sich vor und legte ihre Hand auf Ursulas Knie.

»Es ist nicht eine Frage des Wollens. Ich muss. Du kannst mir nicht helfen. Niemand kann das«, sagte sie leise.

»Und wie, denkst du, soll dein Sohn damit umgehen, wenn du jetzt auch noch schlappmachst?«

»Ich weiß es nicht.«

Ursula schüttelte ungläubig den Kopf. Dann stellte sie ihr Glas ab und stand auf.

»Ich gehe jetzt. Wenn du mich brauchst, bin ich da, das weißt du. Aber ich kann nicht hier sitzen und dir beim Leiden zusehen.«

Sabine nickte nur.

»Ja, ich bin dir dankbar, aber du kannst nichts für mich tun.«

Ursula nahm ihre Freundin in den Arm und ging.

Als sie ihr Heim betrat, stand Kaspar mit blassem Gesicht in der Diele am Telefon.

»Was ist los?«, fragte Ursula besorgt.

»Eben hat Kerstin angerufen. Sie bleibt heute Nacht bei ihrer Freundin, hat sie gesagt.«

»Bei Nina?«

Hollinger schüttelte den Kopf. »Das hat sie nicht gesagt.«

Ursula ließ ihre Tasche fallen, griff sich den Hörer und ging damit in die Küche. Kaspar folgte ihr. Sie öffnete die Kühlschranktür und nahm einen Schluck Wasser direkt aus der Flasche. Kaspar riss verwundert die Augen auf. Normalerweise hasste es seine Frau, wenn man direkt aus der Flasche trank. Das war ein ständiger Streitpunkt mit ihrer Tochter und manchmal auch mit ihrem Ehemann. Dann, wenn er unaufmerksam war und sie ihn dabei erwischte.

Sie legte den Hörer auf und sah ihren Mann besorgt an.

»Ich sag's nur, wenn du versprichst, nicht auszuflippen.«

Kaspar schnappte nach Luft. Wie sollte das denn gehen?

»Sie ist bei diesem Kerl!«, schnaubte er.

Ursula nickte. »Ja, aber sie hat mir versprochen, heute Abend nach Hause zu kommen, wenn du keinen Aufstand machst.«

Kaspar wurde rot im Gesicht. »Ja, hat sie denn ihr Gehirn komplett abgeschaltet? Kapiert sie denn nicht, was der Kerl mit ihr macht?«

»Beruhige dich und lass mich das erledigen, versprichst du's?«

»Macht doch, was ihr wollt!«, schrie Hollinger und griff nach seiner Jacke. »Wenn einer nach mir fragt, ich bin im Kommissariat!«

Ursula atmete erleichtert aus und rief erneut ihre Tochter an.

»Dein Vater ist zur Arbeit gegangen. Und wenn du nicht bis zehn Uhr heute Abend hier auftauchst, werde ich deinen Liebsten wegen Verführung Minderjähriger verklagen. Hast du mich verstanden?«

Sie hörte noch, wie ihre Tochter ins Handy kreischte, legte aber auf.

Was war nur in dieses Kind gefahren? War sie selbst als Teenager genauso gewesen? Sie konnte sich nicht erinnern, nahm sich aber vor, ihre Mutter beim nächsten Besuch danach zu fragen. Erschöpft, wie sie war, ging sie ins Wohnzimmer und ließ sich aufs Sofa fallen. Nach wenigen Minuten war sie eingenickt.

Es war später Nachmittag, als Charlotte und Ostermann mit Henning Werst und Maren Vogt den Vernehmungsraum betraten, in dem der alte Kleiber mit seinem Anwalt wartete. Henning hielt den Kopf gesenkt. Er hatte den milden Hinweis seiner Teamleiterin mannhaft hingenommen, konnte aber einfach nicht begreifen, wieso ihm diese Ungereimtheit nicht aufgefallen war.

Aber so was konnte man auch schon mal verwechseln! Wieso drehte der Kerl auch Filme, deren Titel sich so ähnelten? ›Todesmelodie‹ und ›Spiel mir das Lied vom Tod‹! Klar, dass so ein Suffkopp wie der alte Kleiber das durcheinanderwerfen würde.

Aber Charlotte Wiegand hatte es nicht durcheinandergeworfen. Dabei waren es Western – sogar Italo-Western. Welche Frau kannte sich damit schon aus?

Henning Werst atmete schwer aus. Wahrscheinlich war das der Grund, warum Charlotte Wiegand seine Vorgesetzte war und nicht umgekehrt.

Kleiber wirkte entspannt. Er war mit zwei Streifenbeamten in die Medizinische Hochschule gebracht worden, wo man ihn untersucht und mit Medikamenten versorgt hatte.

Charlotte ließ sich Zeit, warf noch einen Blick in eine der Akten, die sie auf den Tisch gelegt hatte, und nannte die Namen der Anwesenden, den Grund der Befragung und das Datum.

Dann wandte sie sich freundlich an Kleiber. »Wie fühlen Sie sich, Herr Kleiber?«

»So weit in Ordnung«, sagte der und nickte.

»Dann erzählen sie bitte genau, was sich in der Nacht vom 13. auf den 14. August zugetragen hat.«

Kleiber warf seinem Anwalt einen Blick zu.

»Was soll ich da groß erzählen? Ich war betrunken. Irgendwann bin ich im Park aufgewacht, und da hab ich gesehen, wie dieser Kerl, der meine Tochter umgebracht hat, am See langspaziert ist, und da hab ich gedacht, es ist Zeit, dass er bezahlt.«

Charlotte nickte. »Wie ging's weiter?«

Kleiber zuckte mit den Schultern. »Wie schon, ich hab ihn zusammengeschlagen.«

»Und dann?«

»Dann hab ich ihn liegen lassen und bin nach Hause zu meinem Sohn. Konnte ja nicht wissen, dass der Kerl ins Wasser fällt und ersäuft.«

Charlotte lehnte sich zurück. »Dann wollten Sie ihn also gar nicht umbringen. Wollten ihm nur eine Abreibung verpassen?«

»Genau.«

In diesem Moment schien es Ostermann langweilig zu werden. Er stand auf und verließ den Raum.

Charlotte räusperte sich. »Laut Zeugenaussage Ihres Nachbarn hat der Wirt Sie gegen Mitternacht schlafend im Zelt gefunden, Sie wach gerüttelt und nach Hause geschickt.«

Kleiber nickte heftig. »Das stimmt, aber ich bin nicht gegangen, ich hab mir ein paar von den Stühlen vom Restaurant ausgeliehen und mich da schlafen gelegt. Da war ja schon geschlossen.«

»Und dann ist Ihnen kalt geworden, Sie sind aufgewacht und haben Krämer am See entlanggehen sehen?«, fasste Charlotte zusammen.

»Genau.«

»War sonst noch jemand am See?«

Kleiber schüttelte den Kopf. »Ich hab keinen gesehen.«

Charlotte schürzte die Lippen. »Hat Krämer sich denn gar nicht gewehrt?«

Kleiber stutzte. »Nee, ich hab ihn von hinten überrascht und mit einem Stein niedergeschlagen.«

»Aha«, sagte Charlotte. Herr Jacobi blickte die ganze Zeit schweigend von einem zum anderen.

»Und nachdem Sie Krämer niedergeschlagen hatten, sind Sie direkt nach Haus gegangen?«

»Ja, zu meinem Sohn, der lag vorm Fernseher und schlief, als ich kam.«

»Wann sind Sie nach Haus gekommen?«

»Weiß ich nicht mehr.«

»Haben Sie noch etwas hinzuzufügen?«, fragte Charlotte.

»Nee, es war genau so, wie ich gesagt habe.«

»Okay.« Charlotte erhob sich, gab Henning Werst und Maren ein Zeichen, ihr zu folgen. »Wir sind gleich wieder da«, sagte sie, bevor sie den Raum verließen und Kleiber in der Obhut seines schweigsamen Anwalts zurückließen.

Als die drei auf dem Flur standen, stieß Henning Werst einen erleichterten Seufzer aus. »Da wären wir also wieder am Anfang. Was sollen wir jetzt machen? Den Sohn festnehmen?«

Charlotte schüttelte den Kopf. »Weil er nicht beweisen kann, dass er vor der Glotze gesessen hat? Wir können auch nicht beweisen, dass er zur fraglichen Zeit am Tatort war.« Sie steckte die Hände in ihre Jackentasche. »Den alten Kleiber müssen wir auf jeden Fall freilassen. Der will nur seinen Sohn schützen. Fragt sich nur, ob der Bengel nun tatsächlich zu Haus war oder nicht.«

Sie gingen wieder in den Vernehmungsraum, wo Kleiber und sein Anwalt immer noch gemeinsam schwiegen. Charlotte fragte sich, wie dieser Mann sein Geld als Jurist verdiente.

»Herr Kleiber, Sie können gehen«, sagte sie nur und griff nach den Akten.

Kleiber sperrte den Mund auf. »Wieso? Bin ich nicht festgenommen?«

»Nein«, sagte Charlotte und warf Kleiber einen vorwurfsvollen Blick zu.

»Und lassen Sie sich von Ihrem Anwalt darüber aufklären, welche Folgen eine Falschaussage vor Gericht haben kann.« Sollte doch mit dem Teufel zugehen, wenn dieser Anwalt nicht noch ein bisschen was zu tun kriegte.

Kleibers Blick schnellte von Charlotte zu Jacobi. »Wieso denn Falschaussage? Ich war das, ich bin nicht nach Hause gegangen, konnte ich gar nicht. Ich hab da auf den Stühlen geschlafen. Da hat mich bestimmt irgendwer gesehen, bevor …«

»Bevor … was?«, fragte Charlotte.

Kleiber wand sich. »Na gut, ich hab diesen Mistkerl nicht umgebracht, ich wünschte, ich hätt's getan, aber als ich nach Hause kam, war Steffen da und schlief friedlich. Und aufm Tisch lag noch 'ne halbe Pizza. Ich schwör's Ihnen, ich lüge nicht.«

Charlotte sah Kleiber aufmerksam an. »Wenn Sie wirklich um diese Zeit noch am See waren, ist Ihnen denn da nichts aufgefallen?«

Kleiber schielte verzweifelt nach seinem Anwalt, der ihn aber ebenfalls nur neugierig ansah.

»Na gut … ich hab gesehen, dass da wer lag. Aber ich bin abgehauen. Konnte doch nicht wissen, dass der tot war. Und dann kam raus, dass das der Krämer war und dass der da ermordet worden ist, und da hab ich erst recht nichts gesagt. Erstens weil's ihm recht geschieht, und zweitens hätten Sie mich womöglich noch drangekriegt. Also hab ich den Mund gehalten, aber dann kommen Sie und beschuldigen meinen Sohn …«

»… und da haben Sie gedacht, besser gehen Sie in den Knast als Ihr Sprössling.«

Kleiber nickte und sah zu Boden.

»Mein Sohn war's nicht. Der war zu Hause, auch wenn wir's nicht beweisen können. Der liegt doch immer nachts vor der Glotze. Geht überhaupt nicht mehr ins Bett, seit seine Mutter …«

»Wir werden sehen«, sagte Charlotte, nickte den beiden zu und ging.

ZEHN

Hollinger war denkbar schlechter Laune, als er am Dienstagmorgen kurz vor Mittag das Revier betrat. Jörg Sander saß gedankenverloren am Computer und schlürfte Kaffee.

»Gibt's was Neues?«, brummte Hollinger und warf seine Jacke auf einen Stuhl.

»Keine Ahnung«, sagte Sander achselzuckend und gab damit wahrscheinlich einen Dauerzustand in seinem Kopf preis. Jedenfalls nahm Hollinger das an.

Aber er war schlecht gelaunt und ungerecht. Als er gestern Nacht nach Hause gekommen war, hatte Ursula noch wach gelegen. Kerstin war nach Hause gekommen und schlief bereits, aber Ursula hatte sich offensichtlich mit ihrer Tochter gezofft. Das beruhigte Hollinger, denn in den Augen seiner Tochter war normalerweise der Vater die Spaßbremse, wie sie sich ausdrückte.

Kerstin hatte sich wohl jegliche Einmischung in ihr Leben verbeten, woraufhin Ursula ihr zu verstehen gegeben hatte, dass sie ja dann auch das monatliche Taschengeld der Eltern sicherlich ablehnen würde, was Kerstin als Erpressungsversuch bezeichnete, worin ihre Mutter ihr recht gab.

Der Abend endete, wie neunzig Prozent der Abende endeten, seit ihre Tochter das vierzehnte Lebensjahr vollendet hatte, nämlich damit, dass Kerstin in ihr Zimmer stürmte und nicht mehr ansprechbar war. Wenigstens hatte Ursula endlich den Namen dieses Knaben, den sie ihrem Mann allerdings aus Sicherheitsgründen anfangs nicht verraten wollte. Erst als der versprach, Charlotte zu bitten, ihre Verbindungen spielen zu lassen, wurde sie mitteilsamer.

Charlotte saß in ihrem Büro in der KFI 1, den Kopf in die Hände gestützt. Vor ihr auf dem Tisch lag das Beutelchen mit dem Schlüssel. Sie starrte auf den leeren Platz ihr gegenüber und seufzte. Rüdiger ließ sich auch nicht mehr blicken. Sie hatte versucht, ihn über Handy zu erreichen, aber er hatte es mal wieder abgeschaltet. Wenn er in dieser Stimmung war, konnte man nicht viel mit ihm anfangen und ließ ihn am besten in Ruhe, dachte Charlotte. Dabei sehnte sie sich nach ihm. Sie wollte sich trösten lassen, doch brauchte er wahrscheinlich genauso viel Trost wie sie. Soviel sie wusste, kamen er und sein Team bei dem Raubmord genauso wenig voran wie sie bei ihrem Fall.

Charlotte hatte den Nachmittag damit verbracht, die Vernehmungsprotokolle noch mal durchzusehen, und keine neuen Erkenntnisse gewonnen. Es war zum Heulen. Sie hatten möglicherweise den Mörder von Marina Kleiber ermittelt, aber sie hatten immer noch keine Ahnung, wer der Mörder ihres Mörders war. Sie waren immer noch mit der Befragung der Festbesucher beschäftigt, ohne auch nur irgendwas herausgefunden zu haben. Wenn das so weiterging, mussten sie irgendwann die Akte schließen, weil es keine Spur mehr zu verfolgen gab. Steffen Kleiber war nach wie vor verdächtig – und Steinbrecher, aber was hatten sie in der Hand? Rein gar nichts. Sie hatten das Haus von Steinbrecher und das der Kleibers durchsucht, ohne zu einem Ergebnis zu kommen. Sie standen mit leeren Händen da, und Ostermann hatte ihr sein Missfallen darüber unmissverständlich zu verstehen gegeben.

Charlotte lehnte sich zurück, nahm den Schlüssel aus dem Beutel und betrachtete ihn. Er war so klein, wirkte so unschuldig. Was hast du zu erzählen?, fragte sie stumm. Und wo, zum Kuckuck, war das passende Schloss? Sie fühlte, dass dieser Schlüssel die Lösung des Rätsels barg.

»Das sind Schwingungen«, würde ihre Schwester Andrea jetzt sagen. Sie war Heilpraktikerin und diagnostizierte mithilfe eines Pendels. Charlotte belächelte das, musste aber zugeben, dass ihre Schwester durchaus erfolgreich damit war. »Dein Körper weiß Dinge, von denen dein Gehirn keine Ahnung hat«, würde Andrea sagen. Sie hatte steif und fest behauptet, einen Schlüssel mithilfe ihres Pendels wiedergefunden zu haben. Behauptete, ihn mechanisch in eine Schublade gelegt zu haben. Ihr Gehirn konnte sich nicht erinnern, dafür aber ihre Muskeln.

Vielleicht sollte sie ihre Schwester konsultieren, ihr den Schlüssel hinhalten und ihr sämtliche Verdächtigen vor die Nase setzen. Die könnte dann mithilfe kinesiologischer Fragestellung den Mörder entlarven. Hat Steffen Kleiber Michael Krämer umgebracht? Und wenn das Pendel dann vertikal ausschlug, hieß das: ja, und wenn es in die Horizontale ging: nein. Oder umgekehrt.

»Warum lachst du?«, fragte Bergheim, der ins Büro getreten war und einen großen Karton auf seinen Schreibtisch stellte.

Charlotte fuhr zusammen. »Ach, hab nur gerade an was Lustiges gedacht.«

»Tatsächlich«, sagte Bergheim. »Hätte nicht vermutet, dass es noch was zu lachen gibt.«

Charlotte stand auf. »Gibt's ja auch eigentlich nicht, aber irgendwie muss man sich doch über Wasser halten, sonst geht man unter.«

Sie ging um den Tisch herum und schlang ihre Arme um ihn. Einen Moment standen beide schweigend da, eng umschlungen.

»Gibt's was Neues bei dir?«, fragte er dann und setzte sich.

»Nein, bei dir?« Charlotte setzte sich auf seinen Schreibtisch.

Er schüttelte nur den Kopf und fuhr sich mit den Fingern über die Augen.

»Wir sollten den Beruf wechseln«, sagte Charlotte.

Bergheim nickte. »Sehen wir uns heute Abend?«

»Ja, komm zu mir, wir gucken ein schönes englisches Feel-Good-Movie.«

»Das wär toll«, sagte er und lächelte schwach. »Ich weiß nur nicht, wann ich's schaffe.«

»Egal, ich warte auf dich«, sagte sie und küsste ihn auf die Stirn.

Als sie wenig später im Auto saß und sich durch den Feierabendverkehr wühlte, hatte sie das Gefühl, etwas gesehen zu haben, das das Puzzle zusammensetzen würde. Aber sie hatte keine Ahnung, was es war.

In ihrer Wohnung angekommen, ging sie zuerst in die Küche, nahm sich eine Stange von dem Staudensellerie, den sie unterwegs besorgt hatte, holte ein Glas Erdnusscreme aus dem Schrank und nahm beides mit ins Wohnzimmer, wo sie sich aufs Sofa setzte, die Selleriestange in die Erdnusscreme tunkte und es sich schmecken ließ. Dann holte sie sich den Rest vom Staudensellerie und eine Flasche Pinot Grigio. Als die Flasche zur Hälfte geleert war, schlief sie ein.

ELF

Henning Wersts Stimme klang triumphierend, als er Charlotte am nächsten Morgen anklingelte. Es war bereits halb neun, und sie war gerade auf dem Weg zum Auto. »Wir haben einen Zeugen.«

»Wofür?«, fragte Charlotte, als sie ihren Peugeot bestieg.

»Er hat Sabine Krämer in der Nacht des Jubiläumsfestes an der Kirchröder Straße gesehen. Er hatte sich noch gewundert, weil sie völlig geistesabwesend war. Hätte ihn beinahe angerempelt. Er hat noch hinter ihr hergerufen, ob alles in Ordnung wäre. Sie hätte aber nicht reagiert. Da wäre er dann weitergegangen.«

»Wieso meldet er sich erst jetzt?«, fragte Charlotte.

»Weil er eigentlich in München wohnt. Seine Mutter lebt hier im Haus Stephansstift und hatte einen Schlaganfall. Deshalb musste er rüberkommen.«

»Wie heißt er? Wo wohnt er?«

»Er heißt Friedhelm Lottmann und wohnt im Queens Hotel. Ich hab ihn gebeten, dort auf uns zu warten.«

»Gut«, sagte Charlotte, »wir treffen uns da in zehn Minuten.«

Das Queens Hotel lag in dem an Kleefeld angrenzenden Stadtteil Kirchrode an der Tiergartenstraße – der Verlängerung der Kirchröder Straße – in direkter Nachbarschaft zum Tiergarten. Als Charlotte eine halbe Stunde später das großzügige, in Blau-Weiß gehaltene Foyer betrat, sah sie Henning mit einem dunkelhaarigen, schmalgesichtigen Mann in einer Ecke sitzen.

Sie ging zu ihnen, und Henning stellte sie vor.

»Herr Lottmann, ich möchte Sie bitten, mir noch einmal genau zu erzählen, was Sie meinem Kollegen gesagt haben«, sagte Charlotte, als sie sich auf einen der blau-weiß bezogenen Sessel setzte.

»Meine Güte«, quengelte Lottmann, »warum muss man denn immer alles wiederholen? Reicht das denn nicht, wenn Ihr Kollege Bescheid weiß?«

Charlotte lächelte und ignorierte die Frage.

»Also«, seufzte Lottmann, »als ich am Samstag vor einer Woche vom Jubiläumsfest gekommen bin, ist mir diese Frau aus der Zeitung da über den Weg gelaufen.« Dabei zeigte er auf eine Ausgabe der Hannoverschen Allgemeinen, die eine Abbildung von Sabine Krämer kurz vor der Trauerfeier zeigte.

»Wann war das genau, und in welche Richtung ist die Frau gegangen?«

Lottmann holte tief Luft. »Also, das war auf der Ecke Scharnikaustraße/Kirchröder Straße, weiß ich noch genau, weil ich da nämlich gerade abgebogen war. Mein Freund wohnt da, und bei ihm übernachte ich meistens, wenn ich mal in Hannover bin und meine Mutter besuche. Die wohnt im Stephansstift. Na ja, jedenfalls hat die Frau überhaupt keine Notiz von mir genommen, hätte mich beinahe umgerannt. Ich hab noch hinter ihr hergerufen, ob alles in Ordnung ist, aber die hat gar nicht geantwortet. Da bin ich dann weitergegangen. Wann genau das war, weiß ich nicht, muss aber um zwei rum gewesen sein, weil ich gegen halb zwei vom Fest weggegangen bin.«

»Haben Sie gesehen, in welche Richtung sie gegangen ist?«, fragte Charlotte.

»Nee, also daran kann ich mich nun nicht mehr erinnern. Aber wenn Sie mich so fragen, ich glaube, die ist an der Ecke stehen geblieben. Da bin ich mir jetzt aber nicht mehr ganz sicher.«

»Ist Ihnen sonst noch was an der Frau aufgefallen? War sie ungewöhnlich angezogen, oder hatte sie eine Tasche dabei?«

»Was Sie alles wissen wollen. Das weiß ich nicht mehr, hab ich auch wirklich nicht drauf geachtet.«

Charlotte musterte ihren Zeugen einen Moment. Er war blass und mürrisch. Und sie fragte sich, ob dieser Mensch sich wirklich amüsieren konnte.

»Mit wem waren Sie auf dem Jubiläumsfest?«

Lottmann schaute Charlotte vorwurfsvoll an, ließ sich dann aber zu einer Antwort herab. »Ich weiß zwar nicht, was das mit meiner Aussage zu tun hat, aber mit meinem Kumpel aus der Scharnikaustraße. Der ist aber mit seiner Eroberung abgehauen. Hat mir seinen Schlüssel gegeben.«

»Wieso schlafen Sie jetzt im Hotel und nicht bei Ihrem Freund?«, fragte Charlotte.

Lottmann war beleidigt. »Ist das jetzt auch schon 'n Verbrechen? Im Hotel zu schlafen?«

»Nein«, sagte Charlotte und kramte ihr charmantestes Lächeln hervor, »es interessiert mich einfach.«

»Weil mein Freund zurzeit in London ist, auf einem Kongress, der ist Arzt.«

»Ach«, Charlotte warf Henning, der sich aufmerksam Notizen machte, einen Blick zu, »wissen Sie, wann Ihr Freund zurückkommt?«

»Keine Ahnung«, sagte Lottmann und gähnte.

»Haben Sie seine Handynummer?«

Lottmann verdrehte die Augen. »Was wollen Sie denn damit?«

»Wir befragen alle Besucher des Jubiläumsfestes. Seit wann ist Ihr Freund weg?«

»Fragen Sie ihn doch selber.« Lottmann drückte auf seinem Handy herum und gab Henning die Nummer.

»Mit wem waren Sie auf dem Jubiläumsfest zusammen?«

Lottmann sprang auf. »Jetzt reicht's mir aber langsam, das geht Sie nun wirklich nichts an!«

»Nu, nu«, sagte Charlotte beschwichtigend, »ein Mann ist während oder kurz nach dem Fest ermordet worden. Da werden Sie doch einsehen, dass wir uns für die Besucher interessieren. Aber natürlich«, dabei sah sie Lottmann treuherzig an, »sind wir Ihnen für Ihre Mithilfe sehr dankbar.«

Lottmann ließ sich langsam wieder in seinen Sessel sinken.

»Na gut«, er räusperte sich, »lassen Sie mich mal überlegen. Meistens waren Werner und ich zusammen, hatten uns lange Zeit nicht gesehen und 'ne Menge zu erzählen.«

»Wo haben Sie sich aufgehalten? Im Zelt?«

»Nee, war doch so schön, wir haben die meiste Zeit am Bierstand gestanden. Im Zelt war's auch viel zu laut, da hat man ja sein eigenes Wort nicht verstanden. Irgendwann hat Werner dann Petra – das ist 'ne Kollegin von ihm – getroffen, und die beiden sind dann zu ihr. Er hat mir dann den Schlüssel gegeben, und ich bin allein zu seiner Wohnung.«

»Wissen Sie, wo diese Petra wohnt?«

»Nee, weiß ich nicht, und langsam hab ich keine Lust mehr, ich hab Ihnen gesagt, was ich weiß, und jetzt würde ich gerne was essen und mich hinlegen, hatte 'ne anstrengende Nacht. Hab acht Stunden auf der Autobahn gelegen und dann im Krankenhaus rumgesessen.«

»Ihre Mutter wohnt also im Stephansstift?«

»Ja, sagte ich schon, aber jetzt liegt sie im Krankenhaus. Schlaganfall. Und ich muss mich um sie kümmern. Also, wenn Sie nichts dagegen haben, gehe ich jetzt.«

Lottmann stand auf.

»Natürlich nicht«, sagte Charlotte und erhob sich ebenfalls. »Darf ich Sie bitten, in einer Stunde zum Zentralen Kriminaldienst in die Waterloostraße zu kommen, um die Frau zu identifizieren?«

»Aber das geht nicht«, protestierte Lottmann, »ich muss …«

»Ja, ja«, sagte Charlotte, »das können Sie alles hinterher machen. Es dauert nicht lange.« Damit reichte sie ihm die Karte mit der Adresse. Sie nickte Henning zu, und die beiden verabschiedeten sich. Lottmann blickte ihnen schweigend hinterher.

Oliver Krämer öffnete ihnen mit feuchten Augen und einer geschwollenen Wange, die in allen Farben leuchtete, und führte die beiden ins Wohnzimmer, wo Sabine Krämer im Bademantel auf dem Sofa saß und vor sich hinstarrte. Sie reagierte nicht auf die beiden Beamten.

Charlotte sah Oliver an. »Was hat sie genommen?«

Oliver zuckte die Achseln. »Ich weiß nicht«, sagte er.

Charlotte rüttelte Sabine an der Schulter. »Frau Krämer, wir müssen Sie bitten, mitzukommen.«

»Aber warum denn?«, fragte Oliver ängstlich und stellte sich schützend vor seine Mutter.

»Es tut mir leid, Herr Krämer, es muss sein.« Sie konnte ihm nicht sagen, dass seine Mutter unter dem Verdacht stand, seinen Vater umgebracht zu haben.

»Könnten Sie ein paar Sachen für sie zusammensuchen?«

Oliver schluckte, nickte aber dann und stieg mechanisch die Treppe zum Elternschlafzimmer hinauf.

Charlotte sprach Frau Krämer wiederholt an und bat sie, auf-

zustehen. Als sie nicht reagierte, bat sie Henning, einen Kranken-
wagen zu rufen.

»Lassen Sie«, sagte sie plötzlich tonlos. »Ich komme schon.«

Charlotte beobachtete, wie Sabine Krämer sich schwerfällig
erhob und ihrem Sohn folgte. Charlotte ging ihr nach. Es gab
Momente, da hasste sie ihren Beruf. Dies war so einer.

Sabine Krämer saß schweigend auf ihrem Stuhl im Vernehmungsraum. Charlotte hatte ihren Anwalt, Dr. Breitenbach, angerufen,
der auf dem Weg war.

Friedhelm Lottmann hatte sich zwar pünktlich, aber schlecht
gelaunt eingefunden und Sabine zweifelsfrei als die Frau erkannt,
die ihm in der besagten Nacht über den Weg gelaufen war.

Dr. Breitenbach und Charlotte begrüßten sich wie alte Bekannte. Der Anwalt war sichtlich mitgenommen.

»Ich kann nicht glauben, was hier passiert«, sagte er kopfschüttelnd, als Charlotte ihm die Tür zum Vernehmungsraum öffnete.

Kaum hatte er einen Blick auf Sabine Krämer geworfen, brach
sie in Tränen aus. Dr. Breitenbach nahm ihre Hand und tätschelte
sie beruhigend.

»Na, na, es wird schon werden«, sagte er und blickte Charlotte vorwurfsvoll an.

»Wissen Sie wirklich, was Sie da tun?«, fragte er.

Charlotte nickte nur.

»Vielleicht könnten Sie uns einen Moment alleine lassen, bis
Frau Krämer sich beruhigt hat. Sie sehen ja, dass sie im Moment
nicht reden kann.«

»Wenn Sie meinen, dass uns das weiterbringt«, sagte Charlotte
achselzuckend, gab Thorsten, der in der Ecke stand, ein Zeichen,
und sie verließen den Raum.

Charlotte begab sich in ihr Büro, um sich eine Viertelstunde
vor ihren Computer zu setzen und ihren Posteingang zu kontrollieren.

Als sie nach zwanzig Minuten Sabine Krämer und ihrem Anwalt gegenübersaß, hatte die nichts zu sagen.

»Frau Krämer«, Charlotte versuchte es auf die sanfte Tour,
»sagen Sie mir doch einfach, was Sie in der Nacht von Samstag auf

Sonntag – der Nacht, in der Ihr Mann umgebracht wurde – auf der Straße gemacht haben.«

Sabine zuckte mit den Schultern. »Ich bin einfach rumgelaufen, weil ich nachdenken musste. Das ist nicht verboten.«

Charlotte warf Dr. Breitenbach einen ärgerlichen Blick zu und registrierte missvergnügt, dass Sabine Krämers Pause mit dem Anwalt keine gute Idee gewesen war. Frau Krämer hatte an Selbstsicherheit gewonnen. Warum auch immer.

»Und das soll ich Ihnen glauben?«, fragte Charlotte.

»Glauben Sie, was Sie wollen. Ich möchte jetzt zu meinem Sohn. Er braucht mich.«

»Ja«, sagte Charlotte, »Ihr Sohn. Glauben Sie nicht, dass es für Ihren Sohn besser ist, wenn Sie reinen Tisch machen?«

Sabine Krämer blickte Charlotte wütend an.

»Was«, rief sie und sprang auf, »was, glauben Sie, soll ich zugeben? Dass ich seinen Vater ermordet habe? Und Sie glauben, dass das für ihn besser wäre? Besser als was, frage ich Sie?«

Dann ließ sie sich wieder auf ihren Stuhl plumpsen, als ob dieser Ausbruch sie aller Kräfte beraubt hätte. Dr. Breitenbach legte väterlich seine Hand auf ihre und sah Charlotte an.

»Sie wissen, dass Sie Frau Krämer hier nicht festhalten können.«

Ja, leider wusste Charlotte das nur zu genau. Sie war sich aber auch sicher, dass Sabine Krämer mehr wusste, als sie sagte. Irgendwas ging in ihr vor, und sie wollte auf keinen Fall darüber reden. Und dieser Anwalt gab ihr die nötige Rückendeckung. Wenn sie die Verdächtigen doch nur einmal ohne diese verdammten Rechtsverdreher in die Mangel nehmen könnte!

Charlotte ließ sich ihren Zorn nicht anmerken und lächelte zuerst Dr. Breitenbach, dann Sabine Krämer an.

»Frau Krämer, egal, was Sie mir verschweigen. Ich bringe es ans Licht, glauben Sie mir.« Sabine Krämer schluckte und blickte zu Boden.

Charlotte stand auf.

»Sie können gehen«, sagte sie und ließ die beiden sitzen.

Dr. Breitenbach rief ihr noch etwas nach, aber sie hörte einfach nicht mehr hin.

Nachdem sie Ostermann davon in Kenntnis gesetzt hatte, dass mittlerweile drei Verdächtige frei herumliefen, was dieser mit einem schweigenden Kopfschütteln zur Kenntnis genommen hatte, beschloss sie, den Nachmittag freizunehmen. Natürlich war ihr Treffen mit Rüdiger gestern Abend, wie so häufig, ins Wasser gefallen.

Das Wetter war herrlich. Die Sonne schien nicht zu warm, und ein leichter Wind wehte. Charlotte beschloss, am Annateich spazieren zu gehen. Vielleicht hatte sie ja eine Erleuchtung, wenn sie die Atmosphäre dort auf sich wirken ließ.

Sie scheuchte ihren alten Peugeot die Hans-Böckler-Allee entlang, überquerte am Pferdeturm den Messeschnellweg und bog dann rechts in die Kirchröder Straße ein. Von hier aus war es nicht mehr weit bis zum Hermann-Löns-Park, in dem auch der Annateich lag. Als sie wenig später auf dem Parkplatz vor dem Teich parkte, war es kurz nach zwei. Vielleicht sollte sie in dem Restaurant zu Mittag zu essen. Es lag idyllisch unter hohen Eichen und hatte einen gemütlichen Biergarten mit Blick auf den Teich.

Sie suchte sich einen sonnigen Platz und bestellte Schweinefilet mit mediterranem Gemüse und Tagliatelle. Sie überlegte, ob sie sich ein Glas Wein dazu gönnen sollte, bestellte dann aber doch lieber eine Apfelschorle. Von ihrem Platz aus konnte sie die Stelle sehen, wo Michael Krämer gestorben war. Sie müssen auf der Bank gesessen haben, dachte sie. Vielleicht haben sie noch was getrunken und über irgendwas gesprochen. Stand da schon fest, dass Krämer sterben würde? Das Fest war zu Ende, Zelt und Bierstand geschlossen, und der Teich lag still und einsam da. Dann war Krämer ohnmächtig geworden, der Mörder hatte ihm das Band um den Hals gelegt und ihn ins Wasser gestoßen. Vielleicht hatte Krämer sich noch gewehrt, und dann hatte der Mörder kurzerhand seinen Kopf unter Wasser gehalten und das Band um einen der Steine gewickelt. Er brauchte sich nicht mal groß anzustrengen. Das hätten sowohl Kleiber als auch Sabine Krämer geschafft. Und Steinbrecher erst recht.

Aber dann musste der Mörder gestört worden sein. Womöglich von Kleiber? Warum hätte er sonst das Band am Hals des Opfers lassen sollen? Und was hatte es mit dem Schlüssel auf sich? Krämer wollte verhindern, dass er dem Mörder in die Hände fiel. Aber warum hatte er ihn überhaupt dabei? Konnte es sein, dass ihm jemand auf dem Fest den Schlüssel gegeben hatte? Wer?

Als Charlotte gegessen hatte, ging sie zur Brücke, die den Teich an einer schmalen Stelle überspannte. Immer wieder musste sie Fahrradfahrern ausweichen. Viele Spaziergänger waren unterwegs und auffällig viele Rollstuhlfahrer mit vergipsten Beinen. Wahrscheinlich aus dem Annastift, dachte Charlotte. Sie blieb auf der Brücke stehen und sah sich um. Was für eine Idylle mitten in der Stadt. Eigentlich ein schöner Ort zum Sterben, wenn man denn bereit dafür war, sagte sie sich. Sie beschloss, noch eine Weile das sonnige Wetter zu genießen und den westlichen Teil des Teichs zu umwandern. Das konnte höchstens zwanzig Minuten dauern. Dann würde sie Hollinger im Kommissariat einen Besuch abstatten.

Ihr Kollege stand missmutig hinter dem Tresen, vor ihm eine ältere Dame, die den Diebstahl ihres Portemonnaies meldete.

»Sind Sie auch sicher, dass Sie es nicht verloren haben?«, fragte Hollinger, aber die alte Dame schlug mit ihrer knöchernen Hand auf den Tresen, der ihr fast bis zum Hals ging.

»Junger Mann, wenn ich meine Börse verloren hätte, wüsste ich es doch. Ich bin nicht dement, falls Sie das meinen. Irgendwer hat sie mir in der Eisdiele aus der Tasche genommen.«

»Aber Sie haben natürlich nicht gesehen, wer?«

»Natürlich nicht. Sonst würde ich's doch sagen!«

»Eben«, sagte Hollinger und hielt ihr ein Blatt Papier hin. »Hier bitte unterschreiben«, sagte er, was die Dame mit fester Hand tat.

Charlotte ging grüßend hinter den Tresen, setzte sich auf den Schreibtisch und ließ sich von der alten Frau misstrauisch mustern. Charlotte schätzte sie auf neunzig, nach den Runzeln in ihrem Gesicht zu urteilen. Aber sie war noch sehr gut zu Fuß, ging ohne Stock zur Tür und drehte sich noch mal um.

»Sie geben mir Bescheid!«, stellte sie fest und verschwand.

Charlotte grinste, und Hollinger ließ sich seufzend auf seinen Stuhl fallen.

»Ich hoffe, ihr habt Sabine Krämer wieder laufen lassen«, sagte er.

Charlotte nickte. »Wenn ich nur wüsste, was sie verschweigt.«

»Bestimmt nicht, wie sie ihren Mann umgebracht hat«, sagte Hollinger. »Das ist doch Wahnsinn.«

»Ja«, sagte Charlotte, »so denken alle. In ihrem Bekanntenkreis kann es unmöglich einen Mörder geben. Seine Bekannten kennt man schließlich, stimmt's?«

Hollinger schwieg.

»Wie geht's deiner Tochter?«, fragte sie dann, weil sie das Gefühl hatte, dass er was auf dem Herzen hatte.

»Sie kifft«, sagte er. »Aber wir wissen jetzt, wer ihr das Zeug verschafft. Ich musste meiner Frau versprechen, dass ich nichts unternehme.«

Charlotte nickte. »Ist deine Tochter jetzt zu Hause?«

Hollinger sah auf die Uhr und zuckte mit den Schultern. »Ich weiß es nicht.«

»Okay, dann finde ich das mal raus.«

Charlotte stand auf und machte sich auf den Weg, um Kerstin Hollinger auf den Zahn zu fühlen.

Knapp eine Stunde später ging Charlotte mit ihrer Schutzbefohlenen, die sich kichernd auf eine Spritztour mit der coolen Kommissarin eingelassen hatte, die Korridore der Wahrendorff'schen Anstalten entlang, einer psychiatrischen Einrichtung in Sehnde, einer Kleinstadt, etwa zwanzig Kilometer östlich von Hannover.

Kerstin schaute sich angewidert um und schien zu dem Schluss gekommen zu sein, dass es wohl doch keine so gute Idee gewesen war, mit dieser Wiegand hierherzukommen.

Charlotte klopfte an eine Tür und trat ein, ohne ein »Herein« abzuwarten. Sie betraten ein Einzelzimmer mit einem großen Fenster, vor dem ein Lehnstuhl stand. In dem Stuhl saß ein junges Mädchen mit dunklen langen Haaren. Sie war blass und hatte tief liegende dunkle Augen. Außerdem war sie extrem mager. Sie saß da und starrte aus dem Fenster.

»Nicole«, sagte Charlotte und strich dem Mädchen über den Kopf, »ich hab Besuch mitgebracht.«

Nicole reagierte nicht, und Kerstin, die an der Tür stehen geblieben war, fragte sich langsam, was sie hier sollte.

Charlotte winkte sie heran. »Das ist Nicole, gib ihr einfach die Hand.«

Kerstin zuckte mit den Schultern, nahm aber gehorsam die schlaffe Hand des Mädchens.

Kerstin sah Charlotte fragend an.

»Nicole ist zweiundzwanzig«, sagte Charlotte, »und hat seit zwei Jahren kein Wort gesprochen. Als sie so alt war wie du, war sie Sängerin in einer Schülerband. Mit zwanzig ist sie ins Koma gefallen und nach zwei Monaten wieder aufgewacht. Seitdem ist sie so, wie du sie jetzt siehst.«

»Was hatte sie denn?«, fragte Kerstin.

»Sie war heroinabhängig.«

Kerstin schien zu dämmern, warum sie hier war.

»Hat mein Vater Ihnen gesagt, Sie sollen mich hierherbringen?«

Charlotte schüttelte den Kopf. »Dein Vater weiß nichts davon. Er macht sich nur Sorgen um dich, und das beeinträchtigt seine Arbeit.«

Kerstin verdrehte die Augen.

»Ich bin nicht heroinabhängig. Also, was soll das?«

»Nicole hat mit Hasch angefangen. Sie fangen alle mit Hasch an.«

Kerstin schluckte und sah das Mädchen verstohlen an.

»Ich kannte Nicole, als sie so alt war wie du. Sie war kein bisschen anders. Hat sich für genauso unverwundbar gehalten. ›Süchtig, das werden nur die anderen. Ich doch nicht. Ich will mich bloß amüsieren.‹ Das war ihr Credo.«

Charlotte betrachtete Nicole.

»Sieh sie dir genau an«, sagte sie dann. »So und nicht anders sieht es aus, wenn man nicht beizeiten die Kurve kriegt. Du gehörst jetzt zu den wenigen Privilegierten, die einen Blick in die Zukunft werfen konnten. Du hast die Information; was du damit anfängst, ist deine Sache.«

Damit stand sie auf, strich Nicole noch einmal über den Kopf, und sie verließen gemeinsam das Zimmer. Nicole hatte sich die ganze Zeit nicht gerührt.

Nachdem Charlotte Kerstin wieder zu Hause abgeliefert hatte, beschloss sie, nach Hause zu fahren. Bergheim hatte sie angerufen und sich für den Abend angemeldet. »Wer's glaubt«, hatte sie ins Handy gemurmelt und sofort ein schlechtes Gewissen bekommen. Er versetzte sie auch nicht öfter als sie ihn, und er musste seine Freizeit zwischen ihr und seinem Sohn aufteilen.

Als sie ihre Wohnung betrat, warf sie den Schlüssel auf die Flurkommode und marschierte schnurstracks in die Küche, wo sie den Kühlschrank inspizierte.

Salami war noch da und Roquefort, das dürfte reichen. Sie nahm Tiefkühlbrötchen aus der Truhe, legte sie in den Backofen und ging ins Schlafzimmer, wo sie alle Klamotten auszog, sie auf dem Boden liegen ließ und dann eine ausgiebige Dusche nahm.

Sie war schon eingeschlafen, als sie endlich den Schlüssel in der Tür hörte.

Wenig später betrat Bergheim ihr Schlafzimmer, küsste sie und legte sich erschöpft neben sie.

»Hast du schon gegessen?«, murmelte sie schlaftrunken.

»Nein«, sagte er.

»Im Kühlschrank stehen Brötchen und Bier. Bedien dich.«

»Hm«, murmelte Bergheim nach einer Weile und rührte sich nicht. Er war eingeschlafen.

Charlotte richtete sich auf und betrachtete ihren Geliebten. Er hatte den Mund halb geöffnet, was ihm beinahe einen kindlichen Gesichtsausdruck verlieh – wenn man von dem Dreitagebart und den markanten Wangenknochen absah. Sein dunkles Haar war immer noch voll, obwohl man nicht viel davon sah, denn er trug es sehr kurz geschnitten. Unter dem blauen T-Shirt hob und senkte sich ein muskulöser Brustkorb.

Ein attraktiver Mann. Charlotte genoss es, wenn sie ihn ungeniert betrachten konnte. Sollte sie ihn wecken? Natürlich sollte sie das. Endlich hatten sie mal wieder einen gemeinsamen Abend. Geschlafen wurde später. Sie öffnete behutsam den Gürtel seiner Jeans. Er schlug die Augen auf und schloss sie mit einem Seufzer wieder. Charlotte lächelte. Er war wach, und er gehörte ihr.

ZWÖLF

Als Charlotte am nächsten Morgen aufwachte, stand Bergheim bereits unter der Dusche. Der Wecker zeigte Viertel vor sieben, und sie quälte sich ebenfalls aus dem Bett. Gähnend ging sie in die Küche, um die Kaffeemaschine anzuwerfen. Als sie zur Wohnungstür gehen wollte, fiel sie beinahe über einen Karton, den Bergheim gestern Abend mitgebracht und einfach mitten im Flur stehen gelassen hatte. Leise fluchend hob sie ihn auf, stutzte, griff hinein und zog einen geblümten Seidenschal heraus. Irgendwas regte sich in einem verborgenen Winkel ihres Gedächtnisses, aber sie hatte keine Ahnung, was es war. Sie stellte den Karton ab und ging mit dem Schal zum Badezimmer, öffnete die Tür und hielt ihrem Freund, der nackt und frisch gewaschen vor dem Spiegel stand, den Schal hin.

»Was ist das?«, fragte sie.

Er grinste. »Sieht wie ein Schal aus, oder?«

»Jetzt sei doch mal ernst«, sagte sie ungehalten.

»Der gehört eigentlich mitsamt dem Karton in die Asservatenkammer. Ich hab's nur gestern Abend nicht mehr geschafft, ihn hinzubringen, da hab ich ihn mitgenommen. Kann Beweisstücke ja schlecht einfach rumstehen lassen.«

»Wieso Beweisstücke?«, fragte Charlotte ungeduldig.

Er wurde ernst. »Unsere Tote in der Südstadt wurde damit gewürgt, bevor der Kerl ihr die Plastiktüte über den Kopf gezogen hat.«

Charlottes Augen weiteten sich. »Wie hieß das Opfer, und wo hat es gearbeitet?«

»Annette Möllering, und sie war Sekretärin in einer Rechtsanwaltskanzlei.«

Charlotte schluckte, und langsam dämmerte ihr, worauf sie schon längst hätte kommen müssen.

»Warum hast du mir das nicht früher gesagt?«

»Was? Dass sie in einer Rechtsanwaltskanzlei gearbeitet hat?«

»Ja.«

»Hab ich doch. Oder nicht?«

»Du hast gesagt, sie war Sekretärin.«

Bergheim schaute sie schräg an. »Ja. Und?«

»Verdammt«, sagte Charlotte, »dumm gelaufen. Beeil dich, es gibt Arbeit.«

Das Frühstück ließen sie ausfallen. Charlotte besorgte beim Bäcker zwei Becher Kaffee und Schokoladencroissants.

Bergheim verzog das Gesicht. »Ein Schinkenbrötchen wär mir lieber gewesen.«

»Ach, komm schon, Kohlenhydrate machen glücklich«, sagte Charlotte und biss genussvoll in ihr Croissant.

Bergheim lenkte seinen Citroën die Bödekerstraße entlang Richtung Königstraße, vorbei am Opernplatz, und parkte keine zehn Minuten später in der Georgstraße, wo Dr. Breitenbach residierte. Die Geschäfte waren um diese Zeit noch geschlossen und die Stadt relativ leer. Der Morgen war sonnig und klar. Bergheim hatte bereits mit Dr. Breitenbach telefoniert und ihr Kommen angekündigt, während Charlotte unter die Dusche gesprungen war. Der Anwalt hatte sich großzügig bereit erklärt, zu dieser »ungewöhnlichen Stunde« in sein Büro zu kommen. Er würde sich beeilen, aber eine halbe Stunde würde er vom Zooviertel schon brauchen.

Wider Erwarten öffnete der Anwalt selbst. Er schien kurz vor ihnen angekommen zu sein, denn er musste sein Büro noch aufschließen. Anscheinend hatte Frau Fuentes um diese Zeit noch keinen Dienst.

Dr. Breitenbach führte sie in sein Büro und bat die Beamten, Platz zu nehmen.

Dabei musterte er Charlotte misstrauisch. »Sie erwarten hoffentlich keine Aussagen im Hinblick auf meine Mandantin«, sagte er. »Dann muss ich Sie enttäuschen.«

»Nein«, mischte sich Bergheim ein und sah den Anwalt forschend an. »Dr. Breitenbach, kann es sein, dass Michael Krämer und Annette Möllering sich näher kannten?«

Dr. Breitenbach lehnte sich erstaunt zurück. »Natürlich haben sie sich gekannt, nur flüchtig, wie man halt die Sekretärin seines Anwalts so kennt.«

»Sie hatten nicht den Eindruck, dass die beiden sich näher kannten? Vielleicht sogar ein Verhältnis hatten?«, fragte Charlotte.

Dr. Breitenbach schüttelte den Kopf. »Das wäre mir neu. Ich meine …«, er zuckte mit den Schultern, »es wäre natürlich möglich. Aber Frau Möllering hat nie irgendwas in der Richtung erwähnt.«

Er blickte neugierig von Charlotte zu Bergheim. »Was veranlasst Sie zu dieser Annahme?«

Bergheim strich mit dem Zeigefinger über seine Unterlippe. »Finden Sie nicht, dass es ein merkwürdiger Zufall ist, dass kurz nach dem Mord an Ihrem Klienten Ihre Sekretärin ermordet wird? Das schreit doch geradezu nach einem Zusammenhang.«

»Tatsächlich?«, sagte Dr. Breitenbach und nickte verwundert. »Nun, es kann genauso gut tatsächlich ein Zufall sein, oder?«

Charlotte ignorierte seinen Einwand.

»Als Michael Krämer das letzte Mal in Ihrer Kanzlei war, was ist da vorgefallen? Können Sie sich daran noch erinnern?«

Dr. Breitenbach stand auf. »Ich muss mir erst die Akte holen, vielleicht fällt mir dann wieder ein, wie sich der Besuch abgespielt hat.«

Zwei Minuten später saß er wieder am Tisch und schlug eine graue Mappe auf.

»Ja, das war am 25. März. Es ging um diese Klage mit dem Straßenverkehrsamt. Es war nur ein kurzer Besuch, er war eigentlich nur gekommen, um sich nach dem Stand der Dinge zu erkundigen. Aber«, Dr. Breitenbach blickte gedankenverloren aus dem Fenster, »wenn Sie mich so fragen, ich habe mich damals schon gefragt, warum er eigentlich gekommen war. Das hätte man problemlos am Telefon erledigen können. Ich erinnere mich noch so genau, weil es kurz vor Mittag war und ich mit Gerhard Schröder – Sie wissen schon, dem früheren Bundeskanzler – zum Mittagessen verabredet war und mich nicht verspäten wollte. Deswegen haben wir uns auch nicht lange unterhalten.«

Bergheim konnte sich ein leises Schnauben nicht verkneifen. »War Frau Möllering an dem Tag im Büro?«

»Ja, ich denke schon. Aber wenn Sie das genau wissen wollen, muss ich in ihrem Dienstplan nachsehen.«

Charlotte und Bergheim sahen den Anwalt erwartungsvoll an. Der erhob sich mit einem Seufzer. Er war es nicht gewohnt, herumgescheucht zu werden. Macht nichts, dachte Charlotte, auf diese Weise lernt man seine Angestellten schätzen. Breitenbach ging hinaus, wühlte eine Weile im Schreibtisch von Frau Fuentes herum und kam nach ein paar Minuten mit dem Ergebnis zurück, dass Frau Möllering an besagtem Tag weder krank war noch Urlaub hatte und folglich im Büro gewesen sein musste.

»Könnte es sein, dass er nur gekommen war, um Frau Möllering zu sehen?«, wollte Charlotte wissen.

Dr. Breitenbach zuckte mit den Schultern. »Also, das kann ich Ihnen wirklich nicht sagen.« Er stand auf. »Wenn die beiden sich tatsächlich näher gekannt haben, dann weiß ich nichts davon. Und wenn Sie erlauben ...«, er blickte auf seine Armbanduhr, »ich habe noch einen dringenden Termin.«

Als Charlotte und Bergheim wieder auf der Straße standen, kamen sie sich vor wie zwei Schulkinder, die man vor die Tür geschickt hatte.

Sie beschlossen, als Erstes das Gespräch mit Ostermann hinter sich zu bringen.

Um halb zehn saßen Bergheim mit seinem Teamkollegen Martin Hohstedt sowie Hollinger, Maren Vogt, Thorsten Bremer und Henning Werst zusammen mit Charlotte im Besprechungsraum des ZKD und warteten auf den Leiter der Kriminalfachinspektion 1.

Maren Vogt fühlte sich im ZKD sichtlich wohl und musterte Bergheim neugierig. Charlotte registrierte seine Wirkung auf Frauen mit gemischten Gefühlen. Sie war überzeugt davon, dass zu viel Bewunderung einen Mann nur verdarb. Bergheim war zwar zu allen Frauen gleichbleibend höflich und reserviert, aber wer war schon gänzlich frei von Eitelkeit? Nun, was half es, Charlotte musste damit leben, wenn sie eine Beziehung mit ihm wollte. Und das wollte sie unbedingt.

Ostermann betrat den Besprechungsraum mit einem Räuspern, setzte sich an die Spitze des Tisches – wie es dem Leiter einer Fachinspektion zukam – und erteilte Bergheim das Wort mit einem Nicken.

Der berichtete, was Charlotte herausgefunden hatte, und schlug vor, dass er und Martin Hohstedt die Ermittlungen zusammen mit Charlottes Team fortführen wollten. Ostermann sah Bergheim fragend an.

»Wieso sind Sie so sicher, dass die beiden Morde zusammenhängen?«

Bergheim blickte zu Charlotte hinüber, die gelangweilt mit einem Bleistift spielte. Sie hatte nicht die Absicht, ihrem Freund zu Hilfe zu kommen. Schließlich hatte sie keiner gefragt.

Bergheim zuckte mit den Schultern und beschloss, das Offensichtliche noch mal in Worte zu fassen.

»Wenn zwei Mordopfer sich möglicherweise kannten, sollten wir das zumindest nicht ignorieren. Da könnte doch ein Zusammenhang zwischen den Morden bestehen.«

»Könnte. Sie sagen es. Die Bürger bezahlen Sie aber nicht dafür, dass Sie Vermutungen anstellen, sondern Fakten vorlegen, und wenn Sie meinen, dass Sie Ihre Fälle besser lösen können, wenn Sie zusammenarbeiten, wäre das in der Tat eine Maßnahme. Was Sie bisher geleistet haben, war wirklich nicht rekordverdächtig. Ich schlage also vor, Sie tun Ihre Arbeit und bringen Belege für Ihre Vermutungen«, sagte Ostermann. »Wie Sie das machen, ist mir egal. Hauptsache, es gibt kein Kompetenzgerangel.« Damit blickte er zum ersten Mal Charlotte an, die mit unschuldigem Blick in die Runde sah.

»Ich denke, wir können uns die Verantwortung teilen. Herr Bergheim und ich«, sagte Charlotte und wunderte sich im Stillen, wie schnell man doch zu einem Jobsharing kam.

Ostermann erhob sich. »Ich hoffe, Sie sind sich darüber im Klaren, dass das ein Versuchsprojekt ist. Ich hoffe für Sie, dass Sie schnell etwas Brauchbares liefern.« Dabei blickte er Charlotte an und verließ dann den Raum.

Hollinger blickte unsicher in die Runde. »Haben wir irgendwas falsch gemacht?«

Charlotte schüttelte den Kopf. »Nein, nein, ihr nicht. Die Versagerrolle übernehme ich hier eigentlich obligatorisch.« Sie räusperte sich. »Ich schlage vor, wir besprechen unser weiteres Vorgehen.« Sie sah Bergheim an, der schweigend nickte. »Rüdiger und ich sind der Überzeugung, dass wir den gesamten Bekanntenkreis der beiden Opfer noch mal abklappern und rausfinden müssen, ob zwischen Annette Möllering und Michael Krämer eine Beziehung bestand. Das macht ihr beiden, Henning und Thorsten. Ihr könntet ein paar Restaurants und Kneipen aufsuchen und rausfinden, ob die beiden irgendwo zusammen gesehen worden sind. Martin, du schaust dir noch mal die Überwachungsvideos von dem Haus in der Georgstraße an.«

»Aber die Kameras nehmen alle Besucher des Hauses auf, auch die, die oben in die physiotherapeutische Praxis gehen oder zu der Immobilienfirma«, wandte Martin Hohstedt ein. »Und einige sind fast gar nicht zu erkennen. Frage mich sowieso, warum man überhaupt Kameras installiert, die so schlecht aufnehmen, dass man nichts erkennen kann.«

»Beschwer dich bei der Überwachungsfirma«, sagte Charlotte. »Auf jeden Fall war Frau Möllering an besagtem Samstag zwischen zwei und vier Uhr in der Kanzlei. Vielleicht hat sie ja dort jemand besucht. Maren und Kaspar, ihr nehmt euch noch mal die Festbesucher vor. Fragt auch beim Personal im Zelt, im Restaurant und bei den Ständen draußen nach, ob jemand die Tote dort gesehen hat.«

»Glaubst du denn, dass Krämer sich da mit der Möllering hat blicken lassen?«, fragte Maren Vogt zweifelnd.

»Nein, zusammen bestimmt nicht, aber vielleicht war sie da, ohne dass Krämer das wusste. Vielleicht wollte sie ihn unter Druck setzen. Vielleicht hat sie ihn sogar umgebracht, und ihr Tod war ein Racheakt von irgendwem. Im Moment müssen wir alles in Betracht ziehen, weil wir absolut nichts wissen. Und das muss sich jetzt schnellstens ändern. Ich schlage vor, ihr beschafft euch die Adressen, bewaffnet euch mit den Fotos und legt los.«

Allgemeines Stühlerücken und Stimmengemurmel hob an. Binnen kurzer Zeit leerte sich der Besprechungsraum, und Bergheim und Charlotte blieben allein zurück.

Charlotte sah Bergheim an. »Was ist mit dem genetischen Material, das ihr gesichert habt?«

»Wir haben kaum was sichern können. Eine Freundin vom Opfer hat ausgesagt, dass Möllering allergisches Asthma hatte und empfindlich auf Hausstaub reagierte. Deshalb hat sie wohl jeden Tag Staub gewischt. Es gibt auch kaum Vorhänge und keine Teppiche in der Wohnung. Sie war fast klinisch sauber, wenn man mal von der Unordnung absieht, die der Mörder hinterlassen hat.«

»Komm«, sagte Charlotte, »ich möchte die Wohnung sehen. Ich kann dir unterwegs von Krämer und seinem Umfeld erzählen. Die Berichte können wir uns heute Abend vornehmen.«

Sie verließen den ZKD und bestiegen Rüdigers Citroën.

Annette Möllerings Wohnung lag im ersten Stock eines Reihenhauses am Altenbekener Damm in der Südstadt, einer schönen, mit Platanen gesäumten, schattigen Allee, die direkt zum Maschsee führte.

Bergheim fuhr die dunklen Klinkerreihenhäuser entlang und parkte unter den ausladenden Ästen einer Platane.

Klinische Sauberkeit war wirklich der passende Ausdruck für die Reinlichkeit, die Annette Möllering für nötig erachtet hatte. Die Wohnung war etwa siebzig Quadratmeter groß und teuer und geschmackvoll, aber spärlich eingerichtet. Der schmale, mit weißer Strukturtapete tapezierte Flur, von dem rechts und links jeweils zwei Türen abgingen, war kahl bis auf einen Kleiderschrank, der offensichtlich als Garderobe genutzt wurde. An der Frontseite hing ein mannshoher Spiegel. Den Boden bedeckte altes Eichenparkett. Als Charlotte die erste Tür zur Linken öffnete, erschrak sie. Das Badezimmer war wandhoch weiß gekachelt, und es herrschte ein wüstes Durcheinander. Der Spiegelschrank war komplett leer gefegt, im Waschbecken lagen Scherben einer zerbrochenen Flasche Mundwasser, Cremetiegel, Kosmetika und dunkelblaue Handtücher lagen auf den weißen Bodenfliesen. Charlotte kniff die Augen zusammen

»Meine Güte, wie konnte sie bloß dieses ganze Weiß ertragen?«

Neben dem Badezimmer befand sich die Küche mit Schränken aus Ahornholz, die, wie die gesamte Wohnung, komplett auf den Kopf gestellt worden war. Überall stand Geschirr herum, die Schränke und Schubladen waren geöffnet, der Inhalt auf dem Boden verstreut.

Charlotte sah sich um und fragte sich, was der Mörder wohl

gesucht haben mochte. Sie ging ins Wohnzimmer, das der Küche gegenüberlag.

Rüdiger stand am Fenster und sah hinaus in die Zweige einer Platane. Das Wohnzimmer war spartanisch eingerichtet. Eine cremefarbene großzügige Wohnlandschaft mit zwei kleinen Holztischen bildete den Kern des Raums. Es gab eine Schrankwand mit einem Flachbildfernseher und eine Essecke mit Glastisch und vier schwarzen Lederstühlen, von denen einer in der Mitte des Raumes stand.

»Hier hat sie gesessen«, sagte Bergheim. »Mitten im Raum.«

Charlotte nickte und schaute sich das Chaos an, das im Raum herrschte. Auch hier waren sämtliche Schrankfächer und Schubladen, mit Ausnahme der Gläser, rücksichtslos ausgeleert und auf dem Boden verteilt worden.

»Glaubst du wirklich, dass das ein Raubmord war?«, fragte Charlotte zweifelnd.

Er schüttelte den Kopf. »Nein, ich war von Anfang an nicht davon überzeugt, und jetzt bin ich mir sicher.«

»Ja«, sagte Charlotte, »ich glaube das auch nicht. Der Täter hat was ganz Bestimmtes gesucht.«

»Eben, und er hat sie misshandelt, damit sie es rausrückt.«

»Die Frage ist nur«, sagte Charlotte nachdenklich, »warum hat sie's nicht rausgerückt? Kein Mensch hält das durch, wenn man ihm die Luft abschnürt.«

»Wahrscheinlich hatte der Täter keine Ahnung, dass sie an Asthma litt. Sie ist ihm einfach zu früh weggestorben und konnte die Information nicht mehr weitergeben. Oder sie hatte das, wonach der Täter gesucht hat, einfach nicht.«

Bergheim ging gedankenverloren im Zimmer umher und wühlte mit dem Schuh in dem Chaos am Boden herum. »Ich glaube an Ersteres. Sie war einfach nicht in der Lage, irgendwas zu sagen. Panik kann leicht einen Asthmaanfall auslösen, und wenn man dann noch gewürgt wird …«

Charlotte nickte und sah sich um.

»Also, arm war sie nicht«, sagte sie dann. »Die Möbel und die Einrichtung sind ziemlich teuer. Wie viel hat sie verdient?«

»Nicht mal anderthalbtausend netto. Aber die Wohnung gehörte ihr. Hat sie von ihrer Mutter geerbt. Der Vater ist schon früh gestorben. Asthma, sagt ihre Freundin.«

»Hatte sie sonst Verwandte?«

»Eine Tante, aber die lebt mit ihrem Mann in Österreich. Kinder haben die nicht.«

Sie verließen das Wohnzimmer und warfen einen kurzen Blick ins Schlafzimmer, das ebenfalls verwüstet war. Auch dort herrschten helle Farben vor. Das Bett war abgezogen.

»Das Bettzeug war noch relativ frisch«, sagte Bergheim. »Jedenfalls haben wir nur von ihr DNA gefunden.«

Charlotte seufzte und sah auf die Uhr. »Was hältst du von Mittagessen, bevor wir zu ihrer Freundin fahren?«

»Ja, lass uns gehen«, sagte Bergheim.

Sie entschieden sich für die Markthalle, die wie immer um die Mittagszeit gerammelt voll war. Bergheim bestellte Gulasch mit Kartoffelpüree und Erbsen, und Charlotte holte sich Seelachsfilet mit warmem Kartoffelsalat vom Fischstand. Beide tranken ein Wasser und aßen schweigend. Der Lärm um sie herum machte ein vertrauliches Gespräch unmöglich, und irgendwie kam das beiden gelegen.

Bergheim schwieg, weil er sich trotz seines Berufs ein gewisses Quantum an Mitgefühl für die Opfer bewahrt hatte, was Charlotte bemerkenswert fand. Sie selbst konnte die Grausamkeit der Menschen nur ausblenden, indem sie sich von den Opfern distanzierte. Ihr fehlte jede Vorstellung davon, wie Bergheim mit den Opfern fühlen und gleichzeitig objektiv bleiben konnte. Aber immer gelang ihm das nicht, was seiner Karriere in der Vergangenheit schon einen Dämpfer verpasst hatte.

Andrea Langefeld arbeitete als Einkäuferin im Mäntelhaus Kaiser, einem großen Modegeschäft am Platz der Weltausstellung, der nur etwa zweihundert Meter von der Markthalle entfernt war. Ihre Befragung verlief wie erwartet ergebnislos. Sie vermutete zwar einen Liebhaber, aber Annette hatte sich ihrer Freundin nicht anvertraut, was Andrea »schon merkwürdig fand«, weil sie sich sonst eigentlich alles erzählten.

Sie schaute sich interessiert das Foto von Michael Krämer an, erklärte aber, dass sie ihn noch nie gesehen habe.

Der nächste Besuch galt Sabine Krämer. Charlotte erschrak, als sie die Witwe sah. Sie trug wieder einen schmuddeligen Bademantel, als sie ihnen öffnete, ihr Haar war ungekämmt, und sie roch streng.

Nachdem die beiden ihr schweigend ins Wohnzimmer gefolgt waren, ließ sie sich aufs Sofa fallen.

»Was wollen Sie noch?«, fragte sie tonlos, ohne die beiden anzusehen.

Bergheim zückte das Foto und hielt es ihr unter die Nase.

»Frau Krämer«, er sprach sanft und leise, »kennen Sie diese Frau?«

Ohne großes Interesse warf Sabine einen Blick auf das Foto, betrachtete es eine Weile und nahm es dann in die Hand.

»Irgendwie kommt sie mir bekannt vor. Ich weiß aber nicht, woher ich sie kenne«, sagte sie dann und gab Bergheim das Foto zurück. »Wer ist das?«

Charlotte und Bergheim sahen sich an und nickten in stillem Einvernehmen. Charlotte würde sie aufklären.

Sie setzte sich neben Sabine. »Diese Frau ist ermordet worden, und wir haben Grund zu der Annahme, dass Ihr Mann sie gekannt hat.«

Sabine hob die Augenbrauen und warf erneut einen Blick auf das Foto. »Glauben Sie, dass sie seine Geliebte war?« Ihr Ton verriet keine Regung.

»Halten Sie das für möglich?«, fragte Bergheim.

Sie zuckte mit den Schultern. »Könnte sein, mein Mann hat mich nie geliebt. Leider ist mir das viel zu spät klar geworden. Und jetzt haben wir diese Tragödie«, fügte sie leise hinzu.

Rüdiger und Charlotte sahen sich an.

»Diese Frau war die Sekretärin Ihres Anwaltes«, sagte Charlotte dann und wartete.

»Von Dr. Breitenbach? Na, dann hat Michael sie natürlich gekannt. Dort ist er ja oft gewesen.«

In diesem Moment erscholl das Geläut des Big Ben, und Charlotte zuckte zusammen.

187

Sabine Krämer stand mechanisch auf und ging zur Haustür. Wenige Sekunden später betrat Ursula Hollinger den Flur.

Sie küsste Sabine auf die Wange. »Wie ich sehe, immer noch im Bademantel«, sagte sie kopfschüttelnd und folgte ihrer schweigenden Freundin ins Wohnzimmer.

Ursula erschrak, als sie die beiden Beamten sah, und blickte ihre Freundin fragend an.

»Gibt es Neuigkeiten?«

»Nichts Weltbewegendes. Die beiden wollen nur wissen, ob ich eine Freundin von Michael kannte.«

Ursula hob erstaunt die Brauen und warf den beiden Beamten einen fragenden Blick zu.

»Hatte er tatsächlich eine Freundin? Ich hab's ja immer gewusst«, sagte sie dann und lächelte Bergheim an.

Charlotte stand auf. »Das ist übrigens Frau Hollinger, mein Kollege Rüdiger Bergheim«, stellte sie vor, und Rüdiger hielt ihr sofort das Foto vor die Nase.

»Haben Sie die beiden mal zusammen gesehen?«

Ursula betrachtete das Bild aufmerksam und schüttelte dann den Kopf.

»Nein, gesehen hab ich sie nicht, aber das will nichts heißen.«

Bergheim lächelte. »Sie hatten wohl keine besonders gute Meinung von dem Mann Ihrer Freundin?«

»Nein«, sagte Ursula, »wer mag schon Männer, die Frauen schlagen?«

Sabine Krämer seufzte leise. »Kannst du damit nicht aufhören? Er ist tot.«

Ursula setzte sich neben ihre Freundin und nahm ihren Arm.

»Ja, das ist er, und du machst ihn nicht wieder lebendig, indem du dich gehen lässt. Hier, von meiner Schwiegermutter. Sie hat im Stephansstift einen Basar für dich und Oliver veranstaltet, und das soll ich dir übergeben.« Sie stellte eine kleine Kasse auf den Tisch und blickte Rüdiger und Charlotte entschuldigend an. »Meine Schwiegermutter ist ein Energiebündel.«

Bergheim sah Ursula forschend an. »Haben Sie eine Vorstellung davon, wer Michael Krämer ermordet haben könnte?«

Ursula schüttelte langsam den Kopf und sagte mit einem Seitenblick auf ihre Freundin: »Ich kann mir keinen Grund vorstellen, der so eine Tat rechtfertigt.«

»Genau«, sagte Sabine plötzlich. »Ich möchte, dass ihr jetzt geht.«

Ursula warf ihrer Freundin einen verblüfften Blick zu und stand dann auf.

»Ich komme morgen wieder«, sagte sie. Und nachdem sich alle zum Gehen gewandt hatten, drehte sie sich noch mal um. »Und geh um Gottes willen unter die Dusche.«

Draußen wandte sich Charlotte an Ursula. »Warum verhält sie sich, als hätte sie was zu verbergen?«

»Nun, sie steht einfach unter Schock«, sagte Ursula abweisend. Sie hatte wohl keine Lust, mit der Polizei über ihre Freundin zu reden.

»Sagen Sie«, begann sie dann zögerlich und sah Charlotte unsicher an, »hat mein Mann mit Ihnen gesprochen ... über ...?«

»Über Kerstin? Ja, ich hatte gehofft, das Problem hätte sich erledigt«, sagte Charlotte.

Ursula schüttelte den Kopf. »Nicht wirklich«, sagte sie dann. »Wäre es möglich, dass Sie sich den jungen Mann mal vorknöpfen? Ich habe keine Ahnung, wie unsere Tochter reagiert, wenn wir ihn anzeigen. Sie ist einfach total verknallt, und ich würde gern alle Möglichkeiten ausschöpfen. Ich hoffe, wir verlangen da nicht zu viel von Ihnen, aber wir sind uns sicher, dass der Bengel nicht nur unsere Tochter versorgt.«

Charlotte lächelte. »Wo finden wir ihn?«

Ursula kramte einen Zettel aus ihrer Handtasche. »Hier, das ist seine Adresse und Autonummer. Er fährt ein rotes Golf-Cabriolet.«

Charlotte nickte kurz, steckte den Zettel in ihre Jeanstasche und sah Bergheim an, der das Gespräch mit hochgezogener Braue verfolgt hatte.

Ursula blickte von einem zum anderen. »Sie haben wohl keine Kinder?«

»Nein«, sagte Charlotte nach kurzem Zögern und verabschiedete sich.

»Lass uns heute Abend essen gehen«, sagte Charlotte, als sie im Wagen saßen. Vorher mussten sie noch einen Abstecher beim ZKD machen und ihre Mails kontrollieren, auch wenn keiner annahm, dass die Kollegen irgendwas rausgefunden hatten.

»Schon wieder?«, sagte Bergheim lächelnd. »Einverstanden, aber vorher erklärst du mir bitte, um welchen jungen Mann wir uns kümmern sollen.«

»Erzähl ich dir nachher beim Essen«, sagte Charlotte, lehnte sich zurück und schloss für einen Moment die Augen.

Die Befragungen der Kollegen waren ergebnislos verlaufen, und Charlotte blickte Bergheim finster an.

»Ich kann nicht glauben, dass kein Mensch irgendwas gesehen hat!«, sagte sie laut und schlug mit der Hand auf den Tisch.

»Vielleicht hat ja jemand was gesehen und will es uns nicht erzählen«, sagte Bergheim.

»Soll mich das jetzt trösten?«

»Nein«, sagte Bergheim, »verlangt keiner von dir.«

Wenig später saßen sie im Glashaus der NORD/LB am Friedrichswall. Bergheim hatte sich zähneknirschend zu Sushi überreden lassen.

»Was war das jetzt mit dem Jungen?«, fragte Rüdiger, als die gefüllten Reisröllchen und appetitlichen Sushi-Bällchen vor ihm standen, und er ergriff mutig die Stäbchen.

»Hollingers Tochter ist fünfzehn und in die falsche Gesellschaft geraten. Ihr Freund verkauft Gras, und sie kifft.«

»Und was kannst du da ausrichten?«, fragte er und konzentrierte sich auf die Aufgabe, ein Sushi-Bällchen mit Scholle von seinem Teller zum Sojaschälchen zu transportieren.

»Wahrscheinlich gar nichts. Ist ein Gefallen unter Kollegen«, sagte Charlotte und schob sich gekonnt ihre Futo-Maki-Scheibe in den Mund.

»Hm«, sagte sie und schloss die Augen.

Bergheim hatte sein Bällchen gerade erfolgreich in Sojasoße getränkt und balancierte es zum Mund. Leider platschte es auf den Teller. Charlotte kicherte. Bergheim legte die Stäbchen weg und griff zur Gabel.

»Und wie willst du das machen?«

Charlotte zuckte kauend mit den Schultern. »Ich dachte, wir fahren einfach mal zu seiner Adresse. Vielleicht kriegen wir ihn ja zu sehen.«

»Wir?«, fragte Bergheim, dem es mittlerweile zu schmecken schien.

»Ja, ein Mann macht doch viel mehr Eindruck auf die Kids«, sagte Charlotte. »Und wenn wir schon bei diesem verdammten Mordfall nicht weiterkommen, dann erreichen wir ja vielleicht in dieser Beziehung was.«

Bergheim nickte, legte die Gabel weg und nahm eine Serviette.

»Diese Frau Krämer macht auf mich den Eindruck, als würde sie sich schuldig fühlen.«

»Ja«, sagte Charlotte, »irgendwas stimmt mit ihr nicht. Warum sagt sie nicht, was sie morgens um zwei Uhr in der Nähe des Tatorts gemacht hat?«

»Entweder sie hat mit dem Tod ihres Mannes direkt was zu tun, oder sie hat was gesehen. Vielleicht kennt sie den Täter und will ihn schützen.«

»Und deshalb fühlt sie sich schuldig? Nein, das glaub ich nicht, dann würde sie reden. Mit Schuldgefühlen lebt sich's nicht gut. Das würde die nie durchhalten. Es sei denn …« Charlotte schwieg einen Moment.

»Es sei denn was?«

»Es sei denn, sie schützt jemanden, den sie liebt. Ihren Geliebten Steinbrecher zum Beispiel.«

»Hältst du das für möglich?«, fragte Bergheim.

Charlotte schüttelte den Kopf. »Ich weiß nicht. Steinbrecher hat zwar ein Motiv, aber was ist dann mit dem Mord an Annette Möllering? Dafür hat er ein Alibi.«

»Es ist noch nicht bewiesen, dass wir nur einen Mörder suchen.«

»Jaa«, sagte sie gedehnt.

Es dämmerte bereits, als sie das Restaurant verließen. Auf dem Friedrichswall vibrierte der Abendverkehr, und sie beschlossen, noch einen Spaziergang in die Altstadt zu machen. Sie überquerten den Friedrichswall und wanderten über die Marktstraße zum

Hanns-Lilje-Platz, wo bereits emsig Bühnen und Stände für das bevorstehende Altstadtfest aufgebaut wurden. Die Abendluft war immer noch warm, und Charlotte schlug vor, einen Abstecher ins Teestübchen am Ballhofplatz zu machen. Charlotte liebte dieses kleine Lokal mit dem Blumenmuster auf den Plüschsofas und der britischen Gemütlichkeit. Sie fühlte sich dort immer wie eine von Jane Austens Heldinnen in diesen alten englischen Gesellschaftsromanen. Die Upperclass saß beim Tee zusammen, und die Welt war in Ordnung.

Sie hatten Glück und ergatterten einen der begehrten Sofaplätze. Bergheim hatte Mühe, seine langen Beine unter dem runden Tischchen zu platzieren

Er bestellte Kaffee und Charlotte einen British Breakfast Tea. Dann kuschelten sie sich in die Polster.

»Machst du dir eigentlich manchmal Gedanken darüber, ob diese ständige Konfrontation mit menschlichen Abartigkeiten sich auf die Lebensdauer auswirkt?«, fragte sie nach einer Weile.

»Wie meinst du das?«, fragte Bergheim. »Ob wir durch das, was wir ständig zu sehen kriegen, eher sterben?« Er zuckte mit den Schultern. »Hab ich noch nie drüber nachgedacht, aber das ist gut möglich.«

»Eben«, sagte Charlotte und ließ den Blick durch das wie immer gut gefüllte Lokal gleiten, »kein Mensch denkt darüber nach, wie das auf die Dauer zu ertragen ist, wenn man ständig den Müll irgendwelcher Psychopathen wegräumen muss.«

Bergheim legte den Arm um sie, sagte aber nichts.

»Vielleicht ist das der Grund, warum Ärzte manchmal so mitleidlos sind. Die werden in ihrem Berufsleben auch nur mit Schrecklichkeiten konfrontiert und verbieten sich einfach jedes Gefühl.«

Bergheim nickte und sah Charlotte an. »Geht's dir gut?«, fragte er.

Sie schnaubte. »Nein. Es geht mir nicht gut. Wir strampeln uns ab und kommen der Lösung keinen Schritt näher.«

»Komm«, sagte Bergheim, stieß mit dem Knie an den Tisch und verzog den Mund, »lass dich von Ostermann nicht runterziehen. Du weißt, dass er nur Angst vor dir hat.«

In diesem Moment wurden ihre Getränke gebracht, und Charlotte beschloss, sich zum Nachtisch noch ein Stück Apfelkuchen mit Sahne zu gönnen. Schließlich mochte ihr Liebster keine Hungerhaken.

»Ich frage mich wirklich«, sagte sie dann, »ob der Sohn von diesem Kleiber was mit Krämers Tod zu tun hat. Und wenn, ob ich ihn dann wirklich erwischen will.«

»Glaubst du denn, dass sich Hass so lange aufsparen lässt?«, fragte Bergheim.

»Nein, aber die Mutter hat sich vor ein paar Wochen umgebracht, die Schwester wurde ermordet, der Vater säuft. Nach Ansicht Kleibers die Schuld von Michael Krämer. Ich kann mir gut vorstellen, dass ein unreifer Typ wie Kleiber junior sich berufen fühlt, das Gesetz in die eigene Hand zu nehmen. Und dann diese absurde Aktion auf dem Friedhof.«

»Wie du schon sagst, verhält sich der Junge nicht altersgemäß. Und wenn er dann noch in der richtigen Gesellschaft ist ... da entstehen schon mal absurde Ideen.«

»Ich weiß nicht«, sagte Charlotte und schob sich ein Stück Kuchen in den Mund. »Wir sollten uns um ihn kümmern. Auch wenn ich nicht weiß, wie Annette Möllering in dieses Puzzle hineinpasst.«

»Für mich ist Steinbrecher der Hauptverdächtige«, sagte Bergheim. »Dem würde ich so eine brutale Tat zuallererst zutrauen. Leute, die um ihre Existenz bangen, sind zu allem fähig.«

»Kann schon sein«, sagte Charlotte und fischte die letzten Krümel von dem köstlichen Apfelkuchen von ihrem Teller. »Wenn wir wenigstens wüssten, ob die drei Morde zusammenhängen, und wenn ja, wie.«

»Und wenn es keine Verbindung gibt?«

»Dann suchen wir zwei Mörder oder sogar drei. Das macht es auch nicht besser.«

Sie verließen das Teestübchen und gingen zurück zum Wagen, der am Friedrichswall parkte.

»Was meinst du?«, fragte Charlotte. »Sollten wir uns mal diesen Bastian Krugmann vornehmen?«

»Jetzt?«, fragte Bergheim, während er sich anschnallte.

»Ja, ich bin grad in Stimmung. Wir könnten einfach mal vorbeifahren. Er wohnt am Moltkeplatz, das ist fast bei mir um die Ecke.«

»Okay«, seufzte er, »wenn es dich glücklich macht.«

Wenig später fuhren sie die Bödekerstraße entlang Richtung Ferdi-Walli – so nannten die Lister die Ferdinand-Wallbrecht-Straße –, fanden einen Parkplatz am Lister Platz und gingen die letzten Meter zu Fuß.

Der Moltkeplatz war ein großer, baumbestandener Platz, umgeben von reich verzierten mehrstöckigen Bauten aus der Gründerzeit.

Sie hatten Glück, anscheinend war Bastian Krugmann zu Hause, denn sein rotes Golf-Cabrio parkte am Straßenrand vor einem dieser architektonischen Schmuckstücke im Halteverbot. Es war mittlerweile halb elf, und es herrschte kaum Verkehr.

Auf dem Klingelschild standen zwei Namen. »Bastian Krugmann« und »G. Mardorf«.

Auf ihr Klingeln öffnete ein gut aussehender Jüngling mit blonder Mähne.

»Sind Sie Herr Krugmann?«, fragte Bergheim und zückte gleichzeitig seinen Ausweis.

»Wir sind von der Mordkommission und befragen die Anwohner in einem Mordfall. Dürfen wir reinkommen?«

»Tatsächlich?«, sagte der Jüngling und sah auf die Uhr. »Na, wenn's sein muss.«

Damit öffnete er die Tür und führte die beiden über eine Diele, deren einziges Möbelstück ein Kleiderständer war, in ein Zimmer, in dem außer einem Bett ein riesiger Schreibtisch mit Computer stand. Auf dem Boden lagen Kleidungsstücke herum und bedeckten einen Fernseher fast völlig.

Charlotte sah sich um und schmunzelte.

»Ist Ihr Mitbewohner auch zu sprechen?«

»Nein, tut mir leid, da müssen Sie sich noch mal herbemühen, der ist bei seiner Freundin.«

Bergheim nickte zufrieden.

»Um was geht's denn nun eigentlich?«, fragte Krugmann und grinste anzüglich in Charlottes Richtung.

»Es geht darum, dass Sie Minderjährigen Drogen verkaufen«, sagte Bergheim und steckte die Hände in die Taschen.

Krugmann blähte sich auf und schnappte nach Luft.

»Das ist eine Frechheit. Sie verschwinden jetzt sofort aus meiner Wohnung.«

Er ergriff Bergheims Arm und wollte ihn aus dem Zimmer führen, aber darauf schien Bergheim nur gewartet zu haben. Er packte Krugmann am Kragen und hob ihn hoch, sodass seine Füße in der Luft schwebten. Charlotte hatte sich in die Diele verzogen.

»Lassen Sie das!«, quiekte Krugmann. »Mein Vater ist Anwalt!«

»Mein Beileid«, raunte Bergheim und berührte fast Krugmanns Nase.

»Wenn ich Sie noch einmal in Gegenwart Minderjähriger herumlungern sehe, werde ich dafür sorgen, dass Sie keine Freude mehr an kleinen Mädchen haben werden. Und ich finde Sie!«

Krugmann schnappte nach Luft.

»Haben Sie das verstanden?«, flüsterte Bergheim.

»Ja«, keuchte Krugmann und versuchte zu nicken.

Bergheim ließ ihn runter, strich sein Hemd glatt und wandte sich zum Gehen.

»Ich verklage Sie«, stammelte Krugmann, der, kaum der Gefahr entronnen, wieder mutig wurde. »Und Sie sind Zeugin!« Dabei zeigte er auf Charlotte.

Bergheim wandte sich ihr zu.

»Hast du das gesehen?«, fragte er.

»Was gesehen?«, fragte Charlotte und machte sich an ihrem Handy zu schaffen.

Bergheim grinste. »Dann klagen Sie mal schön. Wir sehen uns dann.«

Er tippte sich an die Stirn, und zwei Sekunden später schlug die Tür hinter ihnen zu.

Charlotte gluckste, als sie wieder auf der Straße standen. »Hach, tut das gut«, sagte sie und seufzte tief. »Wir sollten das viel öfter machen.«

Bergheim grinste und legte den Arm um ihre Hüfte.

Kurz vor Mitternacht saßen beide in Charlottes Doppelbett, jeder ein Notebook auf den Knien. Charlotte fielen immer wieder die Augen zu. Sie konnte sich einfach nicht auf ihre Mails konzentrieren.

»Das mit dem Schlüssel ist doch absurd«, sagte Bergheim laut. »Wieso hat er das gemacht? Und wieso lässt sich das passende Schloss nicht finden?«

»Das wüsste ich auch gerne«, sagte Charlotte. »Krämer stand unter dem Einfluss von Tabletten. Er war zu angeschlagen, um sich zu wehren. Ich denke, er hat gewusst, dass er sterben musste, und auch, warum er sterben musste. Der Mörder hat ihn schwer misshandelt. Muss ihn mehrfach mit aller Kraft getreten haben. Eine Niere war gerissen. Was sollte er tun? Eigentlich das Cleverste, was ihm einfallen konnte, den Schlüssel in den Mund zu stecken.«

»Und warum hat der Mörder dann nicht versucht, den Schlüssel irgendwie an sich zu bringen? Oder glaubst du, er war zu zartbesaitet, um seinem Opfer den Kiefer zu brechen?«

Charlotte zuckte müde mit den Schultern. »Wer weiß, vielleicht hat er das gar nicht mitbekommen. Der Krämer hat das bestimmt so unauffällig wie möglich gemacht. Außerdem war es ja dunkel.«

Bergheim rieb sich die Augen. »Und wieso hat er ihn überhaupt dabeigehabt?«

»Ich habe keine Ahnung«, sagte Charlotte, »vielleicht als Druckmittel.«

»Okay«, sagte Bergheim, »wie du meinst. Ich kann jedenfalls nicht mehr denken.« Kaum hatte er das Notebook weggelegt, schlief er ein.

DREIZEHN

Charlotte erwachte um kurz nach sechs und war sofort hellwach.
Sie hatte etwas gesehen, das sie der Lösung näherbringen würde.
Irgendwann gestern. Sie setzte sich auf. Es hatte mit Ursula Hollinger zu tun und mit Annette Möllering. Sie stand auf, um etwas
zu trinken. Ging zum Kühlschrank, holte eine Flasche stilles
Wasser heraus und trank. Ihr Blick wanderte durch die Küche,
über den Flur ins Wohnzimmer, wo er am Schreibtisch hängen
blieb.

Und plötzlich wusste sie, was es war.

Sie ging zurück ins Schlafzimmer, um Bergheim zu wecken,
was sich als ziemlich schwieriges Unterfangen erwies.

»Habt ihr bei Annette Möllering in der Wohnung eine Kassette oder was Ähnliches gefunden?«, fragte sie und rüttelte an seiner Schulter.

»Kassette? Was redest du da?«, fragte Bergheim.

»Meine Güte, ich rede von etwas, das man verschließen kann,
und von Annette Möllering. Wenn der Krämer sie gekannt hat, hat
er das, was wir suchen, vielleicht bei ihr deponiert.«

Bergheim kam langsam zu sich.

»Keine Ahnung, danach haben wir nicht gesucht.«

»Komm, wir müssen los«, sagte Charlotte.

Bergheim schälte sich aus den Laken und gähnte. »Hat das nicht
noch zwei Stunden Zeit?«

»Nein«, sagte Charlotte, »hat es nicht.«

Bergheim kramte im Halbschlaf nach seiner Jeans und wäre
beinahe umgefallen, als er versuchte, sie im Stehen anzuziehen.
Charlotte machte sich kurz frisch und stand fünfzehn Minuten
später ungeduldig mit den Autoschlüsseln klimpernd vor der Wohnungstür und wartete.

Um zwanzig nach sieben betraten sie Annette Möllerings Wohnung. Charlotte hatte Thorsten unterwegs angerufen und ihn
ebenfalls herbeordert.

Sie brauchten zwei Stunden, um die Wohnung auf den Kopf zu stellen. Von einer Kassette keine Spur.

Bergheim sank erschöpft aufs Sofa, und Thorsten trippelte von einem Fuß auf den anderen.

»Puh«, sagte Charlotte, »wenn ich ehrlich bin, ist mir jetzt schwindlig. Ich sollte mir solche Aktionen vor dem Frühstück abgewöhnen.«

»Allerdings«, sagte Bergheim. »Was machen wir jetzt? Weitersuchen?«

Charlotte schüttelte den Kopf. »Nein, frühstücken. Und nachdenken.«

»Ich unterstütze den Antrag«, sagte Bergheim und erhob sich.

Sie gingen in die nächste Bäckerei, bestellten sich Kaffee und Brötchen und aßen an einem der Stehtische. Thorsten hatte sich schon auf den Weg zur ZKD gemacht.

Charlotte kaute gedankenverloren an ihrem Käsebrötchen. »Wär ja auch zu schön gewesen«, sagte sie.

Bergheim nickte und nahm einen Schluck Kaffee. Plötzlich stutzte er und sah Charlotte grinsend an.

»Wieso haben wir da nicht gleich dran gedacht? Wir sollten Frau Möllerings Schreibtisch in Dr. Breitenbachs Kanzlei noch mal durchforsten.«

Charlotte starrte Rüdiger an und legte ihr Brötchen hin.

»Stimmt«, sagte sie, »lass uns gehen.«

Bergheim seufzte und fragte sich, warum er diesen Vorschlag nicht noch fünf Minuten hatte für sich behalten können.

Dr. Breitenbach reagierte ungehalten, wollte aber den Ermittlungsbehörden keine Steine in den Weg legen und erklärte sich bereit – entgegen seinen üblichen Gewohnheiten –, sein zweites Frühstück zu verkürzen und den Beamten Zutritt zum Schreibtisch seiner früheren Sekretärin zu verschaffen.

In der unteren rechten Schublade fanden sie eine dunkelrote Kassette.

»Ihr habt sie aufgebrochen«, sagte Charlotte.

»Natürlich«, sagte Bergheim.

Charlotte steckte trotzdem den Schlüssel ins Schloss. Er passte.

Alle drei, Charlotte, Bergheim und Dr. Breitenbach, beugten sich neugierig über den Inhalt.

»Ist das alles?«, sagte Bergheim.

Charlotte nickte. Die drei sahen sich verblüfft an. »Was soll denn das heißen?«, fragte Dr. Breitenbach.

Die Kassette war leer, bis auf einen Taschenrechner.

Sie starrten noch eine Weile auf das graue altmodische Ding, bevor Charlotte sich fing.

»Tja, ein Taschenrechner in einer Geldkassette. Das ist ja nun wirklich nichts Außergewöhnliches«, sagte sie.

»Natürlich nicht«, sagte Bergheim, »sonst hätten wir ja wohl ermittelt.«

»Eben«, sagte Charlotte, »aber das sieht ja nun wohl anders aus.«

»Kann man wohl sagen. Was machen wir denn jetzt damit?«

»Fingerabdrücke. Wir brauchen die Fingerabdrücke und müssen feststellen, wem das Ding gehört.«

Bergheim nickte.

Bernadette Hollinger stand mit ihren Freundinnen Luise Wackernagel und Dorothea Schupp vor der Haustür der Kleibers und drückte energisch auf den verrosteten Klingelknopf.

»Hoffentlich kommen wir nicht ungelegen«, sagte Luise Wackernagel und strich ihre grauen Löckchen zurück.

»Ach was«, sagte Bernadette Hollinger, »wir hätten uns viel eher um diese armen Menschen kümmern sollen.«

Jede der drei Frauen – ihr Durchschnittsalter lag bei etwas mehr als siebzig Jahren – trug einen Korb mit Lebensmitteln, Dorothea Schupp hatte noch einen Strauß Moosröschen dazugepackt.

Es dauerte eine Weile, bis die Tür langsam geöffnet wurde.

Elmar Kleiber stand in einem abgetragenen karierten Flanellhemd und einer dunklen, fleckigen Hose vor ihnen und brachte vor Überraschung kein Wort heraus.

Aber niemand erwartete das von ihm, denn Bernadette Hollinger ergriff, ohne zu zögern, seine Hand, die noch auf der Klinke lag – in der anderen hielt er den unvermeidlichen Zigarettenstummel –, und schüttelte sie.

»Herr Kleiber«, sagte Bernadette, »wir sind gekommen, um Sie in dieser schweren Zeit zu unterstützen und uns ein bisschen um Sie zu kümmern. Dürfen wir hereinkommen?«

Kleiber schluckte. Er hatte nicht die Absicht, diese Abordnung fürsorglicher Weiblichkeit in sein Haus zu lassen, aber ebenso wenig die Energie, das deutlich zu machen.

Bernadette interpretierte sein Schweigen als Einladung, betrat den dunklen Flur und navigierte die ihr folgende Prozession mit untrüglichem Instinkt zur Küche.

Kleiber, der noch immer sprachlos an der Tür stand, protestierte schwach. Doch die drei Damen hatten die Küche bereits erobert.

»Nun seht euch das an«, sagte Bernadette kopfschüttelnd, »in dieser Küche ist seit Jahren nicht mehr gekocht worden.«

»Und geputzt auch nicht«, sagte Luise Wackernagel und fuhr mit dem Finger über die Regale. Die Küche war klein und bot nicht genügend Platz für drei Köche, also teilte Bernadette die beiden anderen zum Putzen ein.

Kleiber hatte mittlerweile die Tür geschlossen und stand im Flur.

»Was wollen Sie von mir?«, fragte er.

»Gar nichts, gar nichts, guter Mann«, sagte Bernadette, ergriff Kleibers Arm und führte ihn zurück ins Wohnzimmer. »Meine Güte, hier müssen wir dringend mal lüften.« Sie ging zur Terrassentür, zog die schmutzigen Vorhänge zur Seite und öffnete die Tür.

»Na, sehen Sie, was für ein herrlicher Garten, leider ganz verwildert. Da wartet ja eine Menge Arbeit auf uns. Luise! Dorothea! Schaut euch das an, hier müssten als Erstes die Fenster geputzt werden, damit die Sonne wieder reinscheinen kann, nicht wahr. Und wo haben Sie denn einen Staubsauger? Ach, wahrscheinlich im Keller … lassen Sie nur, wir finden schon alles. Setzen Sie sich gemütlich hin, wir werden Ihnen was Schönes kochen und es ein bisschen gemütlich machen. Sie haben ja nun weiß Gott genug durchgemacht.«

Kleiber ließ sich aufs Sofa sinken, während Luise und Dorothea sich daranmachten, mit dem Staub auch die Trauer der Jahre wegzuwischen.

Nach einer Stunde emsigen Treibens zog der Duft von Bratwürstchen durch das Haus, und Kleiber, der die ganze Zeit schweigend und wehrlos auf dem Sofa gesessen hatte, wurde zunehmend unruhig. Er zappelte noch eine Weile herum, bis er endlich aufstand, in die Küche ging und Bernadette, die am Herd stand und mit einem Löffel eifrig in einem Sauerkrauttopf rührte, finster ansah.

Die drehte sich nur kurz zu ihm um und reichte ihm dann mit sorgenvoll gefurchter Stirn die halb gefüllte Flasche Weizenkorn, die neben der Spüle auf dem Kühlschrank stand.

Kleiber nahm sie schweigend entgegen und verließ die Küche.

Nach einer weiteren halben Stunde war das Essen fertig, der Tisch gedeckt und Kleiber verschwunden. Dafür betrat in diesem Moment Steffen Kleiber das Haus.

»Was machen Sie hier?«, fragte er mit drohender Miene und hielt witternd die Nase in die Luft.

Bernadette kam auf ihn zu und nahm seinen Arm.

»Wir werden uns in Zukunft ein bisschen um Sie und Ihren Vater kümmern. Kommen Sie, setzen Sie sich, wir können gleich essen.«

Es musste das Überraschungsmoment sein, das Steffen Kleiber wehrlos machte, denn er leistete keinen Widerstand und ließ sich ins Wohnzimmer führen, wo die beiden anderen Frauen ihn am mit einer Tischdecke und Blumen geschmückten Esstisch erwartungsvoll entgegenblickten.

Luise und Dorothea hatten inzwischen die Fenster geputzt und die Gardinen abgenommen, sodass das Zimmer nun hell und freundlich wirkte.

»Leider können wir Ihren Vater nicht finden«, sagte Luise entschuldigend, »aber wir können ja schon mal anfangen zu essen.«

Steffen öffnete den Mund zum Protest und hätte die Frauen wahrscheinlich ohne viel Federlesens vor die Tür gesetzt, wenn nicht in diesem Moment Bernadette den Raum betreten hätte, beladen mit zwei Schüsseln. Sie stellte die Schüsseln mit Würstchen und Sauerkraut auf den Tisch.

»Fangt schon mal an, ich hole noch die Schupfnudeln.«

Steffen schien die Ausweisung der Damen vorerst vertagt zu

haben, griff nach einem Teller und einer Gabel, lud sich drei Würstchen und die Hälfte vom Sauerkraut auf und verzog sich in die Sofaecke, wo Sekunden später der Fernseher eingeschaltet wurde.

Die drei Samariterinnen zuckten mit den Schultern und bedienten sich ebenfalls.

Nach dem Essen machten sie sich wieder an die Arbeit, während Steffen sich in das obere Stockwerk begab, um nach seinem Vater zu sehen, der sich angesichts dieser Invasion mit Sicherheit in sein Zimmer zurückgezogen hatte.

Er klopfte an die Tür.

»Vatter«, rief er, »willste hier unten nicht mal für Ordnung sorgen?«

Als keine Antwort kam, öffnete er die Tür. Sein Vater lag auf dem Ehebett und weinte.

Charlotte und Rüdiger hatten die Kassette mitsamt dem Taschenrechner bei der Spurensicherung abgegeben und sich dann in die Innenstadt zum Mövenpick begeben, um zu Mittag zu essen. Sie ergatterten einen schattigen Tisch in der Nähe der Kröpcke-Uhr, die den Hannoveranern schon seit Urzeiten als Treffpunkt dient. Sie bestellten Quiche und Salat und beobachteten das rege Treiben auf dem weitläufigen Platz, wo Georg-, Bahnhof- und Karmarschstraße – die drei Haupteinkaufsmeilen der City – zusammentrafen.

Ein Kind schrie wie am Spieß, weil ihm eine Eiskugel aus der Waffel gefallen war, und die Mittagsgäste vom Mövenpick waren mehr als dankbar, als die Mutter sich endlich erweichen ließ und dem Jungen ein neues Eis kaufte. Ein junger Mann, den niemand wirklich beachtete, jonglierte mit ein paar Keulen und reichte anschließend seinen Hut herum. Charlotte gab ihm einen Euro und seufzte.

»Ob man damit wohl seinen Lebensunterhalt verdienen könnte?«

»Kommt drauf an, wie hoch der ist. Wenn du auf der Straße schläfst, wird's wohl reichen«, sagte Bergheim und machte sich über seine Quiche her, die in diesem Moment auf den Tisch kam.

Sie genossen die sommerliche Wärme und aßen schweigend. Charlotte hatte das gute Gefühl, dass sie der Lösung einen entscheidenden Schritt nähergekommen waren. Am Nachmittag würden sie den Papierkram erledigen, und dann waren hoffentlich bald die ersten Ergebnisse von der Spurensicherung da.

Hollinger und Maren Vogt waren den ganzen Tag unterwegs gewesen. Sie hatten die Fotos von Annette Möllering und Krämer herumgezeigt und gehofft, dass irgendjemand die beiden zusammen gesehen hatte. Leider wurden sie enttäuscht. Hollinger kam zu dem Schluss, dass Polizeiarbeit in der Mordkommission frustrierender war als sein Posten im ruhigen Kommissariat in Kleefeld.

Ursula Hollinger war dabei, das Abendessen vorzubereiten, während Kaspar, eine Flasche Hanöversch in der Hand, an der Terrassentür stand und mit finsterer Miene in den Garten guckte.

»Sie fängt sich schon wieder«, sagte Ursula, die hinter ihn getreten war und ihrem Mann beruhigend die Schulter tätschelte.

Der nickte nur stumm. Er konnte es immer noch nicht fassen, dass seine Tochter ihm ihren iPod an den Kopf geworfen hatte, bevor sie sich in ihrem Zimmer verbarrikadiert hatte.

»Die Frage ist, ob ich mich wieder fange«, brummte er und tätschelte seine Beule. »Ich hätte ihr eine knallen sollen.«

Ursula lächelte. »Und was, glaubst du, würde das nützen? Sie würde höchstens das schwer misshandelte Kind rauskehren und sich als Märtyrer aufspielen.«

»Und wenn schon«, sagte Hollinger. »Du immer mit deinem Verständnis. Wir hätten ihr ab und zu den Hintern versohlen sollen. Das haben unsere Eltern so gehalten und deren Eltern auch. Was soll daran so falsch sein? Ich habe meinen Eltern jedenfalls nichts an den Kopf geworfen.«

Ursula lächelte hintergründig und hielt ihm den iPod hin. »Jetzt schau dir das teure Teil an. Es ist nicht mehr zu gebrauchen. Einfach an deinem Dickschädel zerschmettert.«

Kaspar grinste. »Tatsächlich.« Dann wandte er sich seiner Frau zu. »Du hast nicht vielleicht mit dem Hammer nachgeholfen?«

»Nur ein kleines bisschen«, sagte Ursula leise und legte den unbrauchbaren iPod sorgfältig auf den Wohnzimmertisch.

In diesem Moment klingelte es, und Ursula ging öffnen. Es war Bernadette.

Kaspar leerte etwas wehmütig seine letzte Flasche Hanöversch und ging dann seine Mutter begrüßen.

Wenig später saßen die drei am Küchentisch und ließen sich Ursulas Tomaten-Schinken-Toast schmecken.

»Wo ist denn eigentlich meine Enkelin? Ursula, du achtest nicht darauf, dass deine Tochter genug isst. Ich sehe sie nie beim Essen«, sagte Berna und trank genussvoll von ihrem Riesling.

Kaspar brummte etwas Undeutliches, das sich wie »Soll sich bloß nicht blicken lassen« anhörte, und säbelte heftig an einem Stück Toast.

»Ach, wir haben uns heute mal ein bisschen um die beiden Kleibers gekümmert. Luise, Dorothea und ich«, sagte Bernadette, als sie merkte, dass ihre Enkelin im Moment nicht zu den bevorzugten Themen gehörte.

Ursula hörte auf zu kauen.

»Was meinst du damit? Um sie gekümmert?«, fragte sie und blickte ihre Schwiegermutter beunruhigt an.

»Na, wir sind zu ihnen gegangen, haben ein ordentliches Mittagessen gekocht – und das sage ich euch, der junge Kleiber hat gegessen, als hätte er seit Jahren nichts Vernünftiges mehr zwischen die Zähne bekommen, was wahrscheinlich auch stimmt – und haben ein bisschen sauber gemacht und Frischluft in dieses Mausoleum gelassen. Und das war bitter nötig, das könnt ihr mir glauben.«

Kaspar bekam einen Hustenanfall.

»Meinst du, ihr seid einfach so hingegangen und habt geputzt? Ohne euch anzumelden oder mal nachzufragen, ob die Leute das wollen?«, fragte Ursula ungläubig.

Bernadette schüttelte unwillig den Kopf. »Aber Ursula, solche Leute wollen nie, dass man was für sie tut. Die muss man einfach aus ihrer Lethargie rausreißen und zu ihrem Glück zwingen«, sagte sie und klopfte ihrem Sohn, der immer noch hustete, auf den Rücken.

»Und Luise – du weißt doch, die nach dem Tod ihres Mannes ins Stephansstift gezogen ist. Vorher haben sie ja in Herrenhausen gewohnt, und sie ist eigentlich ungern da weggegangen, aber allein wollte sie auch nicht sein. Also die Luise, die war früher mit der Nachbarin der Kleibers befreundet, einer Frau Kloppmann oder so. Und die beiden sind oft in den Herrenhäuser Gärten unterwegs gewesen. Der Georgengarten war ja direkt vor ihrer Haustür. Stellt euch das mal vor«, schwärmte Bernadette Hollinger, »man kann jeden Tag im Georgengarten spazieren gehen.«

»Wusste gar nicht, dass du so gerne spazieren gehst«, brummte Hollinger, was ihm einen vorwurfsvollen Blick seiner Mutter eintrug.

»Natürlich, Jungchen«, antwortete sie, »schon immer.«

Hollinger lächelte schief.

»Wo war ich stehen geblieben?«, fuhr Oma Hollinger unbeirrt fort. »Ach ja, bei Luises Freundin ... wie hieß sie noch gleich mit Vornamen ...? Ist ja auch egal. Also jedenfalls hat Luise gesagt, dass Frau Kloppmann dieses Mädchen, das damals verschwunden ist, mit einem Mann zusammen in Herrenhausen gesehen hatte. Sie stiegen gerade aus dem Auto, wollten wohl in den Barockgarten. Und Luise – ihr wisst ja, die ist immer ein bisschen albern – hat gesagt, dass der Mensch genauso ein Auto fuhr wie ihr Sohn damals. Und den hat sie immer Luisewagen genannt. Na ja, wenn's ihr Freude macht ...«

Kaspar, der nicht besonders aufmerksam zugehört hatte, stutzte.

»Moooment. Von wem sprichst du? Von Marina Kleiber?«

»Ja doch. Luise hat gesagt, da ist ein Paar aus dem Auto gestiegen, und ihre Freundin, die Frau Kloppmann – oder so –, hat nur mit dem Kopf geschüttelt und gesagt, dass sie sich schon sehr über diesen Mann wundern musste, dass er nun auch noch mit der Marina anbandelt.«

»Ja, woher weiß denn die Luise, dass die Frau aus dem Auto Marina Kleiber war?«

Berna legte ihr Messer weg und warf ihrem Sohn einen ungeduldigen Blick zu. »Jungchen, die Frau Kloppmann war doch eine

Nachbarin von den Kleibers. Da wird sie das Mädchen ja wohl kennen.«

Hollinger starrte seine Mutter an. Er wollte ganz viele Fragen stellen, konnte seine Gedanken aber nicht schnell genug ordnen, um dem Redefluss seiner Mutter zuvorzukommen.

»Na jedenfalls, jetzt, wo das Mädchen endlich gefunden worden ist – wenn auch leider tot –, ist ihr das wieder eingefallen.«

»Das kann ja nicht wahr sein«, hauchte Hollinger. »Willst du mir jetzt ernsthaft erzählen, dass die Luise sich nach all den Jahren noch daran erinnert?«

»Natürlich! Sie haben ja oft darüber gesprochen.«

»Ja, und warum, zum Teufel, weiß dann die Polizei nichts von einem Freund? Hat diese Frau Klopper oder wie sie heißt das denn nicht ausgesagt?«

»Tja, also, das weiß ich nun auch nicht, da musst du Luise fragen.«

»Wo wohnt diese Frau Kloppmann?«, schnauzte Hollinger.

»Na, die ist doch letztes Jahr gestorben«, sagte Bernadette in einem Ton, als müsste die ganze Welt davon wissen. »Deshalb hat Luise es doch überhaupt nur erwähnt.«

Kaspar blickte Ursula an und sprang auf. »Ich muss telefonieren.«

Er hörte noch, wie seine Mutter hinter ihm protestierte. »Junge, warum bleibst du denn nicht mal ruhig am Tisch sitzen? Du bekommst noch einen Herzinfarkt, wie dein Vater …«

Kaspar hörte nicht mehr hin. Er suchte auf seinem Handy nach der Nummer von Charlotte Wiegand.

Hauptkommissarin Wiegand befand sich mit ihrem Kollegen Bergheim in einer Besprechung beim Chef. Ostermann machte keinen Hehl daraus, dass er von dem Ergebnis der Zusammenarbeit seiner beiden besten Ermittler enttäuscht war. Er hatte sich Bergheims Bericht angehört und sich dann kopfschüttelnd an Charlotte gewandt. Was denn in sie gefahren sei, einem Taschenrechner hinterherzuermitteln. Was glaube sie denn dabei herauszufinden? Blutspuren an den Tasten?

»Was für eine monströse Geschichte konstruieren Sie da? Das

ist doch Zeitverschwendung. Ich darf Sie daran erinnern, dass ich dem Steuerzahler Rechenschaft ablegen muss über die Aktivitäten meiner Beamten«, hatte er gesagt. »Kümmern Sie sich gefälligst um Spuren, die ein Ergebnis erwarten lassen. Wir sind keine Akteure in einem billigen Kriminalroman.« Dann hatte er die beiden einfach stehen lassen.

Charlotte schaute betreten, als die Tür hinter ihrem Chef ins Schloss gefallen war.

»Glaubst du auch, dass ich spinne?«, fragte sie Bergheim.

Der zuckte mit den Schultern. »Nein, natürlich nicht. Aber das Ganze ist reichlich makaber, findest du nicht?«

»Was kann ich dafür, dass unser Mordopfer einen Schlüssel verschluckt hat, der zu einer Geldkassette passt, deren Besitzerin ebenfalls ermordet wurde?«

Bergheim seufzte. »Vielleicht hat er den Schlüssel ja aus Versehen verschluckt. Schließlich hatte er ja eine gehörige Portion Schlafmittel intus. Dann würden wir uns in der Tat ziemlich lächerlich machen.«

Charlotte sprang erbost auf und hatte eine heftige Erwiderung auf den Lippen, als ihr Handy klingelte.

»Ja«, bellte sie in wütendem Ton, der eigentlich Bergheim gegolten hätte, ins Telefon.

»Äh«, kam es nach einigem Zögern vom anderen Ende, »bin ich mit Frau Wiegand verbunden?«

»Natürlich«, sagte Charlotte und riss sich zusammen. »Was gibt's?«

»Tja, also«, stotterte Hollinger verunsichert, »ich will ja nicht stören, aber ich habe eben von meiner Mutter – vielmehr ihrer Freundin – erfahren, dass Marina Kleiber damals tatsächlich einen Freund gehabt hat.«

»Wieso erfahren wir das erst jetzt?«, fragte Charlotte scharf.

»Weil die Freundin meiner Mutter das nur von ihrer Freundin weiß, und ob die damals ausgesagt hat, weiß ich nicht.«

Charlotte schlug sich mit der flachen Hand auf die Stirn. »Das darf ja nicht wahr sein.« Sie sah auf die Uhr. »Gleich sieben, wir sind in fünfzehn Minuten bei dir und fahren dann zu dieser Freundin, wer immer das ist.«

Hollinger wollte zwar protestieren, kam aber nicht mehr dazu, weil Charlotte das Gespräch weggedrückt hatte.

Bergheim sah sie unwillig an. »Lass doch deinen Frust nicht an dem armen Kerl aus.«

Charlotte schnaubte. »Komm, wir haben zu tun«, sagte sie und wandte sich zum Gehen. Sie wusste, dass Bergheim recht hatte, und konnte sich in diesem Moment selbst nicht leiden.

Bergheim fuhr, während sie nachdenklich neben ihm saß und angestrengt aus dem Fenster sah.

»Du meinst also auch, dass das alles nur Hirngespinste sind?«

»Nein«, sagte Bergheim, »glaube ich nicht. Wir sollten auf jeden Fall dranbleiben, auch wenn ich mir nicht sicher bin, dass was dabei rauskommt.«

Hollinger empfing die beiden Kollegen in Jeans und weißem Oberhemd, das vor dem Bauch spannte, und würdigte Charlotte keines Blickes. Ursula stand hinter ihm und begrüßte Charlotte und Bergheim mit einem Lächeln. Als sie Bergheim ansah, flog ein Hauch von Rosa über ihre Wangen, der sich sofort verflüchtigte.

Die drei machten sich zu Fuß auf den Weg, denn das Stephansstift war nur wenige hundert Meter vom Heim der Hollingers entfernt. Bernadette Hollinger war bereits vorausgegangen, um ihre Freundin auf den Besuch der Polizei vorzubereiten.

Bergheim übernahm Frau Schnieders, die Empfangsdame, die sich zunächst weigerte, sie noch vorzulassen. »Auch wenn Sie von der Polizei sind und wichtige Ermittlungen führen, müssen wir doch Rücksicht auf die Bewohner nehmen.«

»Unbedingt«, sagte Bergheim und lächelte, »aber es dauert höchstens zehn Minuten. Halten Sie das für zumutbar?«

Frau Schnieders lächelte beglückt und nickte.

»Kommen Sie, ich führe Sie zu Frau Wackernagel. Die Damen sind jetzt bestimmt im Gemeinschaftsraum.«

Sie wurden in ein großes, gemütliches Zimmer geführt, das mit einigen Sitzecken und Spieltischen ausgestattet war. Üppige Grünpflanzen und Regale mit Büchern und Gesellschaftsspielen fungierten als Raumteiler.

Luise Wackernagel saß mit Bernadette Hollinger und Dorothea Schupp in einer Sitzgruppe am Fenster. Frau Hollinger saß in der Mitte und schrieb etwas auf ein Blatt Papier. Sie entdeckte die drei Ermittler als Erste, sprang auf und eilte ihnen entgegen.

»Ich freue mich ja so, endlich mal die Kollegen meines Sohnes kennenzulernen«, sagte sie, als sie strahlend Bergheims Hand ergriff. Charlotte erhielt ebenfalls einen Händedruck, das Lächeln fiel etwas sparsamer aus.

»Sie müssen wissen, mein Mann war auch Polizist. Fast vierzig Jahre lang. Er war so glücklich, als unser Sohn ebenfalls diese Laufbahn einschlug.«

Sie waren bei der Sitzgruppe angelangt, wo die beiden anderen Damen sie erwartungsvoll anstaunten.

»Setzen Sie sich«, sagte Bernadette, die die Gastgeberinnenrolle übernommen hatte, Frau Schnieders hatte sich zurückgezogen.

»Das sind meine Freundinnen Frau Schupp und Frau Wackernagel«, stellte sie die beiden Damen vor.

Charlotte fand, es war an der Zeit, die Führung des Gesprächs zu übernehmen, und räusperte sich.

»Frau Wackernagel«, wandte sie sich an die Zierlichere der beiden, »erzählen Sie uns doch bitte, was Ihre Freundin über Marina Kleiber wusste.«

»Ja, wissen Sie«, sagte Frau Wackernagel und rang die Hände, »ich bin ja ein bisschen unsicher, ob ich das jetzt einfach alles so erzählen kann. Wir, die Hedwig und ich, haben damals oft über das Mädchen gesprochen, und Hedwig hat immer gesagt, dass dieser Mann, mit dem wir sie damals bei den Herrenhäuser Gärten gesehen haben, ein ganz netter Kerl war.«

»Hat sie gesagt, wie der Mann hieß?«, fragte Charlotte gespannt.

»Um Himmels willen, nein! Sie wollte keinen Ärger, und vielleicht hätte sie sich ja auch verguckt, hat sie immer gesagt. Es gäbe genug andere Leute, die das melden würden. Wieso sollte sie sich da in die Nesseln setzen. Und, ganz im Vertrauen«, Luise Wackernagel rückte näher zu Charlotte hinüber, »ich hab sie verstanden«, fügte sie ein bisschen trotzig hinzu.

Charlotte versuchte, sich ihren Ärger nicht anmerken zu lassen. »Und wieso sprechen Sie jetzt darüber?«

»Na ja.« Frau Wackernagel zuckte mit den Schultern. »Hedwig ist ja nun gestorben, und jetzt haben Sie auch noch das Mädchen gefunden ...«

Luise Wackernagel blickte unsicher von Charlotte zu Bergheim und warf zuletzt ihrer Freundin Bernadette Hollinger einen giftigen Blick zu.

Charlotte rang sich ein Lächeln ab. »Frau Wackernagel, können Sie sich daran erinnern, wie der Mann ausgesehen hat?«

Luise Wackernagel kicherte. »Also, jetzt machen Sie aber Witze! Das ist so lange her, und ich kannte die beiden ja auch gar nicht. Die Sache ist mir nur wieder eingefallen, weil das Mädchen jetzt gefunden worden ist.«

»Wissen Sie zufällig, was das für eine Automarke war?«, unterbrach Bergheim sie.

»Ja, die Marke«, sagte Luise Wackernagel und kicherte wieder. »Die weiß ich noch genau, weil mein Sohn damals auch so ein Auto hatte, und den gab es wirklich nicht oft. Einmal bin ich mitgefahren, du meine Güte, ich konnte kaum was sehen, und aussteigen konnte ich auch nicht alleine ...«

»Luise!«, mischte Bernadette Hollinger sich ein. »Das interessiert doch die Beamten gar nicht. Die wollen wissen, wie der Wagen aussah.«

»Ja, ja, natürlich«, stotterte Luise Wackernagel, und ihre Hände begannen zu zittern. »Ich habe ihn immer Luisewagen genannt, weil er so ähnlich hieß, aber natürlich war das nicht der richtige Name. Mit so was kenne ich mich eben nicht aus. Und ehrlich gesagt, ich weiß auch gar nicht, ob das richtig ist, dass Sie mich hier so ausfragen. Ich will keine Unannehmlichkeiten.«

»Quatsch«, schnaufte Bernadette Hollinger, »was denn für Unannehmlichkeiten?«

»Na ja«, Frau Wackernagel guckte misstrauisch in Charlottes Richtung, »was weiß ich denn?«

Charlotte verzog den Mund. »Wo wohnt Ihr Sohn, Frau Wackernagel?«

»Aber was wollen Sie denn jetzt von meinem Sohn?«, quengelte Luise Wackernagel, »der hat doch damit gar nichts zu tun, und der war das auch nicht mit dem Mädchen ...«

»Natürlich nicht«, beschwichtigte Bergheim sie, »wir wollen ihn nur nach der Marke des Wagens fragen.«

Frau Wackernagel beruhigte sich wieder.

»Ja, er wohnt in der Südstadt. Leider ist er ja geschieden und wohnt jetzt allein, aber das war auch besser so. Mit der Frau konnte das wirklich nichts werden, wissen Sie. Wenn Sie mitkommen, kann ich Ihnen die genaue Adresse geben. Sie ist oben in meinem Zimmer.«

»Schon gut«, unterbrach Charlotte sie hastig. »Bemühen Sie sich nicht. Wir finden das raus. Er wird sich bestimmt noch an die Marke erinnern.«

»Oh ja, natürlich, er hat den Wagen ja so geliebt.«

»Frau Wackernagel«, Charlotte war aufgesprungen, »wir sind Ihnen wirklich sehr dankbar, und wenn Ihnen oder Ihren Freundinnen noch was einfällt, melden Sie sich bei mir.«

Die Damen nickten eifrig, und Charlotte, Bergheim und Hollinger verabschiedeten sich.

Wenig später befanden sich die drei auf dem Heimweg.

Bergheim sagte es als Erster: »Es ist immer wieder das Gleiche. Entweder haben wir es mit Querulanten zu tun, die sich über die volle Mülltonne vom Nachbarn beschweren, oder mit Duckmäusern, die das Maul nicht aufkriegen, auch wenn sie damit vielleicht ein Verbrechen aufklären oder sogar verhindern könnten.«

»Ja«, sagte Charlotte und schüttelte den Kopf. »Ich werd's nie begreifen. Das fängt schon in der Schule an. Keiner will petzen. Warum bringt den Kindern keiner bei, dass es ein Unterschied ist, ob ich dem Lehrer verrate, dass xy seine Hausaufgaben nicht gemacht hat oder dass xy seinen Mitschüler verprügelt.«

»Der größte Lump im ganzen Land, das ist und bleibt der Denunziant«, sagte Hollinger gedankenverloren. Charlotte blieb verblüfft stehen.

»Kennt ihr den Spruch nicht?«

Bergheim und Charlotte schüttelten die Köpfe.

»Der ist von irgendeinem Dichter, von dem, der auch das Deutschlandlied gedichtet hat …«

»Fallersleben«, unterbrach ihn Charlotte.

»Kann sein«, sagte Hollinger. »Jedenfalls sind Petzen unbeliebt.

Schon immer gewesen. Und wer will sich schon unbeliebt machen? In Kleinstädten und in Vororten wie Kleefeld kennt man sich. Das ist nicht wie in der Großstadt.« Er sah Charlotte forschend an. »Was würdest du denn machen, wenn du irgendwo lebst, wo jeder jeden kennt und du mit deinen Nachbarn auch schon mal einen zusammen trinkst? Und dann bemerkst du bei seinem Kind blaue Flecken an den Armen. Kann alles Mögliche sein, und das Kind sagt, es ist gefallen. Es kommt dir aber trotzdem komisch vor. Zeigst du ihn an?«

»Das weiß ich nicht«, sagte Charlotte, »aber ich würde es auf keinen Fall auf sich beruhen lassen.«

»Was heißt das?«, wollte Hollinger wissen. »Fragst du bei seiner Frau nach, mit der du vielleicht sogar befreundet bist?«

»Vielleicht«, sagte Charlotte.

»Wenn sich rausstellt, dass du unrecht hast, war's das auf jeden Fall mit der guten Nachbarschaft«, sagte Hollinger. »Und du musst damit rechnen, wegen Verleumdung verklagt zu werden. Außerdem werden dich, auch wenn du recht hast, einige schräg angucken, weil sie dir nicht mehr über den Weg trauen. Einmal Petze, immer Petze.«

»Allerdings«, sagte Charlotte grinsend. »Als ich noch bei meinen Eltern gewohnt hab – das war kurz vor dem Abitur –, hab ich einen Nachbarn angezeigt, weil er vollkommen betrunken aus dem Auto gestiegen war. Er hatte zwar keinen Unfall gebaut, war aber zu besoffen, um das Auto abzuschließen. Dann hat er sich wieder reingesetzt und ist eingeschlafen. Fünf Minuten später war eine Streife da, und die haben ihn mitgenommen zur Blutprobe.« Charlotte kicherte. »Ich hab ihn dann nur noch auf dem Fahrrad gesehen. Die Frau hat uns danach immer schief angeguckt, und meine Eltern haben sich furchtbar aufgeregt.«

Sie schwieg eine Weile und kickte einen Ast vom Bordstein. »War mir egal. Ich wollte nicht mit dem Gefühl leben, dass der irgendwann ein Kind umnietet, nur weil alle zu feige waren, ihn aus dem Verkehr zu ziehen. Mögt ihr mich jetzt nicht mehr?«

»Doch, doch«, versicherte Hollinger eilig. »In dem Fall bist du auch keine Denunziantin. Ein Denunziant ist zum Beispiel einer, der ... der seinen Arbeitskollegen verpetzt, wenn der mal auf dem Klo verbotenerweise eine raucht.«

Charlotte nickte. »Das ist der Unterschied. Wenn ich jemanden in die Pfanne haue, weil der einem anderen schadet, bin ich kein Denunziant.«

»Eben«, fasste Bergheim zusammen.

Charlotte überlegte. »Im Umkehrschluss hieße das ja, dass man dieser Kloppmann keinen Vorwurf machen kann, bloß weil sie sich nicht vorstellen konnte, dass dieser Typ jemandem schaden würde.«

»Meine Güte«, sagte Hollinger, »das wird mir jetzt langsam zu hoch.«

Charlotte lächelte. »Mir auch, ehrlich gesagt.«

Ein paar Schritte lang schwiegen alle. Dann wandte sich Charlotte an Hollinger: »Gut, dass du deiner Mutter zugehört hast. Tut mir leid, wenn ich am Telefon etwas grob war. Hatte Ärger mit dem Chef.«

»Kann man mit dem auch keinen Ärger haben?«, fragte Hollinger grinsend.

»Schwierig«, sagte Charlotte.

Inzwischen waren sie wieder bei Hollingers Haus angekommen. Ursula öffnete die Tür, als hätte sie auf sie gewartet.

»Möchten Sie reinkommen und was trinken?«, fragte sie. »Ich glaube, wir sind Ihnen zu Dank verpflichtet.«

»Zu einem Bier würde ich nicht nein sagen. Was meinst du, Rüdiger?«

Bergheim nickte, und sie folgten Ursula hinaus auf die Terrasse.

Während Ursula sich um Gläser und Bier kümmerte, klärte Charlotte Hollinger über den Fund der Kassette und den Taschenrechner auf, und Bergheim informierte per Handy das Team über die Besprechung in der ZKD am nächsten Morgen.

Es war warm, und ein leichter Wind brachte das üppige Grün des Hollinger'schen Gartens zum Rascheln. Von nebenan stieg der Duft von Grillwürstchen über den Zaun. Charlotte schloss für einen Moment die Augen und genoss die warme und freundliche Atmosphäre.

Wie friedlich es hier war. Sie hörte die Stimme ihrer Freundin

Miriam, die das hier spießig und kleinbürgerlich nennen würde. Aber was gab es gegen spießig und kleinbürgerlich eigentlich einzuwenden?, fragte Charlotte sich gerade. Immerhin wusste man, wo man hingehörte, und fühlte sich sicher. Sicherheit. Gab es die denn wirklich? Krämers und Kleibers hatten auch nicht anders gelebt. Und wie viel Schreckliches war ihnen widerfahren. Charlotte sog tief die würzige Luft ein. Egal. Sie fühlte sich wohl hier und wollte jetzt nicht über die drei Menschen nachdenken, deren Tod sie aufzuklären hatten.

»Ich weiß nicht, was Sie gemacht haben«, sagte Ursula, als sie sich zu den drei Beamten setzte, »aber dieser Kerl hat sich offensichtlich von Kerstin getrennt. Sie gibt uns zwar eine Mitschuld, aber damit können wir leben.«

Bergheim grinste. »Freut mich zu hören«, sagte er und nahm einen Schluck Herrenhäuser aus der Flasche.

»Sie haben sicher schon gehört, dass meine Schwiegermutter und ihre Freundinnen den Haushalt der Familie Kleiber unter ihre Fittiche genommen haben«, sagte Ursula.

Charlotte nickte lächelnd. »Ja, ich weiß allerdings nicht, ob Herr Kleiber und vor allem sein Sohn damit einverstanden sind, aber einen Versuch ist es wert. Ich glaube sogar, dass es für Steffen Kleiber eine Art Therapie sein könnte. Er ist mit der Situation eindeutig überfordert.«

»Das ist er wohl«, sagte Ursula. »Ich kenne die Familie zwar nicht näher, aber ich weiß, dass sich der Junge in den letzten Jahren völlig verändert hat, und dann stirbt auch noch die Mutter.«

»Halten Sie es für möglich, dass er was mit Krämers Tod zu tun hat?«, fragte Bergheim plötzlich.

»Nie im Leben würde ich das glauben«, sagte Ursula und sah zuerst Bergheim und dann ihren Mann entgeistert an. »Was meinst du dazu?«

Hollinger schüttelte den Kopf. »Kann ich mir nicht vorstellen, wieso auch? Hätte er doch längst erledigen können.«

»Ja, das ist das Erstaunliche an der ganzen Angelegenheit«, sagte Charlotte gedankenverloren, »dass Marina erst nach Krämers Tod gefunden wurde. Dass die Mutter sich zehn Jahre später das Leben nimmt, ist für mich als Motiv eher fragwürdig. Und dann diese Anzeige wegen Vergewaltigung – ebenfalls erst, nachdem Krämer tot war. Plötzlich kommen alle aus ihren Mauselöchern gekrochen.«

»Wahrscheinlich hat sich das Mädchen vorher einfach nicht getraut, und ein toter Lehrer kann ja bekanntlich nicht mehr reden«, sagte Hollinger.

»Ist es denn überhaupt sicher, dass Michael Marina umgebracht hat? Ich dachte, Sabines Aussage hätte ihn damals entlastet«, sagte Ursula.

»Das stimmt«, sagte Charlotte, »aber was heißt das schon? Ehefrauen neigen nun mal dazu, ihre Männer für unschuldig zu halten.«

Sie fuhr gedankenverloren mit dem Finger über den Rand ihres Bierglases.

»Und dann diese Geschichte mit dem Mann und dem Auto. Davon steht nirgends etwas in den Ermittlungsakten. Wieso hat außer dieser Frau keiner die beiden zusammen gesehen?«

»Sie müssen sich heimlich getroffen haben, möglicherweise, weil entweder Marina das vor ihren Eltern verheimlichen oder der Kerl es geheim halten wollte. Vielleicht war er verheiratet«, sagte Bergheim.

»Ich glaube, dass er hier in der Nachbarschaft gewohnt hat oder immer noch wohnt. Und diese Frau mochte ihn, sonst hätte sie vielleicht den Mund aufgemacht.«

»Kann auch sein, dass er ein Verwandter von ihr war oder sie ihn sonst woher kannte«, warf Bergheim ein.

Charlotte schüttelte den Kopf. »Unwahrscheinlich. Schließlich hat Marina auch hier gewohnt, und die Kloppmann war ihre Nachbarin.«

In diesem Moment betrat Kerstin Hollinger die Terrasse. Sie trug einen Minirock und ein enges, schulterfreies Top, begrüßte Charlotte und hatte dann nur noch Augen für Bergheim. Ursula blickte ihren Mann vielsagend an.

»Sind Sie bei der Mordkommission?«, fragte sie und strahlte ihn an.

»Ja, bin ich«, sagte Bergheim und grinste. »Und du gehst noch zur Schule, nehme ich an.«

Kerstin verzog den Mund und strich eine blonde Haarsträhne hinters Ohr.

»Ja, aber nicht mehr lange. Ich such mir 'nen Job.«

Hollinger verdrehte die Augen, aber Ursula warf ihm einen warnenden Blick zu.

»Soso«, sagte Bergheim, »na, dann viel Erfolg.« Er stand auf und reichte ihr die Hand. »Leider müssen wir uns jetzt verabschieden.«

Charlotte erhob sich ebenfalls, bedankte sich für das Bier und wandte sich noch einmal an Kerstin.

»Weißt du denn schon, was du arbeiten willst, wenn du mit der Schule aufhörst?«

Kerstin zuckte mit den Schultern und grinste dann. »Vielleicht gehe ich ja auch zur Polizei.«

»Gute Idee«, sagte Charlotte und wusste im selben Moment, dass sie das nicht ehrlich meinte. Aber sie war nicht in der Stimmung, Teenager mit Weisheiten zu füttern.

Charlotte und Bergheim verabschiedeten sich und gingen.

»Der sieht ja toll aus«, schwärmte Kerstin, als die Tür hinter den beiden ins Schloss gefallen war.

»Und ob«, seufzte Ursula versonnen.

VIERZEHN

Obwohl Samstag war, fand sich das Team vollständig um zehn Uhr im Besprechungsraum der KFI 1 ein. Charlotte hatte Streuselkuchen mitgebracht, als Dankeschön für die Bereitschaft der Beamten, ihren Samstag zu opfern.

Fast alle wirkten müde und hatten einen Becher Kaffee vor sich stehen.

Charlotte biss von dem Streuselkuchen ab und krümelte den Tisch voll. Aber das war egal, sie liebte Streuselkuchen und fand, dass er nirgends besser schmeckte als hier in der Gegend um Hannover. Bergheim beobachtete sie belustigt.

»Also Leute«, begann sie mit vollem Mund, »ihr wisst alle, dass der Schlüssel, den Krämer verschluckt hatte, zu einer Kassette passt, die wir im Schreibtisch von Annette Möllering gefunden haben. In der Kassette war ein alter Taschenrechner. Thorsten, du hast dich umgehört, was ist das für ein Ding?«

Thorsten steckte gerade den letzten Bissen von seinem Kuchenstück in den Mund, verschluckte sich, als er angesprochen wurde, und verteilte den Inhalt seines Mundes auf dem Tisch. Maren Vogt rümpfte die Nase, Hohstedt kicherte.

»Immer mit der Ruhe«, sagte Charlotte.

Thorsten räusperte sich. »Also das Ding ist ein altes Modell von Sharp, wird heute nicht mehr hergestellt, war aber vor fünfzehn Jahren überall billig zu haben. Wir haben jede Menge Fingerabdrücke darauf gefunden, zwei sind wahrscheinlich von Kindern oder Jugendlichen. Dann noch die von mindestens zwei Erwachsenen, lässt sich nicht mehr genau feststellen, wie viele. Auf jeden Fall waren die von Krämer drauf. Die anderen sind nicht in der Kartei.«

»Interessant«, sagte Bergheim, »und was ist mit der Kassette?«

»Nur die von Krämer und der Möllering. Die Kassette ist allerdings ziemlich neu. Anscheinend gerade erst gekauft.«

»Und sonst keine Fingerabdrücke auf der Kassette?«, fragte Charlotte ungläubig.

217

»Nein, aber wenn das Teil neu gekauft ist, war's ja auch verpackt.«

Die anderen nickten.

»Außerdem hat jemand, wahrscheinlich mit Edding, die binomischen Formeln auf die Rückseite des Taschenrechners gekritzelt. Ist etwas verblasst, aber immer noch gut zu erkennen. Die Schrift stammt von einem Jugendlichen, wahrscheinlich weiblich.«

Charlotte nickte. »Na, das sollte doch rauszukriegen sein, wem das Ding gehört hat und warum es für Krämer so wichtig war, dass er es unter Verschluss gehalten hat. Darum kümmerst du dich bitte, Henning. Und was ist mit der Überwachungskamera? Habt ihr euch das Video noch mal angeguckt?«

»Ja«, mischte sich Hohstedt ein und legte ein Foto auf den Tisch, »und Thorsten meint, das hier könnte Krämer sein.«

Charlotte griff nach dem Foto, auf dem undeutlich ein Mann mit einer blauen Baseballkappe und einer Sonnenbrille zu sehen war. Charlotte konnte beim besten Willen nicht sagen, ob das Krämer war. Sie reichte das Foto weiter.

»Das könnte auch jeder andere Mann sein. Krämer hatte eine Allerweltsfigur, und die Klamotten sind kaum zu erkennen.«

Hollinger kniff die Augen zusammen und schüttelte dann den Kopf. »Könnte sein, aber beschwören würde ich es nicht.«

»Haben wir bei der Hausdurchsuchung so eine Baseballkappe gefunden?«, fragte Bergheim.

»Kann sich keiner erinnern, könnten wir aber noch mal kontrollieren. Seine Frau müsste das ja wissen«, sagte Thorsten.

»Na, jedenfalls hat der Mann am Samstagnachmittag die Kanzlei betreten und ist nach anderthalb Stunden wieder gegangen. Außerdem«, Hohstedt zeigte auf die Plastiktüte, die der Mann trug, »hatte er das dabei, als er kam, aber nicht, als er ging.«

»Hm«, sagte Charlotte, »das könnte die Kassette gewesen sein. Irgendwann muss er sie ja hingebracht haben. Und wenn er's am Samstagnachmittag gemacht hat, würde das erklären, warum er den Schlüssel beim Jubiläumsfest abends dabeihatte.«

Alle nickten.

»Aber«, meldete sich Maren Vogt zu Wort, »warum das alles? Warum hat er einen Taschenrechner versteckt?«

»Das ist die Frage«, sagte Charlotte.

Bergheim zupfte an seiner Unterlippe. »Auf jeden Fall könnte das das Motiv für den Mord an Annette Möllering sein. Wahrscheinlich hat der Einbrecher danach gesucht.«

»Nach dem Taschenrechner?«, fragte Hollinger ungläubig. »Da kommt man sich ja vor wie in so 'nem Miss-Marple-Krimi.«

»Tja, was hat's nicht schon alles gegeben«, sagte Charlotte.

Bei den anderen Befragungen hatte sich nichts Neues ergeben. Niemand hatte Krämer und Möllering irgendwo zusammen gesehen.

Charlotte nahm sich das letzte Stück Streuselkuchen und überließ es Bergheim, die Truppe über die Aussage von Luise Wackernagel in Kenntnis zu setzen.

»Warum ist das interessant?«, fragte Henning Werst. »Ich denke, es ist klar, dass Krämer das Mädchen umgebracht hat.«

»Davon gehen wir zwar aus, aber bewiesen ist es nicht«, sagte Bergheim.

»Aber was ist dann mit der Anzeige wegen Vergewaltigung von dieser Jennifer Bormann? Die Sache ist doch eigentlich klar.«

»Wir haben aber auch die Aussage seiner Frau. Krämer hatte ein Alibi. Und sonst gibt es keinen Beweis, dass er's getan hat. Und wenn jetzt plötzlich ein ominöser Freund von Marina Kleiber auftaucht, von dem keiner was wusste und der sich nach ihrem Verschwinden nicht gemeldet hat, dann finde ich das verdächtig.«

Werst schürzte die Lippen. Er war nicht überzeugt.

»Also«, sagte Bergheim, »wir müssen rausfinden, welchen Wagen der Sohn von der guten Frau Wackernagel vor zehn Jahren gefahren hat und wie viele davon damals in Hannover – besonders in Kleefeld und Umgebung – zugelassen waren. Das könnte zwar zu einer Sisyphusarbeit ausarten, ist aber nicht zu ändern. Können nur hoffen, dass der Typ einen ausgefallenen Geschmack hatte, was Autos anbelangt. Henning, mach du das bitte. Du hast doch ein Faible für Autos.«

Zehn Minuten später löste sich die Runde auf, und jeder ging seiner Wege, bestrebt, diesen Fall endlich zu Ende zu bringen.

Charlotte hatte Rüdiger zu einer Pause in der Holländischen Kakaostube in der Ständehausstraße überredet. Dort gab es den besten Kakao nördlich des Äquators. Südlich davon war Charlotte noch nie gewesen.

Sie saßen an einem kleinen Tisch im hinteren Teil der Kakaostube, deren traditionelle Einrichtung mit niederländischen Kacheln in Delfter Blau und der Birkentäfelung eine urgemütliche Atmosphäre verbreitete.

Charlotte bestellte Tomatensuppe und eine holländische Schokolade mit Eierlikör. Bergheim begnügte sich mit Kaffee. Er hatte sich vorher beim Schlemmermeyer ein Bratwurstbrötchen gegönnt.

»Ich glaube«, sagte Charlotte und leckte sich die Sahne von den Lippen, »wir sind auf dem richtigen Weg.«

»Wohin?«, fragte Bergheim und leerte seine Kaffeetasse. »Was, glaubst du, soll uns weiterbringen? Etwa der Wagen von diesem Wackernagel?«

»Na ja«, sagte Charlotte, »vielleicht haben wir ja ausnahmsweise mal Glück, und der Typ hat ein seltenes Exemplar von Auto gefahren.«

Bergheim nickte und lehnte sich zurück.

»Ich bin müde«, sagte er unvermittelt und schloss die Augen. »Am liebsten würde ich drei Tage lang schlafen.«

Charlotte beobachtete eine ältere, gut erhaltene Dame, die sich am Nebentisch mit einem ebensolchen Herrn unterhielt und offensichtlich nicht einverstanden war mit dem, was sie gerade von ihm gehört hatte. Die beiden starrten angestrengt aneinander vorbei. Sie verschränkte die Arme.

Charlotte löffelte den Rest der Sahne von ihrer Schokolade und fragte sich, was man sich wohl nach einem so langen gemeinsamen Leben noch zu erzählen hatte. Wurde es mehr oder weniger? Hatte man sich am Ende überhaupt nichts mehr zu sagen? Ihr Blick fiel auf Bergheim, der mit geschlossenen Augen, den Kopf auf die Faust gestützt, ihr gegenübersaß und leise schnarchte. Sie lächelte. Nein, es würde nicht mehr werden, was man sich zu sagen hatte, sondern weniger, weil man sich einfach besser kannte. Das ersparte einem die Worte.

»Haben wir ein Glück«, sagte Henning zu Charlotte und Bergheim, als sie zwei Stunden später in seinem Büro saßen. »Einen Lotus Elise hat der Typ gefahren. Hat mir volle zehn Minuten eine Lobeshymne über die Karre vorgesungen. Mir klingeln jetzt noch die Ohren. Ist aber nicht ganz billig. Wer immer sich den leisten kann, muss ziemlich gut bei Kasse sein.«

»Und?«, sagte Bergheim ungeduldig. »Wie viele davon waren vor zehn Jahren in Hannover angemeldet?«

»Ganze vier«, sagte Henning und hielt Bergheim vier Finger vor die Nase.

»Na, wenn das nicht hoffen lässt«, sagte Charlotte und ließ sich auf Hennings Schreibtisch nieder.

»Jetzt kommt das Interessanteste«, sagte der und grinste wie einer, der die Lottozahlen der kommenden Woche kennt. »Wisst ihr, wer zur fraglichen Zeit damals auch einen Lotus Elise gefahren hat?«

»Nun sag schon«, drängte Charlotte.

»Andreas Fuhrmann.«

Für einen Moment herrschte Schweigen.

»Fuhrmann, Fuhrmann«, murmelte Charlotte gedankenverloren, »woher kenne ich diesen Namen?«

»Gute Frage«, sagte Henning. »Er ist der Mann von Anita Fuhrmann, und den beiden gehört das Fitnesscenter, in dem Michael Krämer regelmäßig trainiert hat.«

»Hm«, meinte Bergheim, »das kann ein Zufall sein.«

Charlotte schüttelte kaum merklich den Kopf. »Wie alt war der Fuhrmann damals genau?«, fragte sie.

»Sechsundzwanzig«, sagte Henning. »Seine Frau ist vier Jahre älter.«

»Hältst du das für möglich?« Bergheim sah Charlotte fragend an.

»Was? Dass eine Siebzehnjährige was mit einem Sechsundzwanzigjährigen hat? Ich bitte dich, natürlich. Vor allem, wenn der ein cooles Auto fährt.«

»Das heißt aber immer noch nicht, dass der damals tatsächlich Marinas ominöser Freund war. Immerhin gibt es noch drei andere, die den Wagen gefahren haben und auch überprüft werden müssen. Ganz zu schweigen von denen, die im weiteren Umkreis von Hannover gemeldet waren.«

»Die in Hannover hab ich mir schon vorgenommen«, sagte Henning, »der eine hat sich praktischerweise vor drei Jahren mit seinem Flitzer um einen Baum gewickelt, der andere war damals schon fast vierzig, wohnte im Zooviertel und ist schwul, tja, und der Dritte ist eine Frau.«

»Na bitte«, sagte Charlotte, »dann sollten wir uns jetzt mal mit Herrn Fuhrmann unterhalten.«

Andreas Fuhrmann war gerade dabei, eine ältere Dame am Spinning-Rad einzuweisen, als Charlotte und Rüdiger das Fitnesscenter betraten. Es war gut besucht. Zwei Pärchen hetzten sich gegenseitig über den Badmintonplatz, und vor mehreren Kraftsportgeräten hatten sich Warteschlangen von zwei, drei Leuten gebildet. Schweißgeruch hing in der Luft, und Charlotte rümpfte die Nase.

Fuhrmanns nervöser Blick ließ – im Gegensatz zu seinem Muskelaufkommen an Oberkörper und Schenkeln – nicht auf ein ausgeprägtes Selbstbewusstsein schließen. Die kleinen Augen in dem markanten Testosterongesicht taxierten nervös die beiden Beamten. Charlotte fragte sich, wovor dieser Muskelprotz Angst hatte.

Bergheim zückte seinen Ausweis und stellte Charlotte vor.

»Können wir uns irgendwo ungestört unterhalten?«, fragte er.

Fuhrmann blickte sich um. »Natürlich, am besten wir gehen in die Kaffeestube. Da sind wir ungestört.«

Er nickte der älteren Dame zu – bestimmt war sie über siebzig – und führte die beiden Beamten in einen abgetrennten Raum, in dem zwei junge Frauen in figurbetontem Sportdress Kaffee tranken. Von nebenan dröhnte rhythmische Musik herein.

»Meine Frau macht gerade ihren Bodyforming-Kurs. Ich hoffe, das stört nicht.«

»Nein, nein«, grinste Charlotte, »es stört uns nicht, wenn andere sich quälen.«

Fuhrmann blickte sie verwirrt an und bat sie, an einem Tisch in der Ecke Platz zu nehmen.

»Darf ich Ihnen was anbieten? Kaffee?«

»Nein danke«, sagte Bergheim, »wir haben nur eine Frage an Sie, dauert nicht lange.«

Er zog ein Foto aus der Tasche und legte es Fuhrmann vor. Charlotte beobachtete ihn genau. Er schluckte, und sein Blick flog zur Tür, als er das Foto sah.

»Kennen Sie das Mädchen?«, fragte Bergheim.

Fuhrmann schüttelte heftig den Kopf. Zu heftig und zu schnell, fand Charlotte.

»Schauen Sie es sich noch mal genau an«, bat sie und hielt ihm das Foto hin.

Fuhrmann warf noch mal einen kurzen Blick darauf, ohne es in die Hand zu nehmen, und schüttelte wieder den Kopf.

»Nein, wieso sollte ich das Mädchen kennen?«

Charlotte und Bergheim blickten sich kurz an. »Der Name des Mädchens ist Marina Kleiber. Nie gehört?«

Fuhrmanns Adamsapfel sprang nach oben. »Doch, natürlich, das ist das vermisste Mädchen ... deren Leiche Sie gefunden haben, oder?«

»Genau«, sagte Bergheim leise, »und wir haben Hinweise, dass Sie mit ihr befreundet waren – eng befreundet.«

Fuhrmann zuckte zusammen. »Wie kommen Sie darauf? Wer hat das gesagt? Eine unverschämte Lüge ist das!« Fuhrmann reckte die Schultern. »Und außerdem, was soll das hier eigentlich? Sie wollen mir hier was andrehen. Das muss ich mir nicht gefallen lassen. Ich muss Sie jetzt bitten, zu gehen und Ihren Mörder woanders zu suchen.« Er stand auf und wies mit seiner Hand zur Tür. Die beiden Damen saßen mucksmäuschenstill. Nur die Musik von nebenan dröhnte unverdrossen weiter, von Frau Fuhrmanns energischer Stimme unterbrochen: »... und vor und hoch uuund zur Seite ...«

»Was anderes«, sagte Charlotte, »wir ermitteln auch im Mordfall Michael Krämer. Ihre Frau hat Ihnen sicher schon erzählt, dass wir versuchen, sein Umfeld zu beleuchten.«

Fuhrmann ließ sich wieder auf die Bank fallen.

»Haben Sie ihn gekannt?«

»Krämer?«, fragte Fuhrmann. »Natürlich, er war ja einer unserer treuesten Kunden und nebenbei …«, er kniff die Augen zusammen, »hat er sich auch noch an kleinen Mädchen vergriffen, wie man hört. Um den hätten Sie sich mal kümmern sollen.«

»Wer hat gesagt, dass er sich an kleinen Mädchen vergriffen hat?«, fragte Bergheim scharf.

»Na, das weiß ja wohl jeder hier. Stand ja damals, als dieses Mädchen vermisst wurde, unter Verdacht. Und dann die Sache mit der kleinen Bormann.«

»Woher wissen Sie das?«, fragte Charlotte.

Fuhrmann guckte verdattert. »Na, man hört so einiges, wenn viele Leute zusammenkommen.«

In diesem Moment setzte die Musik im Nebenraum aus, und Fuhrmann stand wieder auf. »Wenn Sie nichts dagegen haben, ich hab noch einen Termin.«

Charlotte erhob sich ebenfalls. »Wir finden alleine raus.«

Sie gingen, gefolgt von Fuhrmann und den neugierigen Blicken der beiden Frauen, hinaus. Doch Charlotte kehrte noch einmal zurück.

»Das hätte ich ja fast vergessen. Haben Sie so was wie einen Prospekt mit Preisliste, oder soll ich mich direkt an Ihre Frau wenden? Wegen des Bodyformings, wissen Sie.«

Bergheim riss erstaunt die Augen auf, aber Charlotte hatte richtig kalkuliert. Fuhrmann beeilte sich, ihr einen Prospekt zu geben.

»Meine Frau ist im Moment beschäftigt«, sagte er und drückte ihr einen Flyer in die Hand.

Charlotte nickte dankend und zog Bergheim dann mit zur Tür.

»Was, zum Kuckuck, sollte denn das? Wieso hast du ihn so schnell vom Haken gelassen?«

»Weil der uns ganz bestimmt nichts mehr erzählt hätte«, sagte Charlotte.

»Da bin ich mir nicht so sicher«, sagte Bergheim. »Der hat ja vor Angst fast geschlottert. Wenn der nichts zu verbergen hat, such ich mir 'nen anderen Job.«

»Du kannst deinen Job behalten, er hat was zu verbergen. Vor allem vor seiner Frau. Ich frage mich wirklich, warum. Aber was nützt uns das, wenn er alles leugnet? Wir können ihn höchstens noch Frau Wackernagel vor die Nase setzen, aber selbst wenn die ihn hundertprozentig als Marinas Begleiter wiedererkennt, macht ihn das noch lange nicht zu ihrem Mörder. Ganz davon abgesehen, dass einer von diesen Rechtsverdrehern die Frau vor Gericht zerpflücken würde Und andere Beweise haben wir nicht oder besser ... hatten wir nicht.«

»Wie meinst du das?«

»Na, was glaubst du, warum ich mich plötzlich für Bodyforming interessiere?«

Bergheim öffnete die Wagentür.

»Verstehe«, sagte er grinsend, »Fingerabdrücke.«

»Genau«, sagte Charlotte, »wollen doch mal sehen, ob er irgendwo in der Kartei auftaucht.«

Ursula wusste sich nicht mehr zu helfen. Sabine war seit dem Tod ihres Mannes depressiv und wieder in ihre Tablettensucht abgerutscht.

»Am liebsten würde ich sie an den Schultern nehmen und durchschütteln, bis sie endlich wach wird«, sagte sie zu ihrem Mann, der gerade den Sportteil der Hannoverschen Allgemeinen studierte. Nach der Besprechung am Vormittag hatten er und Maren versucht, Sabine Krämer über das Bild aus der Videokamera und den Taschenrechner zu befragen. Sie war aber nicht ansprechbar. Saß, wie schon seit Tagen, auf ihrem Sofa, trug immer noch ihren Bademantel und starrte vor sich hin, wenn sie nicht gerade schlief. Daraufhin waren sie die Liste der Nachhilfeschüler durchgegangen und hatten den vierzehn, die sie am Samstagmorgen erreicht hatten, den Taschenrechner vor die Nase gehalten. Von den meisten hatten sie ein mitleidiges Grinsen geerntet und mussten sich die Frage gefallen lassen, in welcher Gruft sie denn dieses Urzeitmonster von Rechner ausgegraben hätten.

Hollinger seufzte und legte die Zeitung weg. »Das Schlimme ist, dass der Junge sich aus dem Staub gemacht hat«, sagte er und kratzte sich am Kopf. Oliver Krämer war seit Tagen unauffindbar. Selbst das holte Sabine nicht aus ihrer Lethargie.

»Ja, was würdest du denn tun«, eiferte sich Ursula, »wenn

dein Vater – von dem obendrein alle behaupten, dass er ein Mörder und Vergewaltiger ist – ermordet worden wäre und deine Mutter wie ein stinkender Fisch auf dem Sofa hockt und den Verstand verliert?«

Hollinger schluckte. Seine Frau neigte manchmal dazu, die Dinge überspitzt auszudrücken.

»Wenn ich sie bis Montagmorgen nicht zur Vernunft bringen kann, werde ich ihren Arzt bitten, sie in die Psychiatrie einzuweisen. Ich kann das nicht mehr verantworten.«

Außerdem kostete es Kraft, sie um jeden Schluck, den sie trinken sollte, anzubetteln. Und beim Essen war's noch schlimmer. Ihre Freundin hatte seit Tagen nichts als die Hühnerbrühe, die Ursula ihr aufzwang, zu sich genommen. Aber das behielt sie für sich. Kaspar würde bestimmt nicht bis Montag warten und ihren Arzt sofort informieren. Aber Ursula hatte Sabine versprochen, ihr ein bisschen Zeit zu geben. Sie wollte nur ein bisschen Zeit und Ruhe, um sich zu fangen. Gut, dachte Ursula, die hat sie gehabt, aber ab morgen ist Schluss mit der Kuschelei.

Bergheim telefonierte mit seiner Exfrau. Das Gespräch war nicht freundschaftlich, so viel immerhin bekam Charlotte mit.

»Himmel noch mal«, hörte sie ihn sagen, »was glaubst du denn, wie oft ich mich hier loseisen kann? Wir haben drei ungeklärte Mordfälle …«

Charlotte seufzte und sah auf ihren Wecker. Halb zwölf. Meine Güte, hatte man denn hier nie seine Ruhe. Sie stand auf und ging durch ihr geräumiges Schlafzimmer zum Kühlschrank. Das Eichenparkett knarrte unter ihren Füßen. Sie nahm einen Schluck aus der Wasserflasche und wartete.

Ihre Küche gefiel ihr. Es war eine Wohnküche, wie sie sie sich immer gewünscht hatte. Wenn sie bloß ein bisschen mehr Zeit darin verbringen könnte. Die Schränke waren aus Kiefernholz, die Wände in einem matten Gelbton gestrichen. Am Fenster, das nach Süden ging, stand ein großer Eichenholztisch, an dem mindestens sechs Leute bequem essen konnten. Sie liebte es, am Samstagmorgen dort zu sitzen, die Hannoversche Allgemeine zu lesen und mindestens drei Tassen Kaffee zu trinken, während Rüdiger sich langsam aus den Laken schälte und sich dann verschlafen mit einem Becher Kaffee zu ihr gesellte. Leider waren solche Samstage extrem selten. Meistens musste einer von ihnen irgendwelchen Verbrechern hinterherjagen, und wenn sie beide freihatten, meldeten die Familien ihre Ansprüche an. Charlottes Eltern wohnten in Bielefeld und erwarteten, ihre Tochter mindestens einmal im Monat zu sehen, was völlig utopisch war. Und Rüdiger hatte seinen Sohn, der seinen Eltern im Moment ziemliche Probleme bereitete.

Na ja, jetzt war bereits Samstagnacht, und sie hatten immer noch keine Zeit für sich. Wo sollte da noch Platz für ein weiteres Kind sein?

Rüdiger hatte aufgelegt und warf sein Handy auf den Küchentisch.

»Nicht zu fassen, sie will, dass ich Jan zu mir nehme«, sagte er und kratzte sich am Kopf.

»Wie?«, fragte Charlotte. »Ganz?«

»Ja, ganz«, sagte Bergheim, öffnete den Kühlschrank und nahm eine Flasche Herrenhäuser heraus.

Charlotte kicherte. »Das meint sie nicht ernst?«

»Ich fürchte doch. Sie wird nicht mehr mit ihm fertig. Er schwänzt die Schule.«

»Oh.« Charlotte wusste für den Moment nichts zu sagen.

Bergheim ließ sich auf einen Küchenstuhl fallen, öffnete die Flasche und trank.

»Und wie, bitte, stellt sie sich das vor?« Charlotte hatte ihre Sprache wiedergefunden.

Bergheim zuckte mit den Schultern. »Wer weiß schon, was Frauen sich vorstellen?«, sagte er bitter und nahm noch einen Schluck.

»Jetzt bist du unfair«, sagte Charlotte. »Sie steht vor demselben Problem wie du, oder?«

»Ja, aber sie hat wenigstens noch ihre Mutter, die sich um Jan kümmern kann. Aber die streikt im Moment auch. Der Junge ist ihr zu ›unerzogen‹, hat sie gesagt.«

Charlotte überlegte. »Was hältst du von einem Internat?«

Rüdiger sah sie erstaunt an. »Dass gerade du das vorschlägst, wundert mich, wo du doch so scharf auf ein Kind bist. Und kaum bist du gefordert, willst du es auf ein Internat schicken. Klasse, so hab ich mir das vorgestellt.« Bergheim stand auf, nahm seine Flasche und ging ins Wohnzimmer.

Charlotte schluckte.

»Moment mal«, sagte sie dann und folgte ihm ins Wohnzimmer. »Was meinst du damit, ›wenn ich mal gefordert bin‹?«

Er saß auf der Couch und sah sie an. »Nichts Besonderes, aber du musst mich schon zusammen mit meinem Kind akzeptieren. Das heißt, dass, wenn es Probleme gibt, du mich unterstützt.«

Charlotte antwortete nicht. Das hörte sich so einfach an. Aber wenn sie ehrlich war, hatte er natürlich recht. Der Junge war da, und er als Vater war genauso gefordert wie die Mutter. Sie musste dem Sohn ihres Freundes wohl oder übel einen Platz in ihrem Leben einräumen.

Sie setzte sich neben ihn und strich ihm übers Haar. Er sah abgespannt aus. Sie küsste ihn auf den Hals, und er schloss die Augen.

»Wir werden schon gemeinsam eine Lösung finden, auch ohne Internat«, raunte sie, »und jetzt komm ins Bett.«

FÜNFZEHN

Es war kurz vor neun, als am Sonntagmorgen Charlottes Handy klingelte. Sie taumelte aus dem Bett und ging zur Garderobe.

»Verdammt«, murmelte sie, »wieso vergess ich das immer.«

Damit meinte sie das Ausschalten ihres Handys. Sie fand es in ihrer Jackentasche.

»Wenn das jetzt nicht wichtig ist …«, murmelte sie, nachdem sie das Gespräch angenommen hatte.

»Hallo, wunderschönen Sonntagmorgen, liebe Frau Kommissarin.«

Es war Kramer aus der Kriminaltechnik, und er war eindeutig zu gut gelaunt für diese Uhrzeit.

Charlotte ließ sich auf die Wohnzimmercouch fallen und rieb sich die Augen.

»Wunderschön wäre er, wenn ich noch schlafen würde«, sagte sie. »Was gibt's?«

»Wir haben die Fingerabdrücke von diesem Fuhrmann gecheckt.« Kramer machte eine Pause, um Charlotte die Möglichkeit zu geben, sich gebührend auf die nun folgende Information vorzubereiten. Sie tat ihm den Gefallen und war sofort hellwach.

»Und?«, fragte sie und stand auf. »Ist er in der Kartei?«

»Nein, in der Kartei ist er nicht, aber rate mal, wo er seine Finger gehabt hat?«

»Zum Kuckuck …«, sagte Charlotte unwirsch. Sie hatte keine Zeit für Kramers Quizspielerei.

»Auf dem Taschenrechner«, sagte Kramer, und Charlotte konnte sein Grinsen hören.

Sie pfiff leise. »Wow, das ist wichtig. Wir sind schon unterwegs. Tu mir den Gefallen und ruf Ostermann an.«

Sie legte auf, ohne Kramers Protest abzuwarten, aber sie hatte so früh am Morgen – und besonders am Sonntag – keine Lust, mit ihrem Chef zu streiten.

»He, aufstehen.« Sie rüttelte Bergheim wach. Der brummte nur.

»Gut«, flüsterte sie ihm ins Ohr. »Wenn du weiterschlafen willst, geh ich alleine Fuhrmann verhaften, oder ich nehme Henning mit.«

Das wirkte.

»Wieso Fuhrmann verhaften?«, krächzte Bergheim und rieb sich die Augen.

Aber Charlotte war schon im Bad, also musste er wohl oder übel aufstehen und sich auf der Toilette informieren lassen.

Zwanzig Minuten später saßen die beiden in Rüdigers Citroën auf dem Weg nach Kleefeld. Das Fitnessstudio war auch am Sonntagmorgen geöffnet, aber sie trafen nur Frau Fuhrmann an. Ihr Mann und ihr Sohn seien zum Kronsberg gefahren, zum Kiteskating.

Charlotte und Bergheim sahen sich an und gingen zurück zum Auto.

»Sollen wir das MEK anfordern?«, fragte Charlotte, als Rüdiger bereits Gas gab.

Der schüttelte den Kopf. »Sein Sohn ist dabei. Wir sollten das ohne Aufsehen über die Bühne bringen.«

»Meinst du?« Charlotte sah ihn zweifelnd an. »Immerhin hat der sein halbes Leben in einer Muckibude verbracht.«

»Der wird keinen Aufstand machen, wenn sein Junge dabei ist. Und wenn, werd ich schon mit ihm fertig.«

Charlotte war unsicher. Außerdem kannte sie Bergheims Temperament. Wenn er zornig war, vergaß er sich schon mal. Und er war zornig.

Sie rasten über den Messeschnellweg Richtung Kronsberg, in die Nähe der mit futuristischen bunten Häuserreihen bebauten Exposiedlung. Man konnte die Drachen schon von Weitem sehen. Bergheim parkte seinen Citroën auf einem Feldweg. Kaum hundert Meter von der grünen Anhöhe entfernt, die mehreren Skatern als Skatingfläche diente. Dabei standen sie auf skateboardähnlichen Brettern und ließen sich von dem hier kräftig wehenden Wind mithilfe von Segeln, die aussahen wie lang gezogene Fallschirme, über die Wiese ziehen. Charlotte legte die Hand über die

Augen und blickte sich um. Von hier aus hatte man einen herrlichen Blick auf die ganze Stadt.

Sie überquerten einen schmalen, beiderseitig von jungen Linden gesäumten Weg und betrachteten die Skater, wie sie versuchten, ihre Drachen in den Wind zu drehen. Charlotte fragte sich, ob es möglich war, dass einer dieser Drachen, die ziemlich hoch in der Luft herumtanzten, sich in den Flügeln der Windräder verfing, die hier vereinzelt platziert waren.

Am Rande der Anhöhe stand ein etwa zehnjähriger Junge, der einem der Skater winkte. Charlotte ging davon aus, dass es sich um Fuhrmann handelte, und winkte ihn heran.

Fuhrmann holte umständlich seinen Drachen ein, was einige Minuten in Anspruch nahm. Charlotte hatte das Gefühl, er wollte Zeit gewinnen.

Bergheim sprach den Jungen an. »Hast du's schon mal versucht?«, fragte er.

Der Junge schüttelte den Kopf. »Nö«, sagte er ein bisschen unwirsch. »Mein Vater meint, ich wär zu jung.«

»Da hat er bestimmt recht«, sagte Bergheim, »sieht ziemlich schwierig aus.«

Der Junge reckte die Schultern. »Ist es auch«, sagte er schon besser gelaunt, »aber mein Vater ist echt stark.«

Mittlerweile hatte Fuhrmann seinen Drachen besiegt und kam, mit der Ausrüstung in den Händen, den Hügel herab.

»Was wollen Sie denn hier?«, fragte er mit einem schnellen Blick auf seinen Sohn, doch der kräftige, hochgewachsene Junge – Charlotte fand, er sah älter aus als zehn – hatte nur Augen und Ohren für die anderen Skater.

Charlotte lächelte. »Können wir Sie einen Moment sprechen, Herr Fuhrmann?«

Sie gingen einige Schritte zur Seite, dann nahm Charlotte unauffällig Fuhrmanns Arm. »Wir müssen Sie bitten, mitzukommen. Wenn Sie sich ruhig verhalten, wird Ihr Sohn nicht beunruhigt.«

Fuhrmann wurde bleich. »Aber ... was wollen Sie denn ...?«

»Herr Fuhrmann, Sie müssen uns einige Fragen im Zusammenhang mit dem Tod von Michael Krämer beantworten. Kommen Sie jetzt ohne Aufsehen mit, oder muss mein Kollege Ihnen Handschellen anlegen?«

Fuhrmann schien in Sekunden um Jahre zu altern. »Aber ... denken Sie doch an meinen Sohn!«

»Eben«, sagte Bergheim, der hinzugetreten war. »Wir werden keinen Streifenwagen anfordern, und sobald Sie im Präsidium sind, werde ich Ihren Jungen nach Hause fahren.«

»Aber ...«

Bergheim hob unwillig die Hand. »Ich hole Ihren Sohn.«

Damit ging er zu Kevin, während Charlotte bei Fuhrmann blieb.

Sie würden gemeinsam in die Direktion fahren. Solange Kevin in der Nähe war, würde sein Vater hoffentlich spuren.

»Wir brauchen deinen Vater als Zeugen«, erklärte Bergheim dem Jungen, und er durfte vorn neben der Kommissarin sitzen, obwohl er noch keine zwölf war. Davon war Kevin aber nur mäßig begeistert. Er hätte es wohl vorgezogen, neben Bergheim zu sitzen.

Als Fuhrmann nach einer halben Stunde gut bewacht im Befragungsraum saß, fuhr Bergheim den Jungen wie versprochen nach Hause, wo bereits die Kriminaltechnik vor Ort war. Charlotte und Henning würden die Befragung durchführen.

»Warum muss mein Vater dableiben?«, fragte Kevin mit mürrischer Miene, als er mit Bergheim zum Wagen ging.

»Er ist ein wichtiger Zeuge«, sagte Bergheim.

»Darf ich wieder vorn sitzen?«

»Na gut, groß genug bist du ja«, sagte Bergheim und hielt ihm die Tür auf.

»Haben Sie eigentlich auch so 'n Teil, das man aufs Dach stellen kann?«, fragte der Junge.

»Nein, du guckst wohl gerne Krimis, was?«, grinste Bergheim.

»Klar. Aber 'ne Waffe haben Sie doch sicher?«

»Natürlich.«

»Darf ich die mal sehen?«

»Nicht jetzt.«

Sie hatten den Friedrichswall hinter sich gelassen und erreichten über die Marienstraße und die Hans-Böckler-Allee die Pferdeturmkreuzung, überquerten den Messeschnellweg und fuhren dann die Kirchröder Straße entlang Richtung Kleefeld.

»Kanntest du ihn eigentlich, diesen Lehrer?«, fragte Bergheim.

»Den Krämer? Na klar, das war 'n Arschloch. Keiner konnte den ab.«

»Und du konntest ihn auch nicht leiden?«

»Dem konnte man nichts recht machen, der hatte doch immer was zu motzen.«

»Du hattest bei ihm auch Nachhilfeunterricht, hab ich gehört.«

»Ja, aber dann haben meine Eltern mich rausgenommen aus seiner Gruppe.«

»Tatsächlich? Warum?«

»Weil der mir einfach meinen Taschenrechner weggenommen hat.«

»Na und, das kommt schon mal vor, oder? Wenn die Lehrer wollen, dass man ohne Taschenrechner rechnet«, sagte Bergheim.

»Ach, ich hab den doch gar nicht benutzt. War so 'n uraltes Teil. Lag nur auf dem Tisch, und der sieht ihn und nimmt ihn sich einfach! Das darf der gar nicht, sagt Mama.«

Bergheim schwieg eine Weile, dann hakte er nach.

»Und hast du ihn wieder zurückbekommen?«

»Nee, das war ja gerade das Gemeine. Hat mich gefragt, woher ich das Ding habe, und dann hat er's einfach eingesackt und nicht wieder zurückgegeben.«

Ostermann wollte bei der Befragung dabei sein. Charlotte schluckte ihren Unmut hinunter und machte sich auf den Weg zurück zum Befragungsraum, wo Henning Fuhrmann Gesellschaft leistete. Thorsten kam ihr mit triumphierendem Gesichtsausdruck entgegen.

»Eben hat Kramer angerufen. Sie haben bei Fuhrmann im Keller jede Menge Nylonschnur gefunden. Genau solche wie die, die um Krämers Hals geschlungen war. Außerdem hatten sie Tavor Expidet im Badezimmerschrank. Genug, um eine Herde liebeskranker Büffel außer Gefecht zu setzen.«

Charlotte lächelte. »Na wunderbar, wie's scheint, wird das ja doch noch ein erfolgreiches Wochenende.«

»Da glaub ich erst dran, wenn er das Geständnis unterschrieben hat.«

»Gibt's was Neues vom Taschenrechner?«

»Martin ist dran. Meldet sich, sobald er was weiß.«

Charlotte wollte sich schon abwenden, als ihr plötzlich etwas einfiel.

Sie gab Thorsten Anweisung, und er griff zum Handy.

»Und ihr gebt mir sofort Bescheid.«

»Ja, klar«, sagte Bremer, der bereits das Handy am Ohr hatte.

Warum kommt man auf die wichtigsten Dinge immer zuletzt?, fragte sie sich auf dem Weg zum Vernehmungsraum. Wenn sie damit recht hatte …

Sie setzte sich Fuhrmann gegenüber an den Tisch und fixierte ihn. Der rieb nervös die Handflächen aneinander. Wenn man Henning und Fuhrmann betrachtete, fragte man sich zwangsläufig, welcher von beiden Muskelmännern in einem Zweikampf wohl die Oberhand behalten würde. Und Henning machte den Eindruck, als würde er das liebend gern herausfinden. Fuhrmann hatte im Moment andere Sorgen.

Charlotte musterte ihn schweigend. Bis jetzt hatte er noch nicht nach einem Anwalt verlangt.

Als Ostermann endlich den Raum betrat, schreckte Fuhrmann zusammen.

Charlotte registrierte das mit Genugtuung. Wenigstens war er nervös. Die Befragung würde sich nicht allzu lange hinziehen.

Ostermann setzte sich wortlos neben Charlotte, Henning verstellte mit seinem breiten Kreuz die Tür.

»Herr Fuhrmann«, begann Charlotte sanft, »Sie wissen, warum Sie hier sind?«

»Nein, warum?«

»Sie haben Michael Krämer gekannt?«

»Ja, das hab ich Ihnen doch schon gesagt.«

»Und Sie waren am Samstag, dem 13. August, mit Ihrer Frau auf dem Jubiläumsfest?«

Fuhrmann zuckte mit den Schultern. »Ja, und?«

»Wann haben Sie das Fest verlassen?«

»Weiß ich nicht mehr genau, so gegen ein Uhr.«

»Haben Sie Michael Krämer dort gesehen? Mit ihm gesprochen?«

»Na, höchstens ›Hallo‹ und ›Schönes Wetter heute‹. Er war ja schließlich einer unserer besten Kunden. Ansonsten hatte ich nicht viel mit ihm zu tun. Das hab ich alles schon mal gesagt.«

»Was haben Sie gemacht, nachdem Sie das Fest verlassen hatten?«

»Geschlafen?«

»Kann das jemand bezeugen?«

»Bescheuerte Frage. Weiß ich, wer mir beim Schlafen zuguckt?«

»Also keine Zeugen?«

Fuhrmann verdrehte die Augen. »Meine Frau natürlich.«

Charlotte rückte näher an Fuhrmann heran.

»Jetzt will *ich* Ihnen mal sagen, was Sie gemacht haben.«

Sie sprach ganz leise. »Sie haben Krämer auf dem Fest getroffen. Er hat Ihnen gedroht, weil er von Ihrem Verhältnis mit Marina Kleiber vor zehn Jahren wusste. Und er wusste auch, dass Sie mit ihrem Verschwinden was zu tun haben mussten …«

Charlotte lehnte sich mit dieser Aussage weit aus dem Fenster, aber der Zweck heiligt die Mittel, dachte sie, und die Mittel schienen zu wirken.

»Das stimmt nicht!«, schrie Fuhrmann auf. »Ich habe dazu bereits ausgesagt …«

Charlotte schlug mit der Faust auf den Tisch. Ostermann guckte konsterniert.

»Sie täten gut daran, sich Ihre Aussage noch mal durch den Kopf gehen zu lassen. Sie haben nämlich gelogen! Sie sind mit ihr gesehen worden!«

Fuhrmann wurde misstrauisch.

»Wer hat mich gesehen?«, fragte er lauernd.

»Ich stelle Fragen. Sie antworten«, sagte Charlotte. »Krämer wollte die Polizei informieren. Er hat Ihnen gedroht, hat Ihnen von seinen Beweismitteln erzählt, die er bei einer Vertrauensper-

235

son deponiert hat, und das konnten Sie unter keinen Umständen zulassen, also sind Sie noch mal zurückgekommen, nachdem Sie Ihre Frau nach Hause gebracht hatten. Sie haben ihm aufgelauert und versucht, ihn zum Reden zu bringen, aber Krämer wollte nicht reden. Da haben Sie ihn umgebracht. Und sein Handy haben Sie auch mitgehen lassen. Das hat Ihnen die Informationen geliefert, die Krämer Ihnen nicht geben wollte.«

Charlotte vermied es, Ostermann anzusehen, denn sie hatte für diese Behauptungen keinen einzigen Beweis, nur die Hoffnung darauf, dass sie richtiglag und Fuhrmann zusammenbrechen würde.

Der starrte sie fassungslos an. Dann schüttelte er den Kopf.

»D... das stimmt doch nicht ... Ich ... ich will einen Anwalt.«

Na endlich, dachte Charlotte, die sich insgeheim fragte, ob das Muskelvolumen eines Mannes und seine Eloquenz in einem direkten Verhältnis zueinander standen. Je mehr vom Ersteren, desto weniger vom Letzteren. Ihr war klar, das war ein Klischee, doch manchmal hatte sie nichts gegen Klischees, obwohl sie wusste, dass sie zumindest Henning damit unrecht tat. Aber sie war froh über den Aufschub. Es galt, die letzte Lücke zu schließen.

Sie stand auf und winkte Henning heran. »Bring ihn zu einem Telefon.«

Henning nickte und nahm Fuhrmann beim Arm, der sich wie ein kleiner Junge hinausführen ließ.

Charlotte schaltete das Mikrofon ab. Ostermann saß immer noch mit verschränkten Armen am Tisch und guckte mürrisch.

»Frau Wiegand, was reden Sie da von einem Zeugen, den Sie nicht haben, und von versteckten Beweismitteln, von denen nicht mal ich was weiß? Der Schuss kann leicht nach hinten losgehen. Muss ich Ihnen das sagen?«

Charlotte schüttelte den Kopf. »Nein, müssen Sie nicht.«

Ostermann schien die Ironie in ihrer Stimme nicht wahrzunehmen, oder er ignorierte sie. »Wenn Sie ein Geständnis haben, informieren Sie mich sofort.«

Damit stand er auf und verließ den Raum.

Charlotte atmete auf. Sie ging ins Büro, um Hohstedt anzurufen. Das konnte doch nicht so lange dauern!

»Was ist denn nun?«, fragte sie ohne Einleitung, als Martin sich meldete.

»Nix is bis jetzt. Der Junge ist nicht auffindbar und der Alte nicht ansprechbar. Wir haben eine Schriftprobe ins Labor gegeben. Klimke arbeitet dran.«

»Habt ihr das Ding Frau Krämer gezeigt?«

»Ja, sie meinte, es käme ihr irgendwie bekannt vor. Könnte sein, dass es ihrem Mann gehört hat.«

»Sieh mal an«, sagte Charlotte, »Klimke soll sich beeilen, zum Kuckuck«, sagte sie und drückte das Gespräch weg.

Wo blieb eigentlich Bergheim so lange?

»Wo hast du denn das alte Ding überhaupt her?«, fragte Bergheim Kevin, nachdem sie den Hermann-Löns-Park passiert hatten und in die Lothringer Straße einbogen.

»Na, von Papa.«

Bergheim nickte und parkte vor Kevins Elternhaus.

Kevin gluckste. »Womit die früher gerechnet haben, echt uncool.«

Bergheim stutzte. Und ganz langsam setzte sich in seinem Kopf ein Puzzle zusammen, aber einige Teilchen waren noch nicht am rechten Platz.

Charlotte versuchte Bergheim anzurufen, aber der hatte sein Handy ausgestellt. Wieso, zum Teufel, hatte der sein Handy ausgestellt, wenn sie mitten in der Auflösung eines Falles waren?

Dann kam der Anruf von Klimke.

»Es gibt keinen Zweifel, es ist ihre Schrift.«

»Sicher?«, fragte Charlotte mit klopfendem Herzen.

»Jaha«, sagte Klimke ungehalten und legte auf.

Charlotte seufzte erleichtert. Da war er, der letzte Beweis, der ihre Theorie stützte. Sie ging zurück in den Befragungsraum, um die Sache perfekt zu machen.

»Sie haben Marina Kleiber umgebracht und ihre Leiche vergraben. Den Taschenrechner mit ihren Fingerabdrücken hatte sie irgendwann bei Ihnen vergessen, und Sie hatten ihn auch vergessen. Ihr Sohn hat ihn gefunden, und Krämer hat ihn wiedererkannt, weil es irgendwann sein eigener war und er ihn Marina möglicherweise damals geschenkt hat. Er hat ihn an sich genommen und Sie zur Rede gestellt. Hat Ihnen gesagt, dass er Beweise hat und sie weitergeben wird. Sie wussten, er würde Ernst machen. Sie haben ihm nach dem Jubiläumsfest aufgelauert und dann versucht, seine Informationen aus ihm rauszuprügeln, was Ihnen nicht gelungen ist. Wahrscheinlich ist Ihnen nicht mal aufgefallen, dass er den Schlüssel für die Kassette, die für Sie so wichtig war, in den Mund gesteckt hatte. Das war für ihn die einzige Möglichkeit, sicherzustellen, dass man Ihnen auf die Spur kommen würde, auch wenn er nicht überleben würde. Nun, er hat nicht überlebt. Dafür hatten Sie sein Handy und haben die Nummer von Frau Möllering gefunden, der Sekretärin seines Anwalts. Das Einzige, was Sie wussten, war, dass Krämer ein Beweisstück sicher verwahrt hatte, nämlich den Taschenrechner. Was lag da näher, als sich mal diese Sekretärin, mit der Krämer auffallend oft telefoniert hatte, zur Brust zu nehmen. Und das haben Sie ja dann auch getan. Bloß dass die arme Frau keine Ahnung hatte, was Sie von ihr wollten, und Ihnen unter den Händen weggestorben ist. Aber vorher haben Sie sie noch schwer misshandelt. Macht Ihnen das eigentlich Spaß?«

Charlotte legte eine Pause ein und fixierte ihr Gegenüber ganz genau.

Fuhrmann starrte zuerst die Kommissarin und dann Herrn Adler, seinen Anwalt, verständnislos an. Dann kicherte er hysterisch.

»Wovon reden Sie? Was quatschen Sie dauernd von einem Taschenrechner?«

»Oh, ich bitte Sie!« Charlotte verdrehte die Augen.

»Der Taschenrechner, den Michael Krämer Ihrem Sohn weggenommen hat, der Marina Kleiber gehört hat und auf dem wir Ihre Fingerabdrücke gefunden haben.«

Charlotte hatte das Gefühl, Fuhrmann würde durch sie hindurchblicken. Er war völlig abwesend. Sie verspürte den idiotischen Impuls, sich umzudrehen, um zu kontrollieren, wen er anstarrte.

»Ich habe nichts zu sagen. Absolut gar nichts«, sagte er dann tonlos und legte den Kopf in die Hände.

Charlotte wartete einen Moment, in dem Fuhrmann sich nicht rührte. Dann wandte sie sich an Fuhrmanns Anwalt.

»Vielleicht können Sie ihn zur Vernunft bringen. Das hier ist doch nur Zeitverschwendung für Sie und für Ihren Mandanten. Es wäre viel vorteilhafter, wenn er ein Geständnis ablegen würde. Sie wissen, wo Sie mich finden.«

Damit stand sie auf und verließ den Raum.

Als sie draußen auf dem Flur stand, merkte sie, wie erschöpft sie war. Wo blieb Bergheim? Es war an der Zeit, dass er sie ablöste. Sie griff erneut zum Handy. Immer noch ausgeschaltet. Was trieb der Mann?

Anita Fuhrmann riss die Tür auf. »Können Sie mir vielleicht erklären, was in aller Welt hier los ist?«, fuhr sie Bergheim an. »Den ganzen Morgen haben Ihre Leute das Haus auf den Kopf gestellt. Was soll das eigentlich?«

»Frau Fuhrmann, darf ich reinkommen?« Erst da schien sie zu bemerken, dass ihr Sohn neben ihm stand.

»Kevin! Wo ist Papa?«

Sie starrte Bergheim an.

»Darf ich reinkommen?«

Sie zögerte einen Moment, öffnete dann aber die Tür. Kevin ging an ihr vorbei und führte Bergheim ins Wohnzimmer, das mit futuristischen Ledermöbeln und einer weißen Vitrine spärlich möbliert war.

»Wo ist mein Mann?«

»Er wird als Zeuge vernommen«, sagte Bergheim mit einem Seitenblick auf den Jungen, der Bergheim offensichtlich ins Herz geschlossen hatte. »Ja, es geht um den Taschenrechner, weißt du? Den Papa in deinem alten Golf gefunden hat, bevor ihr den verschrottet habt.«

Frau Fuhrmann wurde bleich. Bergheim brauchte nur ein paar Sekunden, um zu verstehen. Dann wandte er sich an den Jungen.

»Würdest du uns einen Moment allein lassen? Deine Mutter und ich müssen ein paar Dinge besprechen.«

»Von mir aus«, sagte Kevin, zuckte mit den Schultern und trollte sich.

»Du darfst am Computer spielen«, sagte seine Mutter, ohne den Blick von Bergheim zu wenden.

Als der Junge gegangen war, kam Anita Fuhrmann lächelnd auf Bergheim zu. Sie legte ihre Hand auf seine Wange und fuhr mit dem Finger hinunter zu seinem Hals und seine Brust hinab, öffnete den ersten Knopf seines Hemdes und gurrte wie eine Taube.

»Was Kinder manchmal so reden.«

Bergheim hatte sein Handy bereits in der Hand, als sie ihn mit einem massiven Karateschlag gegen die Halsschlagader mattsetzte. Es kam völlig überraschend. Bergheim stöhnte auf und sackte zusammen. Im Nu hatte sie ihn entwaffnet und hielt ihm die Waffe an die Schläfe.

»Wir beide gehen jetzt ganz leise in den Keller, du voran. Beim geringsten Fehler zerschieße ich dir die Kniekehle. Hast du mich verstanden?«

Sie sprach ruhig und leise, flüsterte fast. Sie meinte offenbar, was sie sagte. Bergheim hatte keine Chance. Sie gingen die Kellertreppe hinunter. Bergheim die Hände hinter dem Kopf, fieberhaft grübelnd.

Er musste Zeit gewinnen.

Sie öffnete die Tür zu einem dunklen Abstellraum.

»Da rein«, kommandierte sie.

Bergheim setzte sich langsam in Bewegung.

»Meine Kollegin ist bereits auf dem Weg hierher.«

»Netter Versuch«, lächelte Anita Fuhrmann kalt. »Warum sollte sie?«

»Wenn Sie meinen«, sagte Bergheim und zuckte mit den Schultern.

Anita Fuhrmann kniff die Augen zusammen. »Mit der werd ich schon fertig.«

»Wie viele Polizisten wollen Sie denn umlegen?«

Anita Fuhrmann schwieg einen Moment. »Warum sollte sie kommen? Ihr habt meinen Mann doch schon.«

Bergheim schoss einen Versuchspfeil ab.

»Wieso haben wir dann auch Ihre Fingerabdrücke auf dem Taschenrechner gefunden?«

Ihr Lächeln erstarb. Sie schluckte und überlegte einen Moment. Bergheim begann zu hoffen. Vielleicht würde er überleben.

Sie biss auf ihrer Wange herum.

»Gut«, sagte sie dann, »dreh dich um und mach mich nicht nervös. Es gibt eine Menge Dinge, die man einem Mann antun kann, bevor man ihn tötet.«

Bergheim gehorchte. Sie fesselte ihn mit seinen Handschellen und forderte ihn auf, sich an die Wand auf die Erde zu setzen. Dann zückte sie sein Handy.

»Wir rufen jetzt deine Kollegin an, und du sagst ihr, dass du auf dem Weg zum Präsidium bist und mich nicht angetroffen hast. Nicht mehr und nicht weniger.« Sie legte ihm die Waffe an die Schläfe. »Und wenn ich irgendwas höre, das mir nicht gefällt ...«

Charlotte wollte gerade noch mal versuchen, Bergheim zu erreichen, als ihr Handy klingelte.

Na endlich!, dachte sie und nahm das Gespräch entgegen. Sie wollte ihn gerade zur Rede stellen, als sie sich schweigend anhörte, was er zu sagen hatte. Ihr Blick wurde starr.

»Okay, bis später dann«, sagte sie und drückte das Gespräch weg.

Sie war blass geworden, und ihr Herz klopfte so stark, dass es schmerzte.

Er hatte den Code benutzt: *bis auf Weiteres*. Sie sprang auf. Sie hatten keine Zeit zu verlieren.

»Brav«, gurrte Anita Fuhrmann und nahm das Handy wieder an sich. Sie strich ihm über die Wange. »Ein Jammer«, sagte sie dann. »Und jetzt musst du mich entschuldigen. Ich muss packen. Und wenn ich abreise, wirst du mich begleiten.«

Dann versetzte sie ihm einen Schlag mit der Waffe gegen die Stirn, und er fiel in ein schwarzes Nichts.

Das SEK war innerhalb von fünfzehn Minuten auf dem Weg. Charlotte konnte nur hoffen, dass sie richtiglag und Bergheim sich im

Hause Fuhrmann aufhielt. Nur eins wusste sie mit Sicherheit: Er war in Gefahr, und das raubte ihr fast den Verstand.

Die Scharfschützen postierten sich in den Nachbarhäusern und umstellten das Haus. Nichts rührte sich. Niemand wollte eingreifen, weil wahrscheinlich der Junge im Haus war. Thorsten war der Einsatzleiter, wogegen Charlotte sich heftig gewehrt hatte, aber Ostermann war hart geblieben, und in diesem Fall vielleicht sogar mal zu Recht.

Henning ging mit Martin Hohstedt an die Tür und klingelte. Niemand öffnete. Henning klopfte.

»Hallo, wenn niemand da ist, öffnen wir die Tür gewaltsam.«

In diesem Moment wurde die Tür geöffnet, und Bergheim trat heraus – das Gesicht blutverschmiert. Charlotte war erschüttert und erleichtert zugleich. Er lebte. Anita Fuhrmann war dicht hinter ihm und hielt ihm seine Waffe ins Genick.

»Muss ich irgendwas sagen?«, fragte sie nur. »Los, zu dem schwarzen Golf. Und denk dran, ich habe nichts zu verlieren.«

Warum schießen die Scharfschützen nicht?, fragte sich Charlotte nervös. Aber Anita Fuhrmann benutzte Bergheim geschickt als Deckung und drehte sich ständig mit ihm, sodass keiner einen Schuss riskierte.

»Wo ist Kevin?«, fragte Thorsten.

»Schläft. Kümmert euch um den. Ich kann nichts mit ihm anfangen«, rief Anita Fuhrmann Thorsten zu. »Und ich will keinen sehen, der uns folgt, oder ich schieße ihn langsam zu Brei.«

Sie wirkte ruhig, als hätte sie in ihrem ganzen Leben nichts anderes getan, als Krieg zu führen.

Sie öffnete den Wagen und befahl Bergheim, einzusteigen. Sie setzte sich hinter ihn und schloss die Handschellen auf. Dabei ließ sie die Waffe nicht einen Moment sinken.

»Denk immer daran«, zischte sie ihm ins Ohr. »Egal, was du vorhast, ich bin schneller und töte uns beide.« Zur Bekräftigung drückte sie ihm den Lauf hinters Ohr.

»Was soll das? Wo wollen Sie hin? Sie haben so oder so keine Chance«, sagte Bergheim.

»Solange du bei mir bist, hab ich eine Chance, Herzchen«, sagte sie, »und jetzt fahr endlich.«

»Und wohin bitte?«

»Zum Flughafen, du Arschloch!«

Er warf den Wagen an und fuhr los. Charlotte und das gesamte SEK sprinteten zu den Wagen. Thorsten brüllte Anweisungen ins Funkgerät und forderte Verstärkung an. Charlotte startete bereits den Wagen, Martin Hohstedt schaffte es nur mit Mühe, sich noch auf den Beifahrersitz zu werfen.

»Du bist nicht angeschnallt, Mensch«, rief er.

Charlotte schien ihn überhaupt nicht zu hören.

»Sie fahren Richtung Messeschnellweg. Wo will diese Frau mit ihm hin?«, schrie Charlotte, als sie mit quietschenden Reifen nach rechts in die Tiergartenstraße einbog.

»Verlier jetzt nicht die Nerven«, versuchte Hohstedt sie zu beruhigen. »Rüdiger ist nicht wehrlos.«

»Quatsch!«, schnauzte Charlotte. »Mit einer Knarre am Schädel ist jeder wehrlos!«

Sie folgten dem schwarzen Golf im Abstand von fünfzig Metern die Tiergartenstraße entlang, von überall her war das Tatütata der herbeieilenden Streifenwagen zu hören, die die Seitenstraßen und die Gegenfahrbahn der Kirchröder Straße sperrten.

»Die muss komplett durchgedreht sein«, sagte Hohstedt, »was glaubt sie denn, wie weit sie kommt? Die hat doch keine Chance.«

»Sie hat Rüdiger«, zischte Charlotte.

Sie konnten nicht sehen, was in dem schwarzen Golf vor sich ging, denn die Scheiben waren dunkel getönt. Kurz vor der Einmündung der Brabeckstraße gewann der Golf plötzlich an Fahrt.

»Was …?« Charlotte kam nicht mehr dazu, die Frage auszusprechen. Der Golf schoss plötzlich quer über die Kirchröder Straße. Dann fiel ein Schuss, und der Wagen knallte geradewegs in ein parkendes Auto auf der linken Straßenseite.

Wenige Sekunden später war der Golf von Streifenwagen umringt, die Scharfschützen gingen in Stellung. Charlotte sprang, ohne auf Hohstedts Einwand zu achten, aus dem Auto und lief geduckt, ihre Waffe im Anschlag, zu dem Wagen.

Im Innern rührte sich nichts. Plötzlich wurde die Fahrertür von einer blutverschmierten Hand aufgedrückt, sonst rührte sich nichts.

Charlotte riss die hintere Tür auf: »Waffe weg!«, schrie sie und richtete ihre Dienstwaffe gegen Anita Fuhrmann, die blutüberströmt auf dem Rücksitz klebte.

Von ihr ging keine Gefahr mehr aus.

Dann öffnete sie die Fahrertür ganz. Bergheim war benommen, aber er lebte.

»Rüdiger!«, schrie Charlotte und klopfte Bergheim auf die Wange.

In diesem Moment war bereits ein Notarzt neben ihr. »Lassen Sie mich doch durch, Menschenskind!«, schimpfte er und schob sie zur Seite.

Was weiter geschah und wie sie schließlich ins Vinzenzkrankenhaus gekommen war, wusste Charlotte hinterher nicht mehr zu sagen. Sie war nur überglücklich, dass Rüdiger lebte und außer einigen Prellungen und einer Riesenbeule an der Stirn keinen Schaden genommen hatte.

Andreas Fuhrmann wurde entlassen, damit er sich um seinen Sohn kümmern konnte, der ebenfalls ins Vinzenzkrankenhaus eingeliefert worden war, weil die Mutter ihm ein Schlafmittel verabreicht hatte und der Junge delirierte.

»Was ist das nur für eine Welt«, sagte Ursula, die zu Bergheim und Charlotte auf die Notfallstation gekommen war.

»Eine schlechte«, seufzte Charlotte und lächelte erleichtert. Bergheim hielt sich den Kopf. Er konnte es sich immer noch nicht verzeihen, dass Anita Fuhrmann ihn derart hatte überrumpeln können.

»Aber ich hab's ihr heimgezahlt«, murmelte er.

»Allerdings«, sagte Charlotte, die neben seinem Bett stand und seine Hand hielt, »und hast dein Leben dabei riskiert.«

»Das stimmt nicht ganz. Ich war angeschnallt und sie nicht. Ein Auto ist eben auch eine Waffe. Ich war nur nicht schnell genug, um den Schuss zu verhindern.«

»Glauben Sie, dass sie Sie töten wollte?«, fragte Ursula.

Bergheim schüttelte den Kopf. »Nein, sie wusste genau, dass es vorbei war, und hat der Sache ein Ende gemacht.«

Ursula lächelte und lud die beiden ein, sie und Kaspar zu besuchen. »Dann können wir gemeinsam essen. Kerstin möchte nämlich unbedingt mehr über die Arbeit bei der Mordkommission erfahren«, sagte sie und zwinkerte Bergheim zu.

Aber der hatte im Moment kein Interesse an schwärmerischen Teenagern. Er hatte Kopfschmerzen.

»Wie geht es Frau Krämer?«, fragte Charlotte.

»Ich habe sie eben angerufen und ihr alles erzählt. Sie hat geheult vor Freude.« Ursula kam einen Schritt näher zum Bett. »Sie war fest davon überzeugt, dass Steinbrecher, mit dem sie schon seit einer Weile ein Verhältnis hatte, ihren Mann umgebracht hat, weil der ihn erpresst hat. Sie fühlte sich mitschuldig an Michaels Tod und wusste nicht, wie sie ihrem Sohn in Zukunft gegenübertreten sollte. Sie müssen nämlich wissen, dass Sabine in der Mordnacht bei meiner Schwiegermutter den Entschluss gefasst hatte, ihren Mann zu verlassen.« Ursula lächelte. »Ich weiß nicht, was meine Schwiegermutter zu ihr gesagt hat, es scheint auf jeden Fall gewirkt zu haben. Ich verstehe bloß nicht, wieso ich das in all den Jahren nicht geschafft habe. Na ja, Sabine ist dann nach Haus gegangen und hat auf Michael gewartet, aber als der nicht kam, hat sie sich um zwei Uhr auf den Weg zu Steinbrecher gemacht, weil sie nicht schlafen konnte. Der war aber entweder nicht zu Hause oder hat die Tür nicht aufgemacht, weil sich die beiden gestritten hatten. Steinbrecher wollte wohl nicht länger darauf warten, dass Sabine ihren Mann endlich verließ. Und als Michael dann am nächsten Morgen tot aufgefunden wurde, hat sie zwei und zwei zusammengezählt und ist auf fünf gekommen.«

»Ja«, sagte Charlotte, »mir war immer klar, dass sie diesen Selbstmordversuch nicht nur aus Trauer begangen hatte.«

»Tja«, Ursula zuckte mit den Schultern, »wenn sie doch bloß mal ein Wort gesagt hätte.«

Bergheim bestand gegen jeden ärztlichen Rat darauf, nach Hause zu gehen.

»Wir müssten Sie noch mal genauer untersuchen, um etwaige innere Verletzungen auszuschließen«, hatte der Arzt gesagt. »Zumindest müssen wir Sie beobachten …«

Bergheim hatte den Arzt nur angesehen und gesagt: »Glauben Sie mir, das Einzige, was mir fehlt, ist Schlaf!«

Daraufhin hatte der Arzt mit den Schultern gezuckt und ihn in Charlottes Obhut entlassen.

Es war fast Mitternacht, als sie endlich im Bett lagen. Charlotte wollte schlafen, aber Bergheim war hellwach.

»Wie weit kann Eifersucht gehen?«, sinnierte er. »Diese Frau hat drei Menschen umgebracht, nur weil sie diesen Kerl haben wollte und Marina Kleiber ihr in die Quere gekommen war.«

»Unglaublich, ich weiß«, murmelte Charlotte schlaftrunken und kuschelte sich näher an ihn. »Aber immerhin war sie damals schwanger von Fuhrmann, und du weißt ja, Mütter sind unberechenbar, wenn's um die Brut geht.«

»Und dann taucht in der Mordnacht, genau zur Tatzeit, auch noch Kleiber am Annateich auf. Sie muss sich sehr sicher gefühlt haben, dass er sie nicht gesehen hat. Wahrscheinlich ist er ziemlich nah an den beiden vorbeigetorkelt, sonst hätte sie den Alten bestimmt auch noch um die Ecke gebracht. Aber so konnte sie zwei Fliegen mit einer Klappe schlagen. Krämer tötet Marina Kleiber, und der alte Kleiber tötet Krämer. Sie musste nur dafür sorgen, dass die Leiche von Marina gefunden wurde. Damit hätte sie für beide Toten gleich einen Täter parat gehabt, und ihren Erpresser wäre sie auch noch losgeworden. Wirklich praktisch. Nur Annette Möllering war die Ausnahme. Sozusagen ein Kollateralschaden. Aber sie hat sich eben darauf verlassen, dass niemand diese Morde miteinander in Verbindung bringt.«

»Hmm«, sagte Charlotte.

»Wie kann ein Mensch bloß so skrupellos sein? Und dann auch noch so dumm, zu glauben, dass er damit durchkommt?« Bergheim schüttelte ungläubig den Kopf. »Wenn Krämer ihr von dem Taschenrechner erzählt hat, dann war das schön dumm. Er muss sie echt unterschätzt haben. Ihre Kraft. Sie hat den schwarzen Gürtel.«

Charlotte antwortete nicht.

Bergheim stieß sie an. »Findest du es nicht unglaublich, von wie vielen Zufällen manchmal ein Menschenleben abhängt?«

»Unglaublich«, brummte es aus den Kissen. »Dabei hätte diese alte Schachtel damals nur den Mund aufmachen müssen. Dann würden Krämer und die Möllering heute bestimmt noch leben.«

Bergheim nickte gedankenverloren.

»Der Taschenrechner muss bei dem Transport von Marinas Leiche in eine Nische im Kofferraum gerutscht sein. Zehn Jahre später räumt ihr Mann den Wagen aus und findet das Ding. Und Krämer erkennt ihn nach all den Jahren wieder. Man kann ja von ihm halten, was man will, aber ein Perfektionist war er.«

»Das kann man wohl sagen«, murmelte Charlotte.

Kaspar Hollinger schloss die Haustür auf und betrat das erste Mal seit zwei Wochen wieder lächelnd sein Haus, und zum ersten Mal, seit er denken konnte, genoss er sogar das Gejaule von Xavier Naidoo, das von Kerstins Zimmer aus das Haus erfüllte und die Nachbarschaft beglückte. »Dieser Weg wird kein leichter sein ...«

Er schnupperte. Es roch nach Pizza. Er zog seine Jacke aus, hängte sie an die Garderobe und ging in die Küche, wo Ursula gerade den Backofen öffnete und ein Blech mit üppig belegter Pizza herausholte.

Er gab ihr einen Kuss und sog dann genießerisch den Duft nach gebackener Paprika und Oregano ein.

Ursula lächelte ebenfalls. »Wir können gleich essen«, sagte sie.

»Das ist gut«, sagte Kaspar, aber er musste noch etwas loswerden, bevor seine Tochter in der Küche auftauchte. Wenn es Pizza gab, ließ sie sich nämlich herab, mit ihren Eltern zu speisen.

»Weißt du, wer eben im Kommissariat aufgetaucht ist?«, fragte Hollinger, während er die Küchentür schloss.

Ursula schüttelte den Kopf.

»Jennifer Bormann mit ihrem Freund.«

»Wer ist Jennifer Bormann?«, fragte Ursula.

»Na, dieses Mädchen, das behauptet hat, Michael Krämer hätte sie vergewaltigt.«

»Aha.«

»Stell dir vor, sie ist schon wieder schwanger, aber diesmal würden sie sich nicht noch mal unterbuttern lassen. Er und Jennifer wollten dieses Kind haben, hat der Freund gesagt.«

»Du liebe Güte«, sagte Ursula und stemmte die Hände in die Hüften. »Wie alt sind die zwei?«

»Ganze sechzehn Lenze, alle beide«, sagte Hollinger. »Ich hab mir das Mädchen dann noch mal unter vier Augen vorgenommen. Und stell dir vor, die Beschuldigung gegen Michael Krämer war komplett erfunden. Ihre Eltern hatten sie nicht mehr vor die Tür gelassen seit der Abtreibung, weil sie nicht mit dem Namen ihres Freundes rausrücken wollte. Sie hatte einfach Angst, dass ihr Vater ihn verprügeln würde. Da kam das mit dem Krämer gerade recht. Der war ja tot, dem konnte man nicht mehr wehtun. Der musste als Sündenbock herhalten, war ja sowieso ein Vergewaltiger und Mordverdächtiger.«

Ursula schüttelte ungläubig den Kopf. »Was diese Kinder sich so alles einfallen lassen.«

»Das kannst du laut sagen«, stimmte Hollinger zu und lauschte dem Gedröhne aus Kerstins Lautsprechern. »Ich glaube, ich werde mal hochgehen und unsere Tochter zum Essen rufen.«

Eine Minute später betrat er, ohne anzuklopfen, das Zimmer seiner Tochter, stieg über Wäscheberge, schob mit dem Fuß CD-Hüllen, Bücher und Zeitschriften zur Seite und nahm seine verdutzte Tochter in den Arm. Kerstin, die bereits Luft geholt hatte, um gegen dieses unerwünschte Eindringen in ihre Privatsphäre zu protestieren, klappte erstaunt den Mund wieder zu.

»Das Essen ist fertig«, sagte Hollinger, tätschelte ihre Wange und ging wieder, um seiner Tochter die Peinlichkeit zu ersparen, ihrerseits mit Zärtlichkeiten aufwarten zu müssen.

Er würde jetzt eine Riesenportion Pizza verdrücken und sich hinterher mit Hubert auf der Terrasse noch eine Flasche Herrenhäuser gönnen. Zur Not auch zwei.

»Würdest du meine Geliebte auch töten?«, fragte Bergheim Charlotte.

»Auf jeden Fall«, murmelte sie und legte besitzergreifend ihre Hand in seinen Schritt. »Also, sieh dich vor.«

»Ich werd dir nicht verraten, wer's ist«, sagte Bergheim und schloss zufrieden die Augen.

Danksagung

Viele Menschen haben diesen Roman auf seinem Weg vom Manuskript zum fertigen Buch begleitet und mich auf vielfältige Weise unterstützt.

Ich danke Frau Dr. Marion Heister für ihr hilfreiches Lektorat und natürlich dem engagierten Team im Verlag für die Unterstützung und gute Zusammenarbeit.

Danke sage ich auch meiner Familie, die mir in schwierigen Phasen ein starker Rückhalt ist, und meinen wohlwollenden Erstleserinnen Doris Vamplew und Elke Höft.

Marion Griffiths-Karger
TOD AM MASCHTEICH
Broschur, 224 Seiten
ISBN 978-3-89705-711-1

»Marion Griffiths-Karger sind lebendige, kontrastreiche Milieustudien gelungen. Die Handlung ist nüchtern und präzise formuliert, die Dialoge sind lebensnah.«
Hannoversche Allgemeine

»›Tod am Maschteich‹ erfüllt sämtliche Kriterien eines guten Hannoverkrimis. Neben falschen Fährten, einer Handvoll obskurer Verdächtiger und den obligatorischen Leichen fehlt es zuletzt auch nicht an einem gewissen Heimatgefühl.«
Stadtkind Hannovermagazin

www.emons-verlag.de

Lesen Sie weiter:

Marion Griffiths-Karger
TOD AM MASCHTEICH

Leseprobe

Sie schlug die Augen auf. Dunkelheit umgab sie. Sie richtete sich auf und versuchte, sich an die undurchdringliche Schwärze zu gewöhnen. Wo war sie? Es konnte nicht ihr Schlafzimmer sein. Sie schloss niemals völlig die Jalousien, damit noch ein Schimmer Licht von der Straßenlaterne vor ihrem Fenster in ihr Zimmer drang. Aber dies war nicht ihr Schlafzimmer und nicht ihr Bett. Dieses Bett war klein, nicht wie ihr französisches mit der weichen Matratze. Sie lauschte. Kein vertrautes Geräusch drang an ihre Ohren. Es war still. Still und dunkel. Sie war unendlich müde, und ihr war übel. Fast hätte sie sich wieder hingelegt, doch dann kam die Erinnerung. Sie hatte nach dem Film noch einen kurzen Spaziergang gemacht.

Ihr Herz begann zu klopfen. Es musste ein Krankenhaus sein, aber Krankenhäuser waren nicht so dunkel, nicht mal bei Nacht, und dann diese Stille.

Sie stand auf und versuchte irgendetwas zu ertasten.

»Hallo!«, rief sie. »Ist da wer? Wo bin ich hier? Machen Sie doch Licht!«

Ihre Hand fuhr über weichen Stoff, eine Decke. Sie tastete sich weiter bis zur Wand und dann an dieser entlang. Es musste doch irgendwo ein Fenster geben und eine Tür.

Vielleicht bin ich ja plötzlich blind geworden, fuhr es ihr durch den Kopf. Aber war die Welt der Blinden nicht grau? Sie schluckte. Das würde sie doch merken! An den Augen, da täte doch irgendwas weh. Einfach so erblindete man doch nicht! Nein, nein, es war nur so verdammt dunkel in diesem Loch.

»Hallo! Hört mich denn niemand?«

Die Wand war kalt und feucht. Vielleicht war sie in einem Keller. Ihr Atem ging schneller, es roch modrig, und sie begann zu würgen.

Sie fühlte Holz. Eine Tür! Hastig suchte sie nach der Klinke, aber es gab keine. Die Tür ließ sich nicht öffnen.

Sie schrie und polterte dagegen.

»Hilfe, ich will hier raus! Hilfe!«

Sie schlug und schrie so lange, bis sie schluchzend zu Boden sank. Nichts rührte sich. Ihr war kalt, und sie schlotterte. Denk nach, versuchte sie sich zu beruhigen, es lässt sich bestimmt alles ganz einfach erklären! Denk nach! Es musste doch irgendwo eine Lampe geben, die musste sie finden. Sie stand auf und durchsuchte tastend den Raum. Sie stolperte über irgendwas, das scheppernd umfiel. Ein Eimer. Fast war sie dankbar für das Geräusch. Der Raum war klein und enthielt nichts außer der Liege und dem Eimer. Sie setzte sich auf die Liege. Was passierte hier? Sie kicherte hysterisch. Bestimmt wachst du gleich auf – hey, wach auf! Sie stand auf, um die Tür wiederzufinden.

»Hallo! Lasst mich endlich raus! Ich muss mal!«

Wieder hämmerte sie gegen die Tür, aber ihre Hände schmerzten so, dass sie aufgeben musste. Ihre Blase drückte, es war unerträglich. Dann fiel ihr der Eimer ein.

Nachdem sie sich erleichtert hatte, krümmte sie sich auf ihrer Liege zusammen. Ihr Mund war trocken, und sie hatte entsetzlichen Durst. Was war das für ein Alptraum? Sie hatte keine Ahnung, wie lange sie schon hier war, ob es Nacht war oder Tag, wie sie hierhergekommen war.

***

Das Kind schrie schon eine ganze Weile. Charlotte Wiegand sah auf die Uhr, fast vier. Sie fluchte. Ein anstrengender Tag am Schreibtisch wartete auf sie, und dieses Kind raubte ihr den Schlaf. Was zum Teufel trieb seine Mutter, die war doch sonst so fürsorglich. Sie stand auf, ging zum Kühlschrank, nahm die Wasserflasche und trank. Dann ging sie zurück zu ihrer Matratze und kuschelte sich wieder unter die warme Decke. Sie war immer noch nicht dazu gekommen, sich ein Bett zu kaufen, obwohl sie schon vor über drei Monaten hierhergezogen war. Seit der Trennung von Thomas fehlte ihr für die häuslichen Dinge des Lebens die Lust. Fast drei Jahre waren sie zusammen gewesen. Ihre Mutter hatte schon Hoffnung geschöpft, dass ihre Älteste am Ende doch noch unter die Haube kam.

Doch vor einem Vierteljahr hatte sie ihre Mutter enttäuschen müssen und sich von Thomas getrennt.

Das Kind schrie immer noch. Vielleicht ist es krank, dachte Charlotte und seufzte. Früh am Abend hatte es auch schon geschrien. Sie legte sich auf die Seite und drückte das Kissen auf ihr Ohr. Noch zehn Minuten, dann geh ich rüber, dachte sie. Nach einer Weile wurde das Kind ruhiger und schwieg dann.

»Na also«, murmelte sie, »geht doch.«

Als Charlotte am nächsten Morgen das Haus verließ, schrie das Kind wieder. Merkwürdig, dachte sie noch. Sie hatte es eigentlich noch nie so schreien hören. Ob die Mutter krank war? Heut Abend frag ich mal nach, nahm sie sich vor und ließ die Wohnungstür ins Schloss fallen.

»Was, zum Teufel, soll das?«

Hauptkommissarin Charlotte Wiegand von der Abteilung für Tötungsdelikte des Zentralen Kriminaldienstes, Hannover, stellte schlecht gelaunt ihren Pappbecher Kaffee auf den Tresen und hielt witternd die Nase in die Luft. »Wer hat hier geraucht?«

»Keine Ahnung«, erwiderte der uniformierte Beamte hinter dem Schalter. »Bergheim war gerade hier und hat dich gesucht. Warum du dein Handy nie einschaltest, wenn du schon keinen Festnetzanschluss hast, wollte er wissen. Ein ›Schneckenstecher‹« – so nannten »ernsthafte« Sportler die Unsitte, mit Skistöcken spazieren zu gehen – »hat am Birkensee bei Müllingen eine Leiche gefunden. Bergheim ist unterwegs dahin, konnte nicht mehr warten.«

»Kann ich mir denken«, sagte Charlotte, »der muss immer in der ersten Reihe sitzen.«

Der Uniformierte guckte sie schräg an und sortierte ein paar Papiere.

»Was ist dir denn über die Leber gelaufen?«

»Ach gar nichts, hab nur schlecht geschlafen. Also, ich brauch jemanden, der mich zum See fährt, mein Auto ist immer noch in der Werkstatt.«

»Kein Wunder, bei der alten Rostlaube«, murmelte der Polizist und ignorierte Charlottes missbilligenden Blick. »Mertens!«, rief er, »du wirst hier gebraucht!«

Wiebke Mertens war noch nicht lange im Dienst und hatte einen Mordsrespekt vor der schönen Hauptkommissarin Wiegand, dem Star der Kriminalfachinspektion 1.

Charlotte verdrehte die Augen. »Na, wenigstens raucht die nicht.«

Der See, der eher ein Teich war, lag an einem kleinen Waldstück an der Bundesstraße vierhundertdreiundvierzig, etwa fünfzehn Kilometer östlich der City. Auf der einen Seite gab es einen Campingplatz und auf der anderen eine kleine Sandbucht. Um den See zu erreichen musste man von der Bundesstraße auf einem engen geteerten Weg die A 7 überqueren und erreichte gleich darauf einen Wendeplatz mit einer T-Kreuzung. Links ging es zum See, und rechts führte ein Weg in die Felder.

Rüdiger Bergheim stand neben einem Streifenbeamten und einem Kollegen von der Kriminaltechnik vor einer Leitplanke, hinter der sich hohe Birken und Buchen erhoben. Er trug seine obligatorische schwarze Lederjacke und Jeans. Ein guter Ermittler. Intelligent und – für einen so gut aussehenden Mann – sogar unaffektiert. Charlotte wusste selbst nicht, warum sie ihm die Zusammenarbeit so schwer machte. Vermutlich lag es daran, dass ihn jede Polizistin anhimmelte, und so was machte sie nun mal nervös. Die Leute sollten sich auf ihre Arbeit konzentrieren!

»Morgen«, sagte sie heiser und räusperte sich. Bergheim unterbrach sein Gespräch mit dem Kriminaltechniker und wandte sich um.

»Morgen«, erwiderte er und musterte sie kurz. Seine Miene war unergründlich, und Charlotte fragte sich, warum er so blass war. Bestimmt wieder irgendeine Frauengeschichte, dachte sie und nahm ohne ein weiteres Wort die Leitplanke in Angriff.

Die Leiche war über die Planke geworfen worden, etwa fünf Meter den steilen Abhang zum Feld hinuntergerollt und mit dem rechten Fuß am Ast eines Buchenstammes hängen geblieben.

See und Campingplatz waren von hier aus nicht zu sehen. Der Platz war von dichtem Gehölz umgeben. Es gab keine Laternen, und der Lärm der Autobahn verschluckte jedes Geräusch. Kein schlechter Platz, um möglichst schnell eine Leiche loszuwerden.

Charlotte kraxelte den Abhang hinunter und musste aufpassen, dass sie auf dem feuchten Gras nicht ausrutschte.

Die Tote trug ein hellgrünes T-Shirt und schwarze Jeans. An ihrem linken Fuß klemmte eine dieser hässlichen, aber bequemen Biosandalen. Die Arme waren ausgebreitet und – Charlotte schluckte, als sie sah, dass die Hände fehlten. Sie hielt sich an dem Buchenstamm fest und beugte sich über die Tote.

Der Schock traf sie völlig unerwartet. Das Gesicht der Toten war nur noch eine breiige Masse. Sie wandte sich abrupt ab und hustete. Bergheim stand oben an der Leitplanke und blickte besorgt auf sie herab. Aber Charlotte hatte sich schon wieder gefangen.

»Herrgott noch mal!«, fluchte sie lauter als nötig. »Warum drehen sie sie nicht gleich durch den Fleischwolf?«

Bergheim antwortete nicht. Was sollte er sagen?

»Ist Wedel schon fertig?«, fragte sie, nachdem sie sich wieder gefangen hatte. Dr. Friedhelm Wedel war der Pathologe, eine Riesenportion Mann, mit einer Größe von fast einem Meter neunzig und einem gewaltigen Bauchumfang. Er trug nur Schwarz, was auf skurrile Weise mit seinem zynischen Humor korrespondierte.

»Er ist drüben beim Wagen«, sagte Bergheim, »hat schon nach dir gefragt.«

Charlotte überließ das Feld ihrem Kollegen und der Kriminaltechnik und kraxelte den Abhang wieder hinauf, um mit dem Pathologen zu sprechen.

»Hallo, junge Frau«, begrüßte sie Wedel, der an der offenen

Wagentür stand und seine Hände mit einem Tuch bearbeitete, »geht's Ihnen nicht gut? Sie sehen so blass aus.«

»Ach, hören Sie doch auf. Das ist nicht witzig.«

»Lach ich etwa?«

Charlotte konnte seinem Humor nichts abgewinnen und kam zur Sache.

»Was können Sie schon sagen?«

»Noch nicht viel, Sie kennen mich doch, ich brauch immer ein bisschen länger als Sie's gerne hätten«, sagte er und warf das Tuch auf den Beifahrersitz.

»Sie ist seit etwa fünfzehn bis zwanzig Stunden tot. Zur Todesursache kann ich noch nicht viel sagen. Auf jeden Fall hat sie mehrere Schläge ins Gesicht bekommen, allerdings post mortem. Die Hände sind sauber abgetrennt, ›abgeschlagen‹ trifft es besser. Möglicherweise mit einer Axt oder ähnlichem Werkzeug. Ebenfalls nach ihrem Tod.«

Er klemmte sich hinter das Steuer seines schwarzen Golfs, und der Wagen bekam Schlagseite. »Außerdem hat sie einen Hautausschlag an den Oberarmen und am Hals. Dazu kann ich erst mehr sagen, wenn ich sie auf dem Tisch hab.«

»Das heißt, der Todeszeitpunkt war gestern Nachmittag?«

»In etwa. Aber Sie wissen ja, diese Angaben sind wie immer ohne Gewähr. Spätestens morgen Nachmittag haben Sie den Bericht.«

Noch bevor sie protestieren konnte, klappte er die Tür zu und warf den Motor an.

Charlotte schloss die Augen und seufzte. Ihr war übel. Sie war seit ihrem neunzehnten Lebensjahr bei der Polizei, aber es fiel ihr immer noch schwer, den Anblick verstümmelter Menschen zu ertragen. Sie sehnte sich nach einer Zigarette und einem Kaffee.

Das Rauchen hatte sie vor zwei Jahren aufgegeben – nicht nur Thomas zuliebe. Thomas, dieser Mistkerl.

Charlotte ging langsam zu Bergheim, der – die Hände in den Hosentaschen vergraben – die Arbeit der Spurensicherung beobachtete.

Sie stellte sich neben ihn. Keiner sagte etwas, es war, als wären sie es der Toten schuldig, zumindest einen Moment innezuhalten, bevor sie mit den Ermittlungen begannen.